Ulla Spörl

Junges Blut

Kriminalroman

Prolog

Sie waren etwas abseits der Festmeile verabredet. Das Geraer Höhlerfest traf nicht so ganz ihren Stil und doch versorgte das jährliche Volksfest auch sie mit Kurzweil und Kulinarischem. Der Campus ihres Gymnasiums lag nahe genug am Geschehen, um sich mit Bier und Rostbratwürsten von den benachbarten Ständen einzudecken, bot jedoch auch die gefühlte Isolation, die sie brauchten, um ihr eigenes Ding machen zu können. Und das hieß für sie – einmal völlig abschalten von Schulalltag und den bevorstehenden Abiturprüfungen.

Ronny hatte sein zweites Bier fast ausgetrunken und sank bereits langsam in den angestrebten tranceähnlichen Zustand, der die Unterhaltung seiner Mitschüler von ihm abprallen ließ. Es ging ja doch nur um die Mädels aus der Villa Graf, die zugegebenermaßen zwar echte Eyecatcher, doch für seinen Geschmack etwas zu oberflächlich unterwegs waren. Was sollte das? Model als Ausbildungsberuf! Warum schien es diesen Gänsen so erstrebenswert, sich als laufende Kleiderständer zu präsentieren?

Da war seine Zwillingsschwester Katrin doch von einem ganz anderen Schlag. Obwohl sie durchaus als hübsch bezeichnet werden konnte und auch manchmal nebenbei modelte, hatte es beiden die Astrophysik angetan und ihre Chancen auf ein gemeinsames Studium an der Uni Potsdam standen gar nicht mal so schlecht.

»Wollt ihr noch ein Bier?«, hörte er Carlo fragen und nickte gedankenversunken.

»Dann bist du jetzt dran«, sagte Mike hinter ihm, woraufhin sich Ronny überrascht umschaute und in ein breit grinsendes

Gesicht blickte. »Und wenn du einmal dabei bist, bring gleich noch drei Roster für uns mit.«

Mike und Carlo reichten ihm jeweils einen Fünfeuroschein und leerten ihre 0,5-Liter-Pappbecher, um diese platzsparend in den Papierkorb neben der Bank zu drücken, auf deren Lehne sie bis eben noch gelümmelt hatten.

Ronny stand auf, nahm das Geld und marschierte verärgert los. Es nützte alles nichts. So war es ausgemacht. Jeder war mal dran, aber dass nun ausgerechnet er die Rostbratwürste holen sollte, war nicht besprochen worden. Das in der Luft liegende Holzkohlearoma des Rosterstandes an der Ecke versöhnte ihn jedoch schnell. Und wenn er ehrlich war, hatte auch er Appetit bekommen und stellte sich an.

»Hi, Ronny«, flötete es, während zwei kalte Hände ihm von hinten die Augen zuhielten, eine permanente Angewohnheit seiner Schwester.

»Katrin«, sagte er, ohne sich umzudrehen. »Du kommst gerade recht. Ich muss Nachschub holen. Wie wärs, wenn du hier drei Roster für mich einpacken lässt? Dann könnte ich inzwischen das Bier holen. Willst du auch eins?«

»Nee, bloß kein Bier. Aber Wasser könntest du mir mitbringen.«

»Wir sind auf dem Campus«, sagte Ronny im Gehen und meinte damit, sie solle das Imbisspaket dort abliefern.

Katrin nickte und sah hinter ihrem Bruder drei junge Frauen, keineswegs Gymnasiastinnen, das *Rutheneum* ansteuern und sofort war ihr klar, dass sich die Freunde vermutlich mit ihnen verabredet hatten. Innerlich schmunzelnd fragte sie sich, auf welche von ihnen Ronny wohl stand. Gut, dass er sie dort erwartete, sonst hätte man ihr sicherlich unangemessene Neugier vorgeworfen.

Drei Personen standen noch vor ihr in der Schlange. Lange konnte es nicht mehr dauern. Ronny verließ bereits mit vier großen Pappbechern, die er umständlich mit zwei Händen zusammenzuhalten versuchte, den runden Biertresen in Richtung seiner Freunde.

Katrin schaute angestrengt zum Campus, doch die vielen Menschen und einige Stände verdeckten den Treffpunkt der

Gruppe. Im selben Moment beschlich sie das Gefühl, beobachtet zu werden. Sie blickte sich um und sah, wie ein attraktiver Endzwanziger in coolem Boheme-Look aus rotem Loop und langem Mantel in etwa zehn Metern Entfernung versuchte, Blickkontakt mit ihr aufzunehmen.

Nachdem dieser vollzogen war, kam er auf sie zu und sagte: »Verzeihen Sie, ich bin noch nicht lange in Gera und frage mich, was hier gefeiert wird. Das Stadtzentrum ist auf einmal ein riesiges Festgelände mit tausenden Besuchern. Ich bin schon ein wenig herumgeirrt und habe verschiedene Bühnen mit vielfältigen Programmen entdeckt, ganz zu schweigen von den vielen Ständen mit Leckereien.«

»Das ist das Höhlerfest. Da ist überall was los – vom sonst so trostlosen Puschkinplatz über den Museumsplatz, dem sehr schönen Markt und einigen Straßen bis hoch zum Zschochernplatz und dem Nicolaiberg«, sagte Katrin lapidar und bemühte sich, nicht in den unergründlich blauen Augen des Fremden zu versinken.

»Ja, aber was bedeutet Höhler?«

»Verzeihen Sie, stimmt – das wissen Auswärtige oft nicht. Es sind unterirdische Gänge, die im Mittelalter zur Lagerung von Bier angelegt wurden.«

»Interessant. Also ist das so etwas Ähnliches wie die Felsengänge in Nürnberg?«

»Ganz genau«, bestätigte Katrin die Vermutung des Fremden und entschuldigte sich, als sie von der Verkäuferin nach ihrem Wunsch gefragt wurde. »Drei Roster und bitte einpacken.«

»Vier«, fügte ihr Gesprächspartner eilig hinzu, bevor sie protestieren konnte. Überrascht sah sie ihn das passende Geld hinlegen und fühlte sich unangenehm überrumpelt. »Woher wussten Sie …? Ich … danke, aber das wäre nicht nötig gewesen!«

»Kein Problem!« Er musterte sie noch einmal eingängig und begann dann, vorsichtig weiterzusprechen: »Vergeben Sie mir meine Direktheit, aber ich habe Sie schon etwas länger beobachtet. Mein Name ist Klaus Saul. Ich arbeite als Fotograf in der neuen Modelschule. Die Mädchen, denen Sie nachgeschaut haben, sind unsere ersten Auszubildenden. Ihrer

Erscheinung, meine Teure, könnte jedoch keine von denen das Wasser reichen. Sind Sie auch Model?«

Katrin griff nach dem Plastebeutel, in dem das in Alufolie verpackte Essen steckte, und machte Platz für den Nächsten in der Schlange. Wie selbstverständlich nahm ihr Klaus den Einkauf ab und lief neben ihr her zum Campus.

Da ihre Antwort ausblieb, fragte er besorgt: »Habe ich etwas falsch gemacht?«

»Sie bezahlen, was ich gekauft habe, gehen einfach mit mir mit und stellen sehr persönliche Fragen. Zudem haben Sie gerade gestanden, dass Sie mich längere Zeit beobachtet haben. Das finde ich schon etwas befremdlich. Ich kenne Sie doch gar nicht.«

»Das kann sich doch ändern, oder?«

Katrin lächelte, musste sie doch zugeben, dass der schwarze Lockenkopf genau ihr Typ war und dessen Draufgängertum sie doch recht amüsierte.

»Entschuldigen Sie«, fragte ein älteres Ehepaar. »Auf der großen Festbühne am Museumsplatz sollte es um diese Zeit ein Schalmeienkonzert geben, da spielt aber eine Rockband. Wissen Sie …«

»So etwas kann sich schon mal verschieben«, unterbrach Klaus das irritierte Pärchen. »Die Schalmeien sind wahrscheinlich noch auf dem Weg nach Gera. Vertreiben Sie sich doch die Zeit auf dem historischen Markt, der zu einem mittelalterlichen Schauplatz mit Handwerks- und Verkaufsständen, Spielleuten, Gauklern und Gaumenschmaus für jedermann gemacht wurde.«

»Nein, das ist nichts für uns. Wissen Sie, ob man diese Höhler, die dem Fest ihren Namen geben, besichtigen kann?«

»Ja«, kam Katrin einer Antwort ihres Begleiters zuvor. »Sie sind für Besucher geöffnet. Es werden Führungen und Veranstaltungen auch in den sonst nicht öffentlichen Höhlern angeboten. Fragen Sie doch mal im *Tête à Tête* nach. Das ist ein Spezialitätengeschäft gleich um die Ecke links. Da gibt es so einen Höhler, der zugänglich gemacht wurde.«

Das Paar bedankte sich und schlug den vorgeschlagenen Weg ein. Katrin sah Klaus unverwandt an und äußerte, dass er für einen Fremden ungewöhnlich gut über die Abläufe unterrichtet sei.

»Ja, meine Teure«, gab er zu und drängte sie zum Weitergehen, »ich habe ein wenig geflunkert, um mit Ihnen ins Gespräch zu kommen. In Wahrheit kenne ich das Programm, weil ich von unserer Schulleiterin den Auftrag bekam, ein Auge auf unsere neuen Models zu werfen, die sich vor ihrer Ausbildung noch einmal amüsieren dürfen. Ab Montag sind Schlemmerei und Alkohol für sie tabu, doch auch jetzt sollten sie sich nicht allzu viel Kalorienreiches gönnen.«

»Oh je, die Armen, wissen sie, dass Sie ihr Aufpasser sind?«

»Nein, ich hoffe, Sie verraten mich nicht.«

Tatsächlich standen die Mädels mit den Gymnasiasten auf dem Campus und unterhielten sich. Manchmal übertönte ein affektiertes Kichern die Szene. Ronny stand stumm neben einer Blondine und starrte diese unentwegt an.

Klaus Saul übergab Ronny das Essen und stellte sich den Jungs als Fotograf und Dozent der neuen Schule für Modelausbildung vor, eine der ersten ihrer Art. Stolz darauf, dass so ein attraktiver Typ mit ihr unterwegs war, bemerkte Katrin, dass die angehenden Models sie mit einer gewissen Unsicherheit musterten, doch nur die Blonde neben Ronny wagte zu fragen, ob auch sie ab Montag die angebotenen Kurse besuchen werde.

»Nein«, erwiderte die Gymnasiastin rasch. »Ich mache kommendes Jahr das Abitur im Goethe-Gymnasium.«

Sie zeigte auf den Gebäudekomplex, der zwei Seiten des Campus' umschloss, schaute Hilfe suchend zu ihrem Bruder und stellte fest, dass dieser gar nicht zugehört hatte. Stattdessen legte er seine Hand auf die des Models, das ihre jedoch darunter hervorzog.

Bei diesem Schätzchen wirst du wohl kein Glück haben, dachte Katrin für sich und ersann sich einen Vorwand, um Ronny abseitszulocken.

»Gib mir mal die Roster«, sagte Mike und nahm Ronny ungeduldig den Beutel aus der Hand.

Während er die Portionen verteilte, bot Ronny der Angebeteten seine Wurst an, die diese auch prompt annahm, für

Katrin die Gelegenheit, ihren Bruder von den anderen wegzulotsen.

»Was ist denn in dich gefahren?«, fragte sie ihn, nicht ahnend, dass Klaus mit Blick auf das tuschelnde Zwillingspaar scherzend die Schulter der Blondine umfasste, heimlich einen Pass aus ihrer Jackentasche zog und diesen unauffällig in Ronnys Rucksack gleiten ließ.

Erstes Kapitel

Gera, Innenstadt, am späten Nachmittag

Als eine sehr attraktive Frau im Rollstuhl eine Gruppe von etwa zehn grazilen jungen Models anführte, blieben viele Höhlerfestbesucher stehen und staunten über den eigenwilligen Anblick. Einige tuschelten, andere schauten überrascht oder anerkennend. Doch während die meisten Männer mehr die geballte Ansammlung jugendlicher Anmut musterten, richtete Ursula Lenk ihre ganze Aufmerksamkeit auf die Schönheit im Rollstuhl.

Als frühere Kriminalkommissarin beim LKA Erfurt fühlte sie sich trotz ihres Ruhestandes immer wieder getrieben, ungewöhnlichen Situationen auf den Grund zu gehen.

Entschlossen quetschte sie sich durch die Menschenmassen hindurch bis hin zu ihrer Zielperson, doch die sie drängenden Fragen mussten warten, bis die jungen Frauen Anweisungen bekommen hatten und ausschwärmen durften.

»Entschuldigen Sie«, sagte die Pensionärin, »ich wollte Sie gerade fragen, auf welcher Bühne Sie auftreten. Nun habe ich gehört, dass Ihre Schützlinge Models sind. Ich hätte sie für Tänzerinnen gehalten. Wo findet denn die Modenschau statt?«

»Da muss ich Sie enttäuschen«, erwiderte die schöne Frau, die Ursula auf etwa vierzig Jahre schätzte. »Wir gehören nicht zum Festprogramm. Ich könnte mir allerdings vorstellen, irgendwann die eine oder andere Modenschau in Gera zu veranstalten.«

»Das müssen Sie mir näher erklären«, bemerkte die frühere Kommissarin. »Darf ich Sie zu einem Kaffee einladen?«

Ursulas neue Bekannte nickte erfreut, und nachdem sich die Damen auch namentlich vorgestellt hatten, einigten sie sich auf das *Café Kanitz* am Markt.

Das Mittelalterspektakel war im vollen Gange – Gaukler, die Kunststücke darboten, Ritter, die sich in Turnierdisziplinen maßen, Tambourin schwingende Tänzerinnen. Mit einem Rollstuhl war da kein Durchkommen, sodass sich die einkehrwilligen Frauen entlang der Häuserfront bewegten. Doch auch hier war Geduld nötig, denn sie waren nicht die Einzigen mit dieser Idee.

Am Festwochenende hatte sich das übliche Straßencafé in die Innenräume zurückgezogen und bot seinen Gästen ein gemütliches Ambiente fernab des Straßentreibens.

Eine junge aufmerksame Servicekraft eilte zu einem Tisch am Fenster und schaffte Platz für den Rollstuhl. Sie stellte einen Stuhl beiseite und zündete die auf dem Tisch stehende Kerze an, während Ursula Lenk auf einer gepolsterten Bank Platz nahm und zwei Cappuccino bestellte.

»Ich kenne diese Räume noch als *Kanitzsche Buchhandlung*«, sagte die Dame, die sich als Charlotte Seibt vorgestellt hatte.

»Ach, Sie waren schon mal in Gera?«, fragte Ursula neugierig.

»Ich habe meine Teenagerzeit hier verbracht.«

»Das hätte ich nicht erwartet«, gab die Pensionärin zu. »Und wo haben Sie davor und danach gewohnt? Sie passen in eine Weltmetropole. Liege ich richtig in der Annahme, dass Sie auch Model waren? Wissen Sie, es wäre doch angenehmer, wenn wir uns duzen würden, oder? Als Ältere von uns beiden biete ich einfach mal das Du an.«

»Sehr gerne, Ursula … oder besser Ursel?«

»Da haben wir doch den Beweis, dass du in Gera gelebt hast«, sagte Ursula schmunzelnd. »Niemand von hier sagt Ursula.«

»Erwischt«, erwiderte Charlotte zwinkernd. »Und du hast auch recht mit deiner Vermutung, dass ich Model war, jedoch nur so lange, bis ich an den Rollstuhl gefesselt wurde. Aber bitte entschuldige, darüber möchte ich im Moment nicht reden.«

Der Kaffee wurde gebracht und die Rentnerin fragte, was es mit den Models auf sich habe.

»Ich habe in Gera mein Erbe angetreten – die Villa Graf – und darin eine Modelagentur mit Internat und Schule eingerichtet. Die Mädchen kommen aus gutem Hause mit reichen Eltern, die sie nur allzu gern auf ein Internat schicken. Seien wir doch mal ehrlich, die meisten von ihnen sind doch froh, wenn sie ihre Kinder loswerden können, weil sie entweder auf der Karriereleiter stören oder bei den vielen Partys der High Society. Dafür sind sie bereit, viel Geld auszugeben. Wir bilden sie nicht nur zu Models aus, sondern werden versuchen, auch Kurse in den darstellenden Künsten wie Tanz, Gesang und Schauspiel anzubieten, sodass sie bei Film oder Theater unterkommen können. Im Moment sind wir noch in der Aufbauphase. Es ist schwer, gute Dozenten zu finden.«

»Wirklich? Du bist doch hier in bester Gesellschaft, Charlotte«, beeilte sich Ursula zu sagen. »Du hast das Theater in unmittelbarer Nachbarschaft. Da müssten doch Leute zu finden sein, die als Dozenten dazuverdienen wollen.«

Plötzlich hastete eines der Models durch die Tür, ihr auf den Fersen ein junger Mann, der allerdings vor dem Eingang stehen blieb und dauernd rief: »So hör doch mal zu!«

Als die junge Frau Charlotte Seibt sah, atmete sie erleichtert auf, hockte sich vor den Rollstuhl und sagte mit russischem Akzent: »Sie sind meine Rettung. Der Kerl da draußen folgt mir schon seit einer Weile. Bitte helfen Sie mir.«

Der junge Mann trat ans Fenster und zeigte durch die Scheibe einen russischen Pass.

Ursula Lenk stand auf, verließ das Café und sprach mit dem Jungen, während Charlotte ihre Modelschülerin über den Pass ausfragte.

Erst jetzt schien diese zu begreifen, warum sie die ganze Zeit verfolgt wurde, und fragte mehr sich selbst als ihre Schulleiterin: »Wie ist der denn an meinen Ausweis gekommen?«

Charlotte und ihre Schülerin beobachteten durchs Fenster das Ende des Gesprächs zwischen der Seniorin und Ronny. Er gab ihr den Pass und ging zufrieden seiner Wege. Als die übergewichtige Dame japsend ins Café zurückkam, war ihr anzusehen, dass es sich bei der Verfolgung um ein Missverständnis gehandelt hatte.

Ronny indes traf sich mit seiner Schwester am Simsonbrunnen mitten auf dem Markt. Etwas abseits von ihr stand Klaus Saul, den sie schon auf dem Campus im Schlepptau hatte.

»Du, Ronny«, sagte Katrin etwas schuldbewusst, »es gibt eine Planänderung. Klaus will mir die Villa Graf zeigen. Ich wollte mir die schon lange einmal von innen ansehen.«

»Da komme ich mit«, beschloss ihr Bruder spontan.

Im selben Moment gesellten sich auch seine Freunde mit den Models dazu. Sogar das russische Model namens Irina war aus dem Café gekommen und hatte sich der Gruppe wieder angeschlossen, ohne ein Wort über die Sache mit dem Pass zu verlieren.

»Und wir begleiten euch«, funkte Mike dazwischen. »Wenns erlaubt ist.«

»Eigentlich wollte ich Katrin zu einem Shooting überreden«, sagte Klaus Saul und überspielte seine Nervosität mit einer verunglückten Schussgeste. »Sie soll sehen, dass sie das Zeug zum Supermodel hat. Am besten, ihr macht euer Ding und wir unseres.«

Ohne ein weiteres Wort an ihren Bruder zu richten, machte sich Katrin mit dem Modefotografen davon.

Bevor auch die anderen den beiden folgen konnten, durchbrach die helle Stimme eines der Models die Aufbruchstimmung: »Hey, kann mir einer von euch sagen, was das für eine komische Steinfigur auf dem Brunnen ist? Irgendwie kommt mir das Motiv bekannt vor, doch mir fällt einfach nicht ein, was es darstellen soll!«

»Soweit ich weiß«, antwortete Mike, »ist das Simson, eine Figur aus dem Alten Testament, der gerade den Löwen mit bloßen Händen zerreißt. Tötet er nicht auch Hunderte von Philistern und verliebt sich später in eine Frau, die Delila hieß? Ich hoffe, ich erinnere mich richtig. Einige wichtige Philister versprachen ihr 1100 Silberstücke, wenn sie ihnen das Geheimnis seiner Kraft verraten würde.«

»Ach, diese Geschichte«, mischte sich Irina ein, »kennt doch jeder.«

»Ich nicht«, sagte Gina, eine schwarzhaarige Schönheit mit fransigem Kurzhaarschnitt, die sich offensichtlich zu Carlo hingezogen fühlte.

»Was ist jetzt«, entgegnete dieser prompt, »zeigt ihr uns nun die Villa von innen oder nicht?«

Rosalie und Irina nickten. Die sechs jungen Leute marschierten los, während Mike, der auf seinem Handy gerade nach Simson googelte, die Geschichte zu Ende erzählte.

»Delila fragte Simson nach dem Quell seiner Kraft und er sagte: ›Gott hatte schon immer etwas Besonderes mit mir vor. Ich bin seit meiner Geburt ein Nasiräer. Sobald mir die Haare geschnitten sind, verliere ich meine Kraft.‹ Als Simson auf Delilas Schoß eingeschlafen war, winkte sie einen Diener herbei, der ihm die Haare abschnitt und ihm somit die Kraft raubte. Die Philister nahmen ihn gefangen, stachen ihm die Augen aus und machten ihn zum Sklaven. Eines Tages feierten sie ein großes Fest zu Ehren ihres Gottes. Die große Attraktion war Simson, über den sie sich lustig machen wollten. Doch in der Zwischenzeit waren seine Haare wieder nachgewachsen. Und er sprach zu dem Jungen, der ihn an der Hand führte: ›Lass mich die Säulen anfassen, die das Gebäude stützen.‹ Der Junge gestattete ihm seinen Wunsch und in dem Moment, als er die Säulen berührte, rief er: ›Jehova, lass mich mit den Philistern sterben.‹ Das Gebäude stürzte ein und begrub unter sich Simson und 3000 Philister.«

»Na, hoffentlich auch diese Delila«, bemerkte Gina und alle lachten. »Ich finde Kerle mit langen Haaren sowieso viel attraktiver.«

Carlo, der sein helles, wallendes Haar mit großer Geste hinter die Schulter drapierte, klopfte Mike kumpelhaft auf den Rücken.

Rasch bog die illustre Gesellschaft um die letzte Ecke und fand sich augenblicklich vor der Villa wieder, die wie ein kleines Märchenschloss inmitten eines verwunschenen Gartens ruhte. Anerkennende Pfiffe der Jungen erklangen, als sie sich zielstrebig der wuchtigen Eingangstür des Gebäudes näherten. Nachdem Irina die Tür aufgeschlossen hatte, zog sie mühevoll an einem der großen Flügel, während Gina und Ricarda ihre

Rücken gegen die Innenseite pressten, sodass die Jungen hindurchschlüpfen konnten.

Verwundert über die Kraftanstrengung der Models blieb Ronny zurück, um die Tür selbst zu öffnen. Es war verdammt schwer, diese zu bewegen, und als er die Blicke seiner Begleiter hinter sich spürte, sagte er rasch, am Scharnier müsse noch gefeilt werden.

Der großzügige Eingangsbereich war hell und freundlich. Trotz des Stucks an der Decke wirkte er modern. Die große Wendeltreppe mit dem geschnitzten Holzgeländer schuf einen angenehmen Übergang zur historischen Bausubstanz, die ab dem ersten Stock mittels stilechter Holzsockel und textiler Tapeten den gewohnten Luxus der jungen Frauen reflektierte.

Die Schulungs-, Fitness- und Tanzräume waren technisch hypermodern ausgestattet, während die Wohnräume hochwertig, aber spartanisch eingerichtet waren, um ihren Bewohnerinnen individuelle Gestaltungsmöglichkeiten zu bieten.

»Ganz oben sind die Privaträume des Personals«, sagte Ricarda. »Die sind für uns tabu, außer einer der Dozenten bittet uns zu sich.«

»Wollt ihr noch das Fotostudio sehen?«, fragte Gina.

»Nee, da wird doch gerade Katrin fotografiert«, sagte Mike. »Zeigt uns lieber euren Laufsteg.«

»Die werden schon keine Aktbilder machen«, widersprach Ronny seinem Freund rasch. »Das hoffe ich jedenfalls. Wo ist es denn?«

Irina führte ihn in den Keller, während die anderen großen Spaß auf dem Catwalk zu haben schienen. Ihr Lachen und Kreischen schallte durchs gesamte Treppenhaus.

»Sie haben vergessen, die Tür zu schließen«, bemerkte die junge Russin auf dem Weg nach unten. »Die würde den Krach dämmen. Hoffentlich sind im Haus keine Dozenten mehr, die werden sich sonst beschweren.«

Auf einem Absatz blieb sie plötzlich stehen und fragte Ronny unvermittelt, ob er ihr den Pass weggenommen hatte, um einen Grund zu haben, sie wiedersehen zu können.

»Das habe ich nicht«, protestierte der Gymnasiast. »Ich dachte, du hast ihn mir in den Rucksack gesteckt, weil du mich wiedersehen wolltest. Deshalb habe ich mich so gefreut und dich in die Arme nehmen wollen. Das tut mir sehr leid. Du warst erschrocken und dachtest, ich wollte dir etwas tun.«

»Ich hab dir meinen Ausweis nicht in den Rucksack gesteckt. Du hast bis zu dem Vorfall kein Wort zu mir gesagt und mich immer nur so komisch angestarrt. Warum hätte ich dich wiedersehen wollen? Du warst mir unheimlich.« Sie zögerte kurz, bevor sie weitersprach: »Jetzt weiß ich, dass das alles nur ein großes Missverständnis war, und es tut mir leid, dass ich so eine Szene gemacht habe. Die Leute müssen ja jetzt sonst was von dir denken.«

»Entschuldigung angenommen, ich hätte ja wirklich ein Freak sein können«, erwiderte Ronny erleichtert. »Aber irgendjemand muss uns diesen Streich trotzdem gespielt haben.«

»Irina«, dröhnte plötzlich eine Männerstimme aus einem der Kellerräume. »Kommst du mal? Ich brauche deine Hilfe.«

Sie schien zu wissen, wer da rief, entschuldigte sich und versprach, gleich ins Studio am Gangende nachzukommen.

Wie in einem normalen Keller sah es hier nicht aus. Der Gang war hell gestrichen, und an den Wänden hingen Fotos bekannter Models wie Naomi Campbell, Claudia Schiffer sowie einiger blutjunger Frauen, die Ronny nicht kannte. Auch die Tür, hinter der Irina verschwand, schien eher in ein Büro als in einen Kellerverschlag zu führen. Durchaus möglich war es auch, dass sich hier die Werkstatt eines Hausmeisters befand.

Der Eingang zum Studio war einen Spalt weit geöffnet und mit einem Keil fixiert. Die Anweisungen des Fotografen für Katrin waren dennoch kaum zu verstehen. Auch gut gedämmt, dachte der Gymnasiast und trat ein.

Katrin winkte ihm zu, während sie vor einer weißen Leinwand unglaublich professionell posierte. Der kurze Blick des Mannes hinter der Kamera auf Ronny bewirkte keinerlei Unterbrechung des Shootings.

Vermutlich rechneten er und sein Model mit mehr Publikum, das auch keine fünf Minuten auf sich warten ließ. Lautstark kaperte die restliche Meute das Studio und Ronny ging davon aus, dass Irina bald folgen würde.

Gera, Zentrum, am nächsten Tag

Wer am frühen Morgen im Zentrum Geras unterwegs war, fühlte sich wie in einer Geisterstadt. Verlassene Buden und menschenleere Straßen, durch die der Wind Verpackungsmüll vor sich hertrieb. Erst nach und nach fanden sich vereinzelt Menschen ein, die gähnend begannen, Stände abzubauen und Müll einzusammeln. Ab und zu tauchten einige Lieferwagen vor den Läden der Stadt auf, die be- und entladen wurden. Das Verkaufspersonal bereitete sich auf Kunden vor, die nicht mehr durch die Verlockungen der Höhlerfestangebote abgeworben werden konnten.

Allmählich stiegen vermehrt Leute aus Bussen und Bahnen, eilten auf ihre Arbeit oder verfolgten andere Ziele. Der normale Alltag begann so auch für Ursula Lenk.

Die übergewichtige, doch noch recht unternehmungslustige Seniorin befand sich auf dem Weg zur Villa Graf. Dort war sie mit ihrer neuen Bekannten Charlotte Seibt zum Frühstück verabredet. Trotz ihrer Neugier auf die kürzlich gegründete Modelschule hatte Ursula beschlossen, den Weg zu Fuß zurückzulegen, um schon vorab ein paar Kalorien zu verbrennen, wusste sie doch, dass sie sich bei einem guten Essen nur schwer zurückhalten konnte.

Abbauarbeiten in der Großen Kirchstraße erschwerten ihr und anderen Passanten ein Durchkommen in Richtung Zentrum, sodass sie durch die *Spaethe-Passage* in ein von Häusern umrandetes Gebiet mit der Bezeichnung *Hinter der Mauer* auswich. Plötzlich trat Ursula in eine glitschige Masse, rutschte aus und verhinderte ihren Fall gerade noch durch das Einknicken eines Knies.

Schmerzgebeutelt suchte die pensionierte Kriminalkommissarin Halt an einer Hausmauer, richtete sich auf und erkannte, dass sie in einer beachtlichen Blutlache stand. Aufgrund ihrer Berufserfahrung ahnte sie bereits, dass es sich hier womöglich um Menschenblut handelte. Davon abgesehen gab es in der ganzen Innenstadt keinen Fleischerladen mehr und die Imbissbuden zum Höhlerfest hätten keinesfalls so viel Fleisch verarbeiten können, um Tierblut in dieser Menge erzeugen und schon gar nicht in einer Gasse entsorgen zu können. Ein markdurchdringender Schrei aus einer weiblichen Kehle riss sie aus ihren Gedanken.

Sie eilte humpelnd etwa zehn Meter weiter, sah einen blutverschmierten Müllcontainer und schrie: »Halt, fassen Sie um Himmels willen nichts an und treten Sie zur Seite!«

Eine Frau in Kittelschürze, die wohl gerade im Begriff war, ihren Hausmüll zu entsorgen, sank auf ihre Knie und sah Ursula Hilfe suchend an.

»Da drin liegt eine Tote«, stieß sie mit zitternder Stimme hervor und verbarg ihr Gesicht in beiden Händen, um das grauenhafte Szenario nicht mehr sehen zu müssen. »Was machen wir denn jetzt?«

Ursula half der Ratlosen auf die Beine und blickte ihr fest in die Augen.

»Keine Sorge, ich war früher beim LKA und weiß, was zu tun ist. Sagen Sie mir, wie Sie heißen und wo Sie wohnen. Dann gehen Sie heim und warten auf die Polizei. Den Mülleimer lassen Sie hier, da ist Blut dran, den muss die Spurensicherung untersuchen.«

Völlig entgeistert nannte die Frau Namen und Adresse, machte auf dem Absatz kehrt und verschwand im nächsten Hausflur.

Noch immer kam Ursula Lenk nicht dazu, Polizei und Spurensicherung zu rufen, denn eine Traube aus Anwohnern und Passanten umringte den Container. So manche blickten entsetzt, andere sensationslüstern hinein und einige filmten den grausigen Inhalt sogar mit ihrem Handy.

»Macht, dass ihr wegkommt«, rief die resolute Dame und scheuchte die Ansammlung, als vertreibe sie eine Schar Hühner.

Die Vernünftigeren unter den Zuschauern kamen ihr zu Hilfe und redeten auf die Gaffer ein. Während die Schaulustigen einen etwas größeren Kreis um den Leichenfund bildeten, rief Ursula die Polizei an und erklärte die Situation, wonach die Neugierigen nur schwer auf Abstand zu halten seien und der Fundort vermutlich bereits verunreinigt wurde.

Zu Ursulas Glück war Hauptkommissar Uwe Köhler am anderen Ende der Leitung, mit dem sie nicht nur zusammengearbeitet hatte, sondern auch heute noch eine langjährige Freundschaft verband. Er versprach ihr, schnellstmöglich mit seinem Stab vor Ort zu erscheinen.

Nun endlich warf sie selbst einen Blick auf die Leiche und erkannte in der in Folie eingewickelten nackten jungen Frau jenes Model, das tags zuvor im *Café Kanitz* Zuflucht vor einem vermeintlichen Stalker gesucht hatte. Ursula Lenk erstarrte zur Salzsäule.

Obwohl sie schon ähnlich zugerichtete Mordopfer gesehen hatte, war ihr doch nie eines untergekommen, das ihr zuvor persönlich begegnet war.

Villa Graf, am späten Vormittag

Verärgert steuerte Charlotte Seibt ihren Rollstuhl vom Fenster weg zu ihrem Schreibtisch. Sie drückte eine Taste der fest installierten Kommunikationsanlage und sagte: »Lincoln, räum bitte den Tisch ab. Die Dame wird wohl nicht mehr kommen.«

Keine Minute später erschien ihr Sekretär und Chauffeur mit einem Tablett. Zuerst stellte der attraktive Endfünfziger das unbenutzte Geschirr wortlos in einen Eichenschrank zurück, der reich mit Schnitzereien verziert war, danach bestückte er das Tablett mit den ebenfalls unberührten Speisen und verschwand durch die Tür ins Vorzimmer. »Lincoln«, rief ihm Frau Seibt nach, »wenn du damit fertig bist, komm bitte wieder. Ich muss etwas mit dir besprechen.«

Auf eine Antwort wartete sie nicht, Lincoln Bernard sprach nur, wenn er gefragt wurde. Dennoch konnte sich Charlotte auf ihn verlassen, so wie sich ihr noch lebender, jedoch hochgradig dementer Stiefvater stets auf ihn verließ. Dieser wortkarge Mann war ihr sozusagen testamentarisch vererbt worden. Dennoch war es dessen eigener Wunsch, neben dem verbürgten lebenslangen Wohnrecht in der Villa Graf für die neue Eigentümerin zu arbeiten.

Nach gerade einmal fünf Minuten war Lincoln Bernard zur Stelle, doch er kam nicht allein. Ein uniformierter Polizist namens Freitag und eine Kommissarin Lonitz in Zivil stellten sich Charlotte Seibt vor und baten sie, die Leiche einer Modelschülerin zu identifizieren.

»Was?«, stieß die Dame des Hauses erschrocken hervor. »Eines unserer Mädchen … tot?«

»Sie hatte keine Papiere bei sich, doch eine Zeugin sagte aus, sie habe gestern mit Ihnen das *Café Kanitz* besucht, wo sie der jungen Frau begegnet sei.«

Charlotte horchte auf und hakte nach: »Sie meinen Frau Lenk? Ursula Lenk?«

Die Kommissarin nickte und registrierte aufmerksam die nächsten Worte der verunsicherten Dame, die mehr zu sich selbst sagte: »Deswegen ist Ursel also nicht zum Frühstück erschienen.« Sie machte eine kurze Pause, ganz so, als müsste sie sich wieder fassen. Was ihr jedoch nicht zu gelingen schien. »Irina, oh Gott, warum … wie … wo hat man sie gefunden? Und was hat Frau Lenk damit zu tun?«

»Frau Lenk war auf dem Weg zu Ihnen, als sie den Schrei einer Anwohnerin hörte. Sie fand das Model tot in einem Müllcontainer. Wir bitten Sie nach der Identifizierung der Leiche in der Pathologie auch noch aufs Revier zu einer Befragung«, erwiderte die Kommissarin so ruhig sie konnte.

»Ja, natürlich«, sagte Frau Seibt, die kreidebleich wurde und nur schwer ihre Fassung beibehielt, während sie Hilfe suchend zu ihrem Chauffeur blickte, der entgegen seiner Gewohnheit nun ungefragt erklärte, dass er seine Chefin in ihrem rollstuhlgerecht ausgestatteten Wagen gern selbst fahren würde.

Die junge Kommissarin mit dem kecken Kurzhaarschnitt nickte, wandte sich neugierig Lincoln Bernard zu und fragte nach dessen Name und Tätigkeit in diesem Haus.

»Ich gehöre zum Inventar«, sagte dieser zu ihrer großen Überraschung. »Ich habe schon für den Stiefvater und die Mutter von Frau Seibt gearbeitet, war für das Ehepaar Chauffeur, Gärtner, Sekretär, ja … quasi Mädchen für alles. Nun tue ich das Gleiche für die Tochter und darf dafür den Rest meines Lebens hier wohnen.«

»Kennen Sie die Schülerinnen persönlich?«

»Was heißt kennen? Ich weiß, wer sie sind, aber richtig kennen, lernt man die Mädchen nicht. So wie man übrigens niemanden richtig kennenlernt, der in diesem Haus lebt oder arbeitet.«

»Wenn Sie schon mit aufs Revier kommen«, sagte Ruth Lonitz, »können wir Ihre Befragung dort durchführen. Mein Kollege bleibt hier und nimmt die Personalien aller Schülerinnen, Lehrer und Angestellten auf. Wann und wo wir diese befragen, wird sich ergeben.«

»Lincoln, druck doch bitte für Herrn Freitag eine Liste unseres Personals und der Models aus«, wies die Dame des Hauses an.

Mit anerkennendem Blick bedankte sich die Kommissarin bei Charlotte Seibt: »Das wäre meine nächste Bitte gewesen. Danke für Ihre Kooperation.«

Kriminalpolizeiinspektion Gera, am frühen Nachmittag

Hauptkommissar Köhler war stolz auf sein Team, bereits fünf Stunden nach Ermittlungsbeginn saß ein Verdächtiger im Verhörraum. Die fehlende richterliche Unterschrift, um Ronny Winter in Untersuchungshaft zu nehmen, war nichts weiter als eine Formsache und würde spätestens am nächsten Tag vorliegen.

»Was haben wir«, begann Uwe Köhler wie immer seine Beratung einzuleiten, als plötzlich Ursula Lenk in das Büro platzte und völlig außer Atem rief, dass dieser Junge unschuldig sei.

»Ursel«, sagte Hauptkommissar Köhler streng, »ich muss doch sehr bitten. Du solltest wissen, dass man nicht so einfach hier hereinschneien kann!«

Unbeeindruckt von dieser Rüge vor dem versammelten Team ließ sich die Seniorin auf dessen Arbeitsstuhl nieder und schnaubte sich in aller Seelenruhe die Nase, um dann – Uwe Köhlers ernste Mimik imitierend – vorzubringen: »Erstens kenne ich das Prozedere einer Dienstbesprechung selbst sehr gut«, das Kichern von Kommissarin Lonitz quittierte sie mit einem Augenzwinkern. »Ich habe es dir beigebracht. Und gerade weil ich dein Vorgehen so gut kenne, muss ich dich – zweitens – von deinem eingeschlagenen Kurs abbringen.«

»Wie kommen Sie darauf?«, fragte Thomas Freitag neugierig. »Fast alle Models haben ausgesagt, dass der Gymnasiast das Opfer gestalkt hat.«

»Das sah nur so aus, Herr Polizeioberwachtmeister«, sagte Ursula, woraufhin Freitag die Augen verdrehte, war doch die Erwähnung des Dienstgrades unter Kollegen nicht üblich. »Ich habe sowohl mit dem Mädchen als auch mit dem Gymnasiasten gesprochen. Er hat sie nicht gestalkt. Hat das Frau Seibt nicht bestätigt?«

»Sie hat ausgesagt, dass der Junge Irina Semjonowas Reisepass bei sich hatte, den er ihr zurückgeben wollte«, sagte der Chefermittler. »Hast du dich nicht gefragt, wieso er ihre Papiere entwendet hat? Für mich sieht es so aus, als habe er einen Grund gebraucht, um sie zu verfolgen.«

»Er hat den Pass nicht entwendet«, argumentierte Ursula Lenk. »Er fand diesen in seinem Rucksack und nahm an, sie habe ihn hineingeschmuggelt, weil sie ihn wiedersehen wollte.«

»Und das hast du ihm geglaubt«, erwiderte Uwe Köhler ärgerlich.

»Ich mache dir einen Vorschlag«, sagte die erfahrene Kriminalistin, stand auf und marschierte, keinen Widerspruch duldend, zum Ausgang. »Du verschiebst deine Dienstbesprechung um eine halbe Stunde. Ich lade dich zu einem Kaffee in die Kantine ein und dein Team erledigt inzwischen die Schreibarbeit.«

»Na schön, einverstanden«, sagte er und nahm Blickkontakt mit seiner Stellvertreterin auf, die ihn offensichtlich ziemlich bedauerte, und um sein Gesicht zu wahren, ließ er die Behauptung fallen, er hätte gerade das Gleiche vorschlagen wollen.

Schweigend machten sich die ehemaligen Kollegen auf den Weg. Erst am Ende des Ganges rang sich Ursula Lenk eine Entschuldigung ab.

»Ist schon gut«, lenkte der Hauptkommissar ein. »Ich kenne dich ja und auch mein Team weiß, dass keiner eine Chance gegen dich hat. Meistens hast du auch recht, aber in diesem Fall … ich weiß nicht, Ursel, zu viel spricht gegen den Jungen.«

Altenburger Straße, zwei Stunden später

Die ehemalige Chefin des LKA Erfurt hatte es geschafft, Hauptkommissar Köhler zu überzeugen, Ronny Winter so lange in ihre Obhut zu geben, bis der Haftbefehl vorlag. Nun saßen beide in dem türkischen Restaurant *Anadolu* und warteten auf ein reichhaltiges Menü, zu dem die ältere Dame den hungrigen Jungen eingeladen hatte.

Die Wahl auf dieses Lokal fällte sie nicht gerade uneigennützig, denn immer wenn Ursula Lenk gut gegessen hatte, mochte sie nicht mehr weit laufen und von hier bis zu ihrer Wohnung waren es nur noch wenige Meter.

Nachdem die Fleischspieße auf zwei riesigen Salattellern serviert worden waren, machte sich das ungleiche Paar, das der Kellner wie Oma und Enkelsohn behandelte, darüber her, wobei Ronny seinem Hunger eher lustlos nachgab. Erst als nur noch wenig übrig war, begann Ursula zu fragen, was am Vortag zwischen ihm und dem Model genau passiert war.

Ronny, dem Irinas tragischer Tod sehr zusetzte, konnte noch immer nicht glauben, dass er verdächtigt wurde, einen Mord begangen zu haben. Haarklein erzählte er vom Besuch der Villa Graf mit seinen Freunden und den drei Models sowie den Umständen von Irinas Verschwinden. Als Ronnys Mitschüler und deren Begleiterinnen ohne Irina im Fotoatelier aufgetaucht waren, stahl er sich davon und suchte im ganzen Haus nach ihr. Zuerst sah er in dem Raum nach, aus dem die Männerstimme gerufen hatte. Es war ein kleiner Lagerraum für diverse Gebrauchsartikel wie Glühbirnen, Toilettenpapier, Kanister mit Seife und dergleichen. Es brannte Licht, doch keiner war da.

»Ich lief nach oben und rief sie«, berichtete Ronny weiter. »Dummerweise kamen gerade ein paar Models zurück, lachten mich aus und nannten mich Stalker. Eine meinte sogar, ich solle es gut sein lassen. Sie würde sich doch nichts aus mir machen. Nur eines der Models schien sich ebenfalls Sorgen um Irina zu machen. Sie hieß Ricarda und bewohnte mit ihr ein Zimmer. Wir beschlossen, gemeinsam nach ihr zu suchen. Doch egal welche Etage wir durchsuchten, von Irina war nirgends eine Spur. Auf die Frage hin, wer sie im Keller um Hilfe gebeten haben konnte, fiel Ricarda allein der Hausmeister ein, doch auch den suchten wir vergeblich.«

»Du mochtest sie sehr, nicht wahr? Was hast du dann gemacht?«

Ronny hatte Tränen in den Augen und nickte: »Ich hab mich bei Ricarda bedankt. Sie hat mir im Gegenzug ihre Telefonnummer ins Handy gespeichert und wollte sich melden, wenn Irina wieder aufgetaucht sei. Daraufhin bin ich gegangen und hab zu Hause auf eine Nachricht gewartet. Umsonst. Heute Morgen rief ich sie an und erfuhr, dass Irina nicht in ihrem Zimmer geschlafen hatte.«

»Hast du schon mit deiner Schwester gesprochen?«

Zweites Kapitel

Eine Stunde später

Ungeduldig wartete Ursula Lenk noch immer im türkischen Restaurant auf Katrin Winter. Die Seniorin hätte längst auf ihrem bequemen Sofa kauern und sich über einen hanebüchenen Vorabendkrimi amüsieren können. Aber wenn sie ehrlich war, hätte sie dafür keine Muße mehr aufbringen können.

Köhlers Anruf hatte ihr die abendlichen Freuden gründlich verdorben. Irgendwie war es ihm gelungen, schon heute dem Haftrichter die nötige Unterschrift abzuringen. Nur wenig später war er vorgefahren, um Ronny aus dem Restaurant zu holen und diesen noch auf der Straße vor seinem Dienstwagen zu verhaften. Es hätte nur noch gefehlt, dem weinenden Jungen Handschellen anzulegen, doch so hartherzig war der Hauptkommissar dann doch nicht.

Endlich kam ein Mädchen durch die Tür, das unschwer als Ronnys weibliches Pendant zu erkennen war und angestrengt Ausschau nach ihrem Zwillingsbruder hielt. Ursula stand auf, winkte sie zu sich und stellte sich vor.

»Wo ist Ronny?«, fragte Katrin ohne Umschweife und machte keine Anstalten, ihre Jacke abzulegen oder sich zu setzen.

»Es tut mir leid, er wurde von der Polizei abgeholt«, sagte Ursula bedauernd. »Ich sitze schon viel zu lange hier. Daher schlage ich vor, wir gehen zu mir nach Hause und unterhalten uns dort.«

»Sind Sie von der Polizei?« Katrins Stimme war die Panik deutlich anzuhören. »Muss ich mitgehen?«

»Nein, ich bin nicht mehr bei der Polizei und natürlich müssen Sie nicht mitkommen. Keiner zwingt Sie dazu. Doch

Sie sollten wissen, dass ich Ihren Bruder für unschuldig halte. Und wenn Sie ihm helfen wollen, sollten Sie mich anhören. Wenn Sie möchten, bitte ich einen befreundeten Privatdetektiv und dessen Frau, eine brillante Psychologin, dazu. Beide haben schon so manchen Unschuldigen entlasten können.«

»Wie stellen Sie sich das vor? Ich kann doch keine Privatdetektive bezahlen. Nee, Frau Lenk. Ich beweise Ronnys Unschuld selbst«, sagte Katrin, machte auf dem Absatz kehrt und verließ das Lokal. Die Seniorin hatte Mühe, sich Mantel und Tasche zu schnappen, um ihr hinterherzueilen.

»So warten Sie doch«, rief sie Katrin nach. »Geben Sie mir wenigstens Ihre Telefonnummer.«

Katrin blieb stehen und ließ Ursula aufschließen, als wollte sie ihr etwas sagen. Doch als plötzlich ein Bus an der Haltestelle Steinstraße stehen blieb, sprintete sie los und schaffte es gerade noch, einzusteigen.

»Was geht in dir vor?«, fragte Ursula nachdenklich, doch Katrin, die bereits auf der Rückbank saß, konnte sie weder hören noch antworten.

Villa Graf, kurze Zeit später

Der Fotograf Klaus Saul schmunzelte, als Katrin zurückkam. Bisher lief alles nach Plan. Sie würde, um die Unschuld ihres Bruders zu beweisen, das Angebot der Modelschule annehmen. Ein Stipendium statt hohe Schulgebühren – seine Chefin würde er schon noch davon überzeugen. Bis zum Ende des Jahres könnte sie dann ihm gehören, und diese Zeit wollte er mit ihr genießen, um sie schließlich für ihren eigentlichen Zweck an seinen Auftraggeber zu übergeben. Irgendwie tat sie ihm leid, doch ihr Schicksal war besiegelt. Er hatte keine andere Wahl. Daher bemühte er sich schon jetzt, aufkommende Gefühle für sie zu verdrängen. Sie und ihr Bruder waren Vollwaisen wie Irina – ideale Opfer.

»Du, Klaus«, rief sie ihm entgegen, »steht dein Angebot noch?«

»Also doch. Gestern hast du es noch so vehement abgelehnt, als Model durchs Leben zu gehen.«

»Glaubst du im Ernst, ich würde auf mein Studium verzichten? Nein! Modeln möchte ich nur nebenbei.«

»Wie du meinst. Für mittellose Bewerberinnen unserer Kurse gibt es die Chance auf ein Stipendium. Ich mache einen Termin bei der Schulleiterin. Du musst dich jedoch gedulden. Der Mord an Irina hat uns alle aus der Bahn geworfen. But the show must go on.«

»Mich nimmt ihr Tod auch mit, obwohl ich sie kaum kannte. Besonders schlimm muss es jedoch für meinen Bruder sein. Es war ja mehr als deutlich, dass sie ihm gefiel, und jetzt wird er sogar für den Mörder gehalten.«

»Was sagst du da?«, rief der attraktive Frauenschwarm gespielt überrascht durch das Studio und nahm sein Model tröstend in den Arm. »Dein Bruder wird verdächtigt? Die Mädchen haben schon gemunkelt, dass er Irina gestalkt habe.«

»Das hat er nicht«, widersprach sie und machte sich von Klaus los. »Ich will herausfinden, was passiert ist. Hilfst du mir dabei?«

»Natürlich unterstütze ich dich, du musst mir nur sagen wie.«

»Zuerst müssen wir in Erfahrung bringen, wer Irina in den Lagerraum gebeten hat, während wir hier Fotos geschossen haben. Ronny hat mir über WhatsApp mitgeteilt, dass er sie zu diesem Zeitpunkt das letzte Mal gesehen hat.«

»Ach, wegen ihm bist du vorhin so übereilt weggerannt?«

»Ja, aber als ich am verabredeten Treffpunkt ankam, hatte die Polizei ihn schon abgeholt. Nur eine ältere Dame war noch da. Sie wollte mir einen Privatdetektiv aufschwatzen. Sehe ich so aus, als könnte ich mir so etwas leisten?«

Klaus horchte auf und fragte: »Was für eine ältere Dame?«

»Sie stellte sich als Ursula Lenk vor und beteuerte, dass sie Ronny für unschuldig hielt. Ach, ich weiß doch auch nicht, vielleicht wollte sie mir mit ihrem Vorschlag auch einfach nur helfen.«

Ein Räuspern an der Tür unterbrach den Dialog. Erschrocken blickte das Paar auf und sah die Direktorin im Rollstuhl heranfahren.

»Sie haben also mit Ursula Lenk gesprochen«, sagte Charlotte Seibt zu Katrin gewandt und überraschte die jungen

Leute mit ihrem Eingeständnis, das Gespräch belauscht zu haben. »Und Sie wollen sich hier als eine Art Undercoverermittlerin einschleichen?«

»Ähm … na, ja … eigentlich … ähm … ja, das hatte ich vor«, stotterte Katrin.

»Einverstanden«, sagte Charlotte Seibt mit Blick auf ihren Fotografen, der seine Verlegenheit mit einem vorgetäuschten Husten zu überspielen versuchte.

»Sie haben nichts dagegen?«, rief Katrin zu Klaus' Ärger freudig aus.

»Nein, ich halte Ihr Vorhaben für eine gute Idee und werde Ihnen Schützenhilfe leisten. Ich muss wissen, warum Irina ermordet wurde und ob weitere meiner Schützlinge in Gefahr sind. Kommen Sie bitte mit in mein Büro. Wir besprechen am besten gleich, wie wir Sie einschleusen können. Klaus, bitte begleite uns. Da du von all dem weißt, muss ich dich darum bitten, dich schriftlich zum Schweigen zu verpflichten.«

»Nein«, widersprach dieser besorgt. »Für mich ist das keineswegs eine gute Idee. Stellen wir Katrin damit nicht direkt in die Schusslinie?«

»Wie kommst du darauf?«, fragte Charlotte Seibt und gab sich neugierig. »Glaubst du, der Mörder ist einer von uns?«

»Nein, das nicht. Ich weiß nicht, aber möglich wäre auch das, oder? Wenn die Polizei wirklich den Falschen verdächtigt, dann läuft der wahre Mörder noch frei herum.«

»Umso schneller müssen wir versuchen, herauszufinden, wer es ist! Also kommt, ihr zwei«, befahl die Direktorin und fuhr ihnen im Rollstuhl voraus zum Lift.

Ursula ließ die Reaktion des Mädchens keine Ruhe. Sie machte sich Vorwürfe, nicht gleich gesagt zu haben, dass die Bezahlung der Privatdetektive von ihr übernommen werden würde.

Schnurstracks war sie an ihrem Haus vorbeigelaufen und betrat zwei Blocks weiter das noch hell erleuchtete Büro von Robin Miller, einem guten Freund, den sie bei der Gründung seiner Detektei und auch bei seinen Ermittlungen oft und gern unterstützte. Doch auch wenn die Detektei geschlossen gewesen wäre, hätte die Seniorin die Millers in deren Wohnung über dem Büro aufgesucht.

Robin und seine Frau Doris, die als Psychologin arbeitete, bestachen jeden Auftraggeber zuerst mit ihrer ungewöhnlichen Schönheit. Beide hatten rabenschwarzes Haar und blaue Augen. Oft hielt man sie für Zwillinge. Obwohl die Rentnerin das Paar gut kannte, wunderte sie sich jedes Mal aufs Neue über ihre Ähnlichkeit.

»Irgendwann gebe ich noch einen DNA-Test in Auftrag!« Mit diesen Worten trat sie in das Büro der Privatdetektive, die erstaunlicherweise beide zugegen waren, was selten genug vorkam. »Ihr werdet euch immer ähnlicher. Aber vorläufig habe ich mit einem anderen Zwillingspaar zu tun, das ganz schön in der Bredouille steckt.«

»Hallo, Ursel«, sagte Doris erfreut von ihrem Arbeitsplatz aus und ließ ihre Lektüre sinken.

»Schön, dich zu sehen«, begrüßte Robin seine Freundin und drückte diese herzlich.

»Ich habe leider keinen erfreulichen Grund für mein Kommen«, gab sie zu verstehen und umarmte nun auch Doris, die hinter ihrem Schreibtisch hervorgekommen war.

»Na, dann erzähl mal von deinen Zwillingen«, forderte der Detektiv seine Besucherin auf und schenkte ungefragt drei Becher Kaffee aus einer großen Druckkanne ein, wohl wissend, dass seine Freundin immer einen aromatischen Kaffee zu schätzen wusste.

Nachdem diese ihren Mantel abgelegt hatte, nahmen sie und das Ehepaar in der Besucherecke auf bequemen Stühlen Platz.

»Folgendes ist passiert«, sagte die Besucherin. »Heute Morgen hat eine Anwohnerin im Bereich *Hinter der Mauer* eine junge Frau aus einer neu gegründeten Modelschule ermordet in einem Müllcontainer aufgefunden. Ich kam dazu, als diese völlig erschrocken um Hilfe rief. Ich war gerade in der *Spaethe-Passage* in einer Blutlache ausgerutscht. Was noch dazu kommt: Ich bin dem Mädchen gerade erst einen Tag zuvor in einem Café begegnet, als ich mich mit der Gründerin dieser Schule unterhielt.«

Haarklein erzählte Robins frühere Mentorin alles, was sie über den Fall wusste und endetet damit, dass sie Hauptkommissar Köhler diesmal wohl nicht vertrauen könne. Sie sprach einen Ermittlungsauftrag aus und bat um einen offiziellen Vertrag.

»So ernst ist dir das?«, fragte Doris erstaunt. »Eine derartige Förmlichkeit zwischen uns gab es noch nie. Reicht es nicht, wenn wir uns erst einmal umhören, und dann entscheiden, ob die Polizei das nicht auch hinbekommt?«

»Mir tun diese jungen Leute von Herzen leid. Ronny Winter sitzt nun mutterseelenallein in Untersuchungshaft, obwohl er sich eigentlich auf sein Abitur vorbereiten müsste, und seine Schwester Katrin will, wie sie selbst gesagt hat, statt zu lernen, lieber selbst ermitteln, weil sie sich keinen Privatdetektiv leisten kann. Im Restaurant vertraute mir Ronny an, dass er und Katrin Vollwaisen sind. Sie haben ihre ganze Kindheit in einem Heim verbracht, weil offensichtlich keiner sie im Doppelpack haben wollte. Trotz dieser erschwerenden Umstände haben sie es bis kurz vors Abitur geschafft und könnten wegen ihrer guten Leistungen im nächsten Jahr Astrophysik an der Uni Potsdam studieren. Und nun zerstört dieses Dilemma ihr ganzes Leben, versteht ihr?«

»Ich verstehe«, entgegnete Doris mitfühlend. »Dilemma ist gar kein Ausdruck für eine solche Situation. Ich werde mit der jungen Frau reden.«

»Was sagt denn der Obduktionsbericht?«, fragte Robin. »Wir haben uns bereits gefragt, ob wir auf eigene Faust recherchieren sollten, schließlich ist ein Mord in Gera nicht gerade alltäglich. Und wegen des friedlichen Trotts in dieser Stadt ist die Auftragslage derzeit für uns auch nicht gerade rosig.«

»Dann solltet ihr meinen Auftrag annehmen und euch darüber freuen. Seht mich als Großmutter dieser Kinder, denn die will ich für sie sein und mich um sie kümmern. Wenn schon die Polizei nicht genug Sensibilität aufbringt, muss ihnen von anderer Seite geholfen werden.«

»Mir scheint, du bist stinksauer auf Hauptkommissar Köhler«, sprach Robin aus, was Ursula nur angedeutet hatte.

»Ja, und wie!«, gab sie zu und trank einen großen Schluck Kaffee. Sie verschluckte sich und sprach hustend weiter: »Ich habe mit … hrrrehrrr … dem Jungen geredet. Er … hrrrehrr … mochte das getötete Model, wäre aber nie auf die Idee gekommen, ihren Pass zu stehlen, um an sie heranzukommen. Ich glaube auch nicht daran, dass sie etwas so Wichtiges wie ihren Pass einem Wildfremden in den Rucksack stecken würde. Nee, da steckt jemand ganz anderes dahinter. Womöglich der tatsächliche Mörder.«

»Das ergibt Sinn«, pflichtete ihr Robin bei.

Doris brütete stumm vor sich hin – eine Reaktion, die Robin nur zu gut von ihr kannte. Manchmal beförderte sie lange nicht angewandte psychologische Fakten zutage und versuchte, diese auf aktuelle Fälle anzuwenden.

»Wenn wir über den Obduktionsbefund Bescheid wüssten, wären wir weiter«, sagte sie schließlich. »Alles deutet auf eine sexuell motivierte Straftat hin. Die fehlende Kleidung, die Folie, die du beschrieben hast, die Stichwunden, der Ablageplatz … Das muss ein Kerl gewesen sein, der große Angst vor Abweisung hat und diese gewaltsam mit einer Machtposition zu kompensieren versucht. Meist entwickeln sich solche Typen zu Serientätern. Einem verliebten Gymnasiasten würde ich so etwas beim besten Willen nicht zutrauen.«

»Nicht wahr?«, sagte Ursula erleichtert.

»Das Problem ist nur, dass dieser Ronny in Untersuchungshaft sitzt, und wir ihn nicht befragen können«, gab Robin zu bedenken.

»Befragt doch Katrin Winter. Sie war die meiste Zeit mit ihrem Bruder, dessen Freunden und den anderen Models zusammen. Ihr dürft euch nur nicht als Detektive zu erkennen geben.«

»Ganz sicher nicht. Hier müssen wir wieder in unsere Inszenierungskiste greifen«, sagte Doris und zeigte offen ihre Vorfreude auf die vor ihnen liegenden Rollenspiele, mittels derer sie fast jeden Fall knacken konnten. »Aber da fällt mir etwas anderes ein«, fuhr sie ernst fort. »Es wäre hilfreich, wenn du Hauptkommissar Köhler bitten würdest, mit diesem Jungen eine Tatortbegehung zu machen. Wahre Täter verraten sich immer, zumindest gegenüber psychologisch geschulten Menschen. Jemand, der nicht weiß, wo und wie das Opfer zu Tode kam, wird das nach außen tragen.«

»Wollen wir hoffen, dass ihn Köhler nicht in alle Fakten einweihen wird«, sagte Robin. »Ist es nicht so, dass er das gar nicht darf?«

»Nur der Presse werden nicht alle Fakten mitgeteilt«, erwiderte die frühere LKA-Chefin. »Manchmal verschweigt man aber auch Verdächtigen gegenüber brisante Kleinigkeiten.«

»Ich schätze, du musst wohl oder übel wieder den Kontakt zum Chefermittler suchen. Setz dabei am besten dein Handy ein. Du weißt, dass uns hauptsächlich Tonaufzeichnungen helfen.«

»Solange ihr diese keinem Richter vorlegt …«, sagte die ehemalige Kommissarin schmunzelnd, trank ihren Kaffee aus und erhob sich von ihrem Platz.

Es war alles gesagt. Sie konnte voller Elan ans Werk gehen.

Kriminalpolizeiinspektion Gera, am nächsten Vormittag

Hauptkommissar Köhler kam vom Verhör des Verdächtigen in sein leeres Büro und fand den Obduktionsbericht der Ermordeten auf seinem Schreibtisch. Noch ließen Kommissarin Ruth Lonitz und Polizeioberwachtmeister Thomas Freitag, mit denen er die Befragung durchgeführt hatte, auf sich warten. Ungeduldig klopfte der Chefermittler auf die Schreibtischplatte und sah förmlich vor sich, wie sich seine Mitarbeiter, mit dem Polizeipsychologen Daniel Feldmann schwatzend, ohne Eile auf dem Weg zur Dienstbesprechung befanden. Natürlich wüssten sie schon jetzt mehr als er, weil Feldmann, der das Verhör im Technikraum verfolgt hatte, ihnen seine Beobachtungen bereits mitgeteilt haben würde. Selbst schuld, er hätte sich ihnen anschließen können.

Eigentlich wollte er mit dem Lesen des Obduktionsberichts warten, bis alle da waren, doch warum sollte er seinem Team nicht auch einen Schritt voraus sein? Er öffnete den Umschlag und begann, den Text zu überfliegen. Angewidert legte er das Dokument beiseite. Offensichtlich hatte der Mörder Spaß am Quälen seines gefesselten Opfers gehabt, das brutal vergewaltigt und lebendigen Leibes an mehreren Körperstellen aufgeschlitzt worden war, bis es verblutete. Der Fundort schien nicht der Tatort gewesen zu sein, auch wenn die große Blutlache in der *Spaethe-Passage* darauf hindeutete. Doch angesichts dieses qualvollen, langsamen Todes hatte sich das Model mit Sicherheit die Seele aus dem Leib geschrien und hätte somit die Anwohner mobilisiert. Nein, der Tatort muss schalldicht gewesen sein und das angerichtete Blutbad würde bei noch so penibler Reinigung weiterhin nachweisbar sein.

Diese Tat wollte so gar nicht zu dem weinerlichen Gymnasiasten passen, der offensichtlich dem Opfer nachtrauerte und über dessen Tod zutiefst erschüttert schien.

Endlich betraten seine Mitarbeiter das Büro. Sie schwiegen und wirkten, als hätten sie auch unterwegs nicht viel gesagt.

»Ronny Winter war es nicht«, platzte Feldmann hervor.

Uwe Köhler nickte.

»Aber er könnte uns, ohne es zu wissen, zum Mörder führen«, war die überraschende Meinung von Kommissarin Lonitz.

»Wie meinen Sie das?«, fragte Oberwachtmeister Thomas Freitag und sah sich mit seiner Überraschung in bester Gesellschaft.

Villa Graf, zur gleichen Zeit

Trotz der Verunsicherung unter den Models und dem Personal, die nicht nur von Trauer um Irina, sondern hauptsächlich von Angst bestimmt war, freute sich Charlotte Seibt über Ursula Lenks telefonische Anfrage, ob sie ihren Besuch in der

Villa nachholen dürfte. Ihre neue Bekannte hatte es spannend gemacht und angekündigt, über ein Gespräch mit dem Chefermittler Köhler zu berichten.

Miteinander telefoniert hatten die beiden Frauen schon unmittelbar nach Ursulas Konsultation mit den Detektiven am Vortag, wobei Charlotte der ehemaligen Ermittlerin anvertraute, die Gymnasiastin Katrin Winter in den Kreis ihrer Models eingeschleust zu haben, woraufhin Ursula die Bitte aussprach, alles zu erfahren, was sie von und über das Mädchen wusste.

Die Hausherrin ließ sich den runden Tisch in ihrem Büro als Kaffeetafel eindecken und beauftragte Lincoln Bernard, frische Semmeln und Kuchen zu besorgen. Dann tippte sie eine Nachricht für Katrin, die weiterhin das Gymnasium besuchte und derzeit die Schulbank drückte, in ihr Handy.

Als diese eine Stunde später den Raum betrat und Ursula Lenk bei Kaffee und Kuchen am Tisch sitzen sah, machte sie den Eindruck, als wolle sie kehrtmachen.

»Kommen Sie herein«, sagte Charlotte Seibt freundlich. »Ich fürchte, Sie machen sich ein falsches Bild von Frau Lenk. Sie ist auf Ihrer Seite oder besser gesagt auf unserer.«

Nachdem Lincoln Katrin den Mantel abnahm, setzte sie sich dann doch zu den Frauen. Ihr Blick streifte über das Kuchenangebot und heftete sich an die frischen Brötchen, Schinken und Käse.

Während sie nach dem herzhaften Essen griff, richtete Ursula Lenk das Wort an sie: »Katrin, ich weiß von Frau Seibt, dass Sie vorhaben, sich hier als Modelschülerin umzuhören. Ich bin ebenfalls der Meinung, dass sich der Mörder in diesem Umfeld aufhält, zumal ich mit großer Bestürzung erfahren musste, dass Frau Seibt vor nicht einmal fünf Jahren Ähnliches passiert war. Dank ihres Mannes, der sie gesucht und halbtot in einem Müllcontainer gefunden hatte, ist sie jedoch im Gegensatz zu Irina mit dem Leben davongekommen. Es scheint also, als hätten wir es mit einem Serientäter zu tun. Das ist nicht ohne, mein Kind.«

Katrin hielt inne und saß für einen Moment wie versteinert auf ihrem Stuhl. Dann blickte sie in die ernsten, besorgten

Gesichter der Frauen und rang nach Worten: »Oh, das tut … das ist ja schrecklich. Das tut mit sehr … sehr leid. Ich wusste nicht …«

»Lassen Sie es gut sein«, beschwichtige Charlotte Seibt. »Ich glaube gern, dass man seine Betroffenheit kaum ausdrücken kann. Versuchen Sie es gar nicht erst. Ich glaube Ihnen auch so, dass Sie das mitnimmt. Zuerst wollte ich es Ihnen verheimlichen, aber Frau Lenk meinte, Sie sollten es wissen. Und dann hat sie mich auf eine weitere Auffälligkeit aufmerksam gemacht.«

Sie lehnte sich in ihrem Rollstuhl zurück, sah von der jungen Besucherin zur älteren und wartete auf die Fortsetzung der Unterhaltung. Auch Frau Lenk schien zu überlegen, wie sie dem Mädchen ihre Beobachtung so schonend wie möglich beibringen sollte. Charlotte Seibt merkte Katrin ihre Unsicherheit an. Das Mädchen wollte nur ihrem Bruder helfen und nun fand sie sich in einer Situation wieder, die sie selbst in größte Gefahr zu bringen drohte.

»Ich glaube, ich weiß, was Sie meinen«, sagte Katrin und sprach zu ihrer eigenen Überraschung genau das aus, was wie ein Donnerschlag in ihr Bewusstsein gerückt war. »Wie ich von Klaus Saul erfahren habe, war Irina eine Waise. Genau wie ich. Deshalb bin auch ich gefährdet. Und Sie, Frau Seibt? Sind Sie auch eine Waise?«

»Nein, aber bevor mir das passiert war, manövrierte ich mich in eine Situation, die meinen Peiniger annehmen ließ, ich sei ohne Eltern aufgewachsen, hätte keine Familie oder jemanden, der mich vermissen würde.«

»Wie das?«, fragte Ursula und kam Katrin mit dieser Frage zuvor.

»Damals modelte ich in Hamburg und hatte einen vollen Terminkalender. Da lernte ich eine junge Frau kennen, die unbedingt einen Fuß ins Modelgeschäft bekommen wollte. Sie war zehn Jahre jünger als ich. Vor mir lag eine Modenschau, vor der mir graute. Der Organisator stellte mir ständig nach und buchte mich offensichtlich nur, weil er bei mir landen wollte. Da kam ich auf die Idee, ihm einen Streich zu spielen. Mit ihrer Erlaubnis richtete ich sie so her, dass sie kaum von mir zu unterscheiden war. Ihr leicht helleres Haar färbten wir schwarz, unsere Augenfarbe stimmte überein, Größe und Figur unterschieden sich auch nur minimal. Nachdem ich sie etwas älter geschminkt hatte, stolzierte sie kokett umher und fühlte sich wie das erfolgreiche Mannequin, für das sie mich hielt. Als sie auch noch sagte, sie habe keine Skrupel, mit diesem Kerl ins Bett zu gehen, wenn sie nur modeln dürfe, empfand ich unser Vorhaben als Win-win-Situation. Am Ende tauschten wir sogar unsere Ausweise, ohne zu wissen, was dies auslösen würde. Ich lebe nur noch, weil ich eine Woche vorher jemanden kennengelernt hatte, der mich rettete und der später sogar mein Ehemann wurde, obwohl ich nach langer, komplizierter Rekonvaleszenz mein restliches Leben im Rollstuhl verbringen muss. Hätte ich gewusst, dass mich der Ausweis eines Waisenmädchens ins Visier eines Frauenmörders brachte, der nach einem Opfer suchte, nach dem kein Hahn schreien würde, hätte ich ihn ganz bestimmt nicht bei mir getragen.«

»Wurde der Täter gefasst?«

»Es gab mehrere Verdächtige. Nach den wirklich ernsthaft betriebenen Ermittlungen blieb einer übrig, der auch verurteilt wurde. Nur glaube ich nach allem, was hier geschehen ist, nicht mehr, dass die Polizei damals den Richtigen verhaftet hatte. Ich habe ihn nie gesehen. Bevor er mich vergewaltigte und auf mich einstach, hat er mir Augen und Mund zugeklebt, nur die Nasenlöcher frei gelassen, damit ich noch so lange atmen konnte, bis ich verblutet sein würde. Warum passiert das wieder? Und das ausgerechnet in meinem Umfeld und nicht weit weg, wo ich nie davon erführe. Es muss mit mir zu tun haben. Ich habe Angst.«

»Wollen Sie Ihr Vorhaben noch immer durchziehen?«, fragte Ursula Lenk mit besorgtem Blick auf Katrin und wandte sich sofort mit der Frage an ihre Gastgeberin, ob die Geraer Polizei von alledem wisse.

Zum großen Erstaunen der Fragestellerin nickten beide, Charlotte und Katrin.

Die ehemalige Kripobeamtin verließ die Villa Graf mit dem einzigen Gedanken, der ihr in dieser Situation noch Trost spenden konnte – die tatkräftige Unterstützung der Detektei DORO. Unterwegs informierte sie telefonisch Hauptkommissar Köhler über ihre Erkenntnisse und verabredete sich mit ihm. Zu ihrer Verblüffung versicherte er, ihr nun mit einem anderen Blick auf den Fall zu begegnen. Dennoch quälte sie eine undefinierbare innere Unruhe. Nach weiteren fünf Minuten Fußmarsch zur Polizeiinspektion in der Amthorstraße blieb sie plötzlich stehen, klatschte sich mit der rechten Hand gegen die Stirn und eilte zur nächsten Bank, um sich zu setzen. Erneut bediente sie ihr Handy, doch die erhoffte Verbindung kam nicht zustande. Unbeholfen tippte sie ihre Frage an den Empfänger über WhatsApp ein, weil es ihr die kleine Tastatur ziemlich schwer machte. Der Blick auf die Zeitanzeige verriet, dass ihr noch dreißig Minuten blieben, was ihr plötzlich sehr entgegenkam, machte sich doch nun ein unangenehmes Herzrasen bemerkbar, das sie glücklicherweise einfach aussitzen konnte.

Das Handysignal richtete ihre Aufmerksamkeit auf Charlottes WhatsApp-Antwort, die da lautete, unabhängig voneinander seien es eine frühere Kollegin und ihr Mann gewesen, die sie auf die Idee brachten, sowohl elternlosen als auch finanziell benachteiligten Bewerberinnen die Chance auf eine Modelausbildung zu geben. Um die Auswahl sowie die Verwaltung der Personaldaten habe sie sich selbst nie gekümmert. Sie werde aber ihre Sekretärin Julia Huscher fragen, wie es zur Aufnahme von Irina Semjonowa gekommen sei.

Der Seniorin leuchtete ein, dass von den großen Summen, die reiche Eltern für die Ausbildung ihrer Sprösslinge zu geben bereit waren, auch locker ein, zwei ärmere Anwärterinnen mit unterrichtet werden konnten. Aber dass neben einer Modelkollegin auch ausgerechnet Jürgen Seibt, Charlottes Mann, darauf gekommen war, warf neue Fragen auf. Bisher hatte sie ihn noch nicht zu Gesicht bekommen. Laut seiner Frau war er ständig für ihre zweite Einnahmequelle, die Modelagentur, unterwegs, um europa- und weltweite Engagements für die unter Vertrag stehenden Models auszuhandeln.

»Wann ist dein Mann zurück?«, schrieb Ursula ihrer neuen Freundin zurück. »Ich würde mich auch mit ihm sehr gern einmal unterhalten.«

Die Antwort kam prompt und lenkte ihre Überlegungen in eine völlig andere Richtung.

Villa Graf, am frühen Nachmittag

Als Detektivin Doris Miller die Villa betrat, lief ihr eine Lehrerin über den Weg und fragte, ob sie die für 14 Uhr erwartete Psychologin sei. Fast euphorisch stellte Doris fest, dass Ursula Lenk hier ganze Arbeit geleistet hatte. Ihr Vorschlag, eine Psychologin zu engagieren, die sich der von den jüngsten Ereignissen ausgelösten Angst und Verstörung unter der gesamten Besatzung annähme, war auf offene Ohren gestoßen.

»Die Models und das Personal haben sich im größten Schulungsraum versammelt«, informierte die junge Frau die Detektivin. »Ich führe Sie hin. Wir alle nehmen teil und sind so froh, dass uns jemand helfen will, Irinas grausamen Tod zu verkraften.«

Doris war heilfroh, so leicht hier eingeführt zu werden. Nun musste ihr nur noch eine Rolle für Robin einfallen, doch meist ergab sich eine Idee aus der Situation heraus.

Die Trainerin der jungen Models öffnete eine Tür, die in einen hellen, freundlichen Raum führte, dessen Stuckdecke und Holzsockel an den Wänden keineswegs im Widerspruch zur modernen Einrichtung standen. Die im Kreis stehenden Stühle in der Raummitte waren abwechselnd von Schülerinnen und Dozenten besetzt worden, ganz wie es sich die Psychologin gewünscht hatte. Nur die Leiterin der Schule befand sich außerhalb des Kreises, kam Doris Miller, die ihr unter dem Tarnnamen Dorothea Müller angekündigt worden war, im Rollstuhl entgegen und begleitete sie zum einzigen Stuhl, der mit einer pultähnlichen Ablagefläche versehen war.

»Herzlich willkommen, Frau Müller«, begrüßte sie die Psychologin. »Wir sind Ihnen sehr dankbar für Ihre Bereitschaft, uns in unserer Trauer beizustehen. Ich denke, wir alle sollten uns als Einstieg zunächst einmal vorstellen.«

Ein junger Mann erhob sich von seinem Platz und sagte: »Klaus Saul, Fotograf.«

Das Model rechts von ihm blieb sitzen und nannte seinen Namen: »Gina Schröder.«

Eine Frau mittleren Alters stand auf und stellte sich als Sekretärin Julia Huscher vor. Danach erfuhr Doris die Namen der Schülerinnen Ricarda Lindner und Rosalie Förster, den des Visagisten und Friseurs Felix Grossmann, des Ehemannes von Gisela Grossmann, jener Frau, die sie im Treppenhaus begrüßt hatte und sich nun als Sport- und Lauftrainerin vorstellte. Zwischendurch nannten wieder einige Models ihre Namen, darunter Katrin Winter, die der Psychologin als Schwester des Tatverdächtigen Ronny und Schülerin des Goethe-Gymnasiums bekannt war. Zum Schluss erhob sich ein älterer Herr, der wie ein Gentleman aus einer anderen Zeit wirkte.

»Ich bin Hausmeister, Assistent und Chauffeur Lincoln Bernard«, sagte dieser mit einer sehr angenehmen, sonoren Stimme.

»Es freut mich, Sie alle, wenn auch aus unerfreulichen Gründen, kennenzulernen«, konstatierte Doris und blieb stehen. »Wir wollen nun direkt in das Thema einsteigen. Reden wir zuerst darüber, was uns am meisten Angst macht.«

Drittes Kapitel

Kriminalpolizeiinspektion Gera, am frühen Nachmittag

Hauptkommissar Köhler saß mit Ursula Lenk in der Kantine, die um diese Zeit wie leergefegt war, und eröffnete ihr begeistert, er habe die Erlaubnis, sie als Beraterin ins Team aufzunehmen.

»Gar nicht so dumm«, sagte die Seniorin anerkennend. »Natürlich weiß du, dass ich weiß, warum du die Genehmigung eingeholt hast.«

Der Kriminalist grinste breit. Wenn er ehrlich war, kam ihm Ursels Hartnäckigkeit doch ziemlich gelegen. Würde sie weiterhin so oft in seinem Büro auftauchen, bekäme er Probleme mit seinem Vorgesetzten. Dem vorzubeugen war nicht nur ein kluger Schachzug, sondern auch eine Notwendigkeit. Er brauchte sie.

»Wann lasst ihr den Jungen frei?«, fragte Uwe Köhlers frühere Vorgesetzte ernst und sah in sein Gesicht, aus dem das Schmunzeln nicht restlos verschwand.

»Wir brauchen den Jungen noch eine Weile«, erwiderte er. »Wie du selbst sagtest, kommt dieser Jürgen Seibt nächste Woche zurück nach Gera. Dann haben wir alle aus dem Modelumfeld beieinander. Sie sollen ruhig glauben, dass Ronny weiterhin unser Hauptverdächtiger ist.«

»Du opferst die Freiheit des Jungen für eine Strategie, deren Erfolg in den Sternen steht? Lass ihn frei.«

»Das würde uns unglaubwürdig machen.«

»Wieso? Auch Verdächtige gelten so lange als unschuldig, bis ihre Schuld bewiesen ist. Ronny muss weiter das Gymnasium besuchen, sonst verliert er den Anschluss. Jeder Richter wird einsehen, dass einem so jungen Menschen sonst die Zukunft verbaut wird.«

»Okay, ich kümmere mich darum.«

Ein Duft von frischem Kuchen, vermutlich gerade von einer Bäckerei geliefert, strömte hinter der Theke hervor. Entgegen Hauptkommissar Köhlers Erwartung schien Ursula es nicht zu bemerken.

Diesmal konnte er nicht widerstehen und fragte sie, ob er ihr ein Stück mitbringen solle.

»Nein, ich hab schon so viel bei Charlotte gegessen, dass ich die nächsten Tage wegen meiner Zuckerwerte verzichten muss. Bring mir bitte ein Glas Wasser mit.«

Als er zurückkam, fragte sie, wie er nun vorgehen wolle.

»Zuerst wollte ich deinen Rat befolgen und mit dem Jungen eine Tatortbegehung machen. Aber der weiß noch nicht mal, wie die junge Russin zu Tode kam, geschweige denn, wo sie gefunden wurde. Wir haben alle versucht, ihn in widersprüchliche Aussagen zu verstricken – und das in verschiedenen Verhörkonstellationen; einmal Lonitz mit Feldmann, einmal ich mit Lonitz, einmal Feldmann und Freitag und so weiter. Die Auswertung der Beobachter ließ keinen anderen Schluss zu als den, dass der Junge nichts weiß. Und wie Irinas Pass wieder in dessen Rucksack gelangte, konnte er auch nicht sagen, noch nicht mal ahnen.«

»Was?«, bemerkte Ursula verblüfft. »Der Pass war wieder in seinem Besitz? Das ist doch eine Botschaft … was für ein krankes Hirn kommt denn darauf, dem Jungen ein zweites Mal …«

»Deshalb«, unterbrach Köhler die Beraterin seines Teams, »vermutet meine Kollegin Lonitz auch, dass uns Ronny Winter zum Mörder führen könnte.«

»Der Versuch ist es wert. Und wie, denkt ihr, könnte das vonstattengehen?«

Uwe Köhler kaute noch genüsslich auf einem Bissen Kuchen. Dann spülte er ihn mit einem Schluck Kaffee hinunter.

»Wir haben noch nichts Festes«, bemerkte er schließlich, »aber als Beraterin wirst du dabei sein, wenn wir die Aktion haarklein planen. Ich freue mich schon auf deine Einwände und Vorschläge. Aber jetzt noch etwas ganz anderes, was auch nicht direkt mit dem Fall zu tun hat. Wie ich feststellen konnte, bist du mit der Eigentümerin der Villa Graf per Du. Das hast du eingerührt, bevor du zum Team gehörtest, ansonsten könnte ich es nicht gutheißen. Aber sei es drum. Ich bin da auf etwas gestoßen, das du mir vielleicht bestätigen oder verneinen kannst. Die Befragung der Dame hat Ruth durchgeführt. Beim Durchgehen des Protokolls fiel mir auf, dass Frau Seibt trotz ihrer schrecklichen Erlebnisse und ihrer Behinderung ihren Platz im Leben zu kennen scheint. Eine Kämpfernatur! Dann stolperte ich über ihren Geburtsnamen Köhler. Im Zusammenhang mit der Villa Graf kamen mir vage Erinnerungen. Gestern Abend habe ich meinen Vater besucht und nach der Geschichte des Gebäudes, der früheren Besitzer und nach meinem Onkel, also dem Bruder meines Vaters, gefragt. Demnach war die Villa von den Russen beschlagnahmt worden und diente als Offiziersunterkunft, später als Kindertagesstätte für die Sprösslinge der hier stationierten Armeeangehörigen. Den Textilbetrieb der Fabrikantenfamilie Graf verstaatlichte die DDR und so gingen sie beinahe mittellos in den Westen, genauer gesagt nach Hamburg. Man hatte ihnen hier ja alles genommen. Nichtsdestotrotz war mein Onkel in die Fabrikantentochter verliebt und ist mit ihr gegangen. Daraufhin hatten die Brüder den Kontakt abgebrochen, weil die Polizeikarriere meines Vaters sonst beendet gewesen wäre. Du weißt schon – Westverwandtschaft und Polizeidienst –, das war nicht möglich. Leider ist sein Bruder vor der Wende verstorben. Ich habe meinen Vater noch nie so traurig erlebt, als er sagte, er bedauere sehr, ihn nicht noch einmal gesehen zu haben. Er wusste auch nicht, ob sein Bruder in die Familie Graf eingeheiratet hatte. Das würde jedoch den Geburtsnamen der Seibt erklären. Wäre sie die Tochter meines Onkels, wäre sie meine Cousine. Du sagtest doch, sie hätte die Villa geerbt. Da könnte es doch sein, dass sie die Enkelin des damals vertriebenen Fabrikantenehepaars ist. Weiß du, ob es eine Rücküberführung der Villa an die Eigentümer gegeben hat? Möglich ist auch, dass einfach jemand die Villa gekauft und dann seiner

Erbin vermacht hat. Dann wäre der Name Köhler nichts weiter als ein Zufall. Versteh mich nicht falsch, Ursel, ich könnte natürlich auf dem Katasteramt nachfragen und das irgendwie mit dem Fall rechtfertigen. Das hieße aber, ich würde meine Funktion missbrauchen. Daher bitte ich dich, deine neue Freundin zu fragen, woher der Name Köhler stammt.«

»Klar«, sagte die Seniorin lapidar, »das mache ich.«

Büro der Detektei DORO, am späten Nachmittag

Als Doris Miller ihr Büro betrat, gab sich ihr Ehemann überraschenderweise ziemlich emotional. In dienstlicher Umgebung tat er das nie, doch im Moment konnte er seine Neugier kaum bremsen.

Auf dem Couchtisch stand bereits ein Teller mit belegten Brötchen und während er Kaffee servierte, fragte er nach neuen Erkenntnissen.

»Leider habe ich nichts erfahren, was wir nicht schon wussten. Die Mädchen sind ziemlich durch den Wind und die Dozenten sowie das übrige Personal wissen nicht, wie sie sich verhalten sollen. Danke übrigens für den Imbiss. Ich sterbe vor Hunger.«

Doris, die herzhafte Speisen lieber mochte als Kuchen, biss in ein Salamibrötchen und kaute genüsslich.

»War es der Hausmeister, der Irina gerufen hat?«, fragte Robin mit vollem Mund.

Seine Frau schluckte ihren Bissen hinunter und ahmte ihren mampfenden Ehemann nach, als sie dies verneinte. Robin schmunzelte über ihren Anblick, fragte aber gleich, wer denn nun das spätere Mordopfer gerufen habe.

»Das weiß niemand«, sagte Doris und schien über ihre nächsten Worte nachzudenken. »Das mit dem Hausmeister ist so eine Sache. Es gibt da einen älteren Herren, ein richtiger Gentleman, der ist Chauffeur, Assistent und fungiert auch als Hausmeister, wobei er für die anfallenden Arbeiten entsprechende Handwerker beauftragt. Er war zur fraglichen Zeit bei einem Jugendfreund, was die Polizei bestimmt schon nachgeprüft hat.«

»Mmm, wenn mir doch bloß eine Rolle einfallen würde, in der ich mich, ohne Misstrauen zu erregen, mit diesen Leuten unterhalten könnte.«

»Das kannst du vielleicht bald«, sagte Doris lächelnd. »Ich habe nämlich noch ein Ass im Ärmel. Frau Seibt fragte mich, ob ich nicht jemanden wüsste, der den Models die richtigen Werte vermitteln könne. Sie habe den Eindruck, dass vielen von ihnen das Wissen um Recht und Unrecht fehle. Gerade in dieser Situation seien ihr Rachegelüste an dem verdächtigen Jungen zu Ohren gekommen und Gespräche über Selbstjustiz, die so gar nicht harmlos klangen. Ich sagte sofort: ›Da muss ein Ethiklehrer her, der diese Problematik thematisiert‹. Ich habe meinen Zwillingsbruder Robert Müller – also dich – empfohlen.«

»Alle Achtung! Die Leiterin einer Modelschule will ihren Schützlingen gesellschaftliche Werte vermitteln lassen. Wenn das nicht für sie spricht, dann weiß ich auch nicht. Danke, Doris, das ist perfekt! Auch dass wir als Geschwister auftreten, kann unserer Tarnung nur nützen.«

Kriminalpolizeiinspektion Gera, zur gleichen Zeit

Die Erleichterung über den Beraterstatus des neuen Teammitglieds stand auf allen Gesichtern von Uwe Köhlers Mitarbeitern geschrieben. Und auch die lebens- und diensterfahrene Ursula Lenk, die längst nicht mehr alles so verbissen sah wie in früheren Jahren, war dankbar, den derzeitigen Kollegen keinen Ärger mehr bescheren zu müssen.

Leider hatte man die frühere JVA in Gera geschlossen und Ronny Winter musste in Untersuchungshaft nach Hohenleuben verfrachtet werden. Einig war sich das Ermittlerteam darin, dass er zu einer neuen Vernehmung nach Gera gebracht werden sollte. Hier hatten sie Befragungsräume ohne die lästigen Spiegel, deren Funktion jedes Kind kannte. Dafür übertrugen unauffällige Kameras die Verhöre in den Technikraum.

»Also gut«, sagte Ursula, »in einer halben Stunde hab ich einen Termin beim Haftrichter. Ich erkläre ihm, dass der Junge wieder in die Schule muss und bei mir gut aufgehoben ist. Wir müssen seine Entlassung aus der U-Haft ja nicht öffentlich machen. Soll der wahre Täter ruhig glauben, dass Ronny Winter noch verdächtigt wird. Ich denke, nach dem morgigen Verhör wissen wir, wer ihm Irinas Pass untergeschoben hat. Und wenn nicht, dann haben wir hier auch genügend Mittel und Wege, um an diese Information zu gelangen. Sobald der Richter entschieden hat, melde ich mich.«

Die Tür schloss von außen und Uwe Köhler atmete auf. In Gegenwart seiner früheren Vorgesetzten fühlte er sich selten wie der Ermittlungsleiter, doch jetzt war er wieder ganz er selbst.

»Ehrlich gesagt, bin ich froh, dass wir sie haben«, gab er zu, »und dass sie uns so manch Lästiges abnimmt – wie den Termin beim Richter. Aber es ist auch schön …«

»… wenn sie wieder weg ist«, beendete Ruth Lonitz den Satz. »Wir verstehen Sie da voll und ganz, Chef. Doch gut finde ich, dass sie den Jungen befragen will. Wie es scheint, vertraut er ihr und wird die Möglichkeit, bei ihr zu Hause unterzukommen, dankbar annehmen.«

»Ich habe auch ein gutes Gefühl«, meldete sich Thomas Freitag zu Wort, der gerade ein Gespräch auf seinem Diensthandy beendet hatte. »Und das Beste ist, morgen wird ein neuer Kollege hier erscheinen, ein Computergenie, der gerade seine Ausbildung als IT-Ermittler abgeschlossen hat. Diese Leute finden einfach alles im Netz, was mit aktuellen Fällen zu tun hat.«

Uwe Köhler grinste und gestand seiner Mannschaft, dass er schon lange eine solche Hilfe angefordert habe, nur sei er nicht sicher gewesen, ob und wann man sie ihm zuteilen würde. So lange habe er den neuen Mitarbeiter nicht ankündigen wollen.

»Morgen Vormittag muss ich zu einer Konferenz«, beendete er die Dienstbesprechung, »doch sobald ich zurück bin, kommen Sie, Ruth, mit mir in die Villa Graf, um Jürgen Seibt zu befragen. Wenn er Schwierigkeiten macht, laden wir ihn vor. Und Sie, Thomas, empfangen unseren Neuen. Als Erstes soll er im Netz nach ähnlichen Fällen im In- und Ausland suchen. Wie unser Polizeipsychologe schon angedeutet hat, ist es schwer vorstellbar, dass ein sadistischer Frauenmörder nur alle fünf Jahre zuschlägt. Es könnte ähnlich zugerichtete Opfer gegeben haben, von denen wir noch nichts wissen.«

Der junge Kollege nickte und sagte: »Ich bin gespannt, was das für einer ist.«

»Seien Sie freundlich zu ihm«, riet Köhler, während er seiner Kollegin die Tür aufhielt.

Gera, Johannisplatz, am nächsten Tag, gegen Mittag

Seit Katrin nach Schulschluss ohne ihren Zwillingsbruder das Gymnasium verlassen musste, fühlte sie sich oft allein und verlassen. Doch heute sah sie schon vom Schulportal aus, dass sie jemand abholte. Sie legte einen Schritt zu, nicht zu schnell, sollte Klaus doch nicht merken, wie sehr sie sich freute. Noch wusste sie nicht, ob er sie so sehr mochte wie sie ihn. Daher hielt sie sich immer wieder zurück. Dennoch fiel sie ihm um den Hals, und als er sie küsste, fühlte sie sich für einen Moment im siebten Himmel. Allerdings rief sie sich nach dieser leidenschaftlichen Begrüßung gleich wieder zur Ordnung und schraubte ihre Erwartungen gegen null.

»Was ist?«, fragte er, als sie sich versteifte und von ihm abließ.

»Wenn uns jetzt jemand von der Modelschule gesehen hätte, würde meine Tarnung auffliegen oder die anderen könnten dir aus Neid Verführung Schutzbefohlener anhängen.«

»Ich weiß«, sagte er. »Aber das würde mir nichts ausmachen. Du bist 18 und belegst nur einige Kurse bei uns. Deine Lebensplanung ist eine andere und das weiß die Seibt. Was die Mädchen von mir denken, ist egal.«

»Heißt das, du willst die Sache mit uns nicht verheimlichen?«, fragte sie, während er sie unterhakte und in Richtung Schlossstraße dirigierte.

»Was für eine Sache? Wir kennen uns doch erst ein paar Tage«, erwiderte er schmunzelnd. »Das war ein Scherz. Jetzt gehen wir erst einmal Mittagessen im *Podium*. Hast du nachmittags noch Termine im Gymnasium?«

»Nein, aber Unterricht in der Villa bei Frau Grossmann.«

»Das weiß ich. Ich werde Fotos von euren Laufübungen machen.«

Im Restaurant angekommen, wagte Katrin, ihn dafür zu kritisieren, dass er sie einmal mehr überrumpelt hatte.

»Das tut mir leid, andere Mädchen wären froh, wenn sie von mir eingeladen würden.«

»Also doch, du lädst auch andere ein!«

Die Servicekraft kam mit der Speisekarte, um die Getränkebestellung entgegenzunehmen. Katrin orderte nur ein Wasser und schaute in der Karte nach einer Suppe. Die Kellnerin verschwand und Klaus beteuerte, dass er sich niemals mit Schülerinnen verabreden würde. Jedoch gäbe es Models, die bei der Agentur unter Vertrag stünden. Da hätte es schon die ein oder andere oberflächliche Affäre gegeben.

»Bin ich auch nur eine oberflächliche Affäre für dich?«

»Das wird sich zeigen«, bemerkte der attraktive Fotograf amüsiert, ohne von der Speisekarte aufzublicken. »Wenn du mich weiterhin so kritisierst, ändern sich möglicherweise meine Gefühle für dich.«

»Welche Gefühle?«, gab sie zurück und klappte ihre Karte zu.

Die Getränke wurden serviert. Katrin ärgerte sich darüber, wieder unterbrochen zu werden, und bestellte mürrisch eine Tomatensuppe. Klaus hingegen hatte sich für ein exotisches Menü entschieden und flirtete während der Bestellung auffällig mit der jungen Bedienung, wohl wissend, dass er Katrin damit nur noch mehr verstimmte.

Wieder allein mit ihr rieb er sich die Hände und lächelte sie an, als sei nichts gewesen.

»Welche Gefühle könnten sich für dich ändern?«, wiederholte sie nachdrücklich.

»Katrin«, herrschte er sie an, »glaubst du im Ernst, du könntest mich hier und jetzt zu einer Liebeserklärung drängen?«

»Nein, das glaube ich ganz und gar nicht. Aber ich will wissen, was ich für dich bin? Etwa nur ein Betthäschen? Wie alle anderen?«

»Selbst wenn, so hättest du wie alle anderen doch immense Vorteile. Ich habe so manchem Model schon Verträge vermittelt, die es in der Branche begehrt gemacht haben. Zur Zeit laufen Verhandlungen für ein Event in Mailand, dass dich reich machen würde. Du könntest praktisch mit einem Schlag genug auf dein Konto bekommen, um unbeschwert studieren zu können. Das wolltest du doch.«

»Wirklich?«, sagte sie und verstummte wieder.

Das Essen wurde serviert und Katrin überlegte, ob sie den angesprochenen Vorteil aus der Affäre mit Klaus nutzen sollte. Eigentlich war er nicht die Art Mann, die zu ihr passte, auch wenn sie seinen Charme anziehend fand. Leider reizte er sie viel zu sehr, um von ihm ablassen zu können oder ihn in eine Rolle zu traktieren, die er partout nicht einnehmen wollte.

Villa Graf, kurz danach

Lincoln Bernard bat beide Kommissare, einen Moment zu warten, da die Chefin gerade einen neuen Dozenten einwies.

»Wir würden gern mit Herrn Jürgen Seibt sprechen«, bemerkte Hauptkommissar Köhler und bekam zur Antwort, der Chef sei zu Tisch.

»Im Haus oder außerhalb?«, fragte Ruth Lonitz, doch Bernard zuckte mit den Schultern. Die Tür zum Vorraum ging auf und ein Mann machte Anstalten, das Chefbüro zu verlassen.

»Herr Müller, kommen Sie bitte noch einmal kurz zurück«, hörte man Charlotte Seibt sagen.

Vier energische Schritte auf glattem Parkett hallten durch die halboffene Tür sowie die Frage des Besuchers, was es noch gäbe.

Uwe Köhler spitzte die Ohren. Seine Kollegin wusste, dass er ein ausgezeichnetes Gedächtnis für Stimmen besaß und beobachtete ihn neugierig.

Ausgerechnet in diesem Moment flog die Tür zum Vorzimmer auf und ein Mann rief hinein: »Lincoln, kommen Sie mit in die Werkstatt. Ich muss Ihnen etwas zeigen, das keinen Aufschub duldet.«

»Herr Seibt«, sagte Lincoln Bernard, »zwei Herrschaften von der Polizei möchten Sie sprechen.«

»Die müssen warten«, klang es von der Treppe, »kommen Sie bitte.«

Lincoln Bernard tat, wie ihm geheißen. Als Uwe Köhler der Kommissarin zuzwinkerte, wusste sie, was zu tun war. Wortlos folgte sie den Männern in den Keller, während ihr Chef dem Gespräch im Büro lauschte.

»Ich lese hier gerade«, hörte er die Villenbesitzerin sagen, »je nach Bundesland ist der Ethikunterricht entweder als Ersatzfach für Schüler, die nicht am Religionsunterricht teilnehmen, als Wahlpflichtfach oder als ordentliches Lehrfach konzipiert. Im Unterschied zum konfessionell gebundenen Religionsunterricht soll der Ethik-Unterricht religiös weltanschaulich neutral gehalten sein. So kann ich das Fach nicht in meinem Kursprogramm anbieten. Haben Sie eine bessere Beschreibung für Ihren Unterricht?«

»Schreiben Sie: Ethik dient als Grundlage der Gerechtigkeit und der Unterscheidung von richtig und falsch«, sagte der neue Dozent, dessen Stimme Köhler bereits einem Mann zuordnen konnte, mit dem er in einem früheren Fall zu tun hatte. »Voraussetzung ist die Betrachtung des Menschen als eines vernunftbegabten Wesens. Die Ethik ist eine Teildisziplin der Philosophie, die sich mit dem menschlichen moralischen Handeln befasst.«

Der Kriminalist schmunzelte. Da schien also Robin Miller, der erfolgreiche Privatdetektiv, den er vor Jahren kennen- und sogar schätzen gelernt hatte, gerade dabei zu sein, sich als Dozent in die Modelschule einzuschleusen. Vermutlich um im Auftrag eines Mandanten undercover eine Aufgabe zu erfüllen, die geheim bleiben musste. Hin- und hergerissen zwischen dem Wunsch, dem Privatdetektiv über den Weg zu laufen und damit sein mageres Wissen über dessen Arbeitsumgebung kundzutun oder sich zurückzuziehen und diesen kleinen Vorteil für sich zu nutzen, entschied sich der Hauptkommissar für die zweite Möglichkeit. Er schlich sich aus dem Vorzimmer und eilte in den Keller, wo er auf die Herren Seibt und Bernard sowie seine Kollegin zu treffen hoffte.

Hätte Katrin nicht im selben Moment jemanden die Treppe herunterkommen gehört, wäre sie jemandem begegnet, der sie hier keinesfalls sehen durfte. Schnell versteckte sie sich hinter einer Säule, die sie wegen des Treppenbogens fast vollständig umkreisen musste. Der Kommissar, der sie jüngst über ihren Bruder ausgefragt hatte, nahm die Kellertreppe nach unten, vermutlich um sich ein Bild des Ortes zu machen, an dem Irina zum letzten Mal gesehen wurde.

Katrins Herz klopfte ihr bis zum Hals, und erst, als sie das Treppenhaus vollkommen leer wähnte, verließ sie ihre Deckung und eilte in das Büro der Schulleiterin.

»Gut, dass Sie hier sind«, begrüßte Frau Seibt sie sichtlich erfreut. »Da kann ich Ihnen gleich unseren neuen Ethiklehrer Robert Müller vorstellen. Ich hoffe, Sie nehmen an seinem Unterricht teil.«

Sie nickte dem Mann kurz zu und fragte die Schulleiterin: »Könnte ich Sie kurz allein sprechen?«

Robin Miller hob seine Hände als Geste für seinen diskreten Rückzug, doch war er gewieft genug, die Tür nur anzulehnen und noch so lange zu lauschen, bis das Vorzimmer wieder besetzt wurde.

Als mehrere Männerstimmen im Foyer an seine Ohren drangen, war er glücklicherweise darüber im Bilde, dass die Polizei derzeit das Haus inspizierte. Gekonnt beugte er seiner Entdeckung vor, indem er im nächsten Schulungsraum verschwand, im Ohr noch Charlotte Seibts Worte: »Was? Hauptkommissar Köhler ist im Keller? Darf er das ohne Durchsuchungsbefehl?«

Büro der Detektei DORO, gegen Abend

Doris verstand Robins Verstimmung. Beinahe dem Chefermittler der hiesigen Kriminalpolizei zu begegnen – vor allem in der Villa Graf –, das hätte folgenreich sein können. Dennoch glaubte sie nicht, dass Uwe Köhler die Tarnung ihres Mannes leichtfertig aufs Spiel gesetzt hätte. Auch Privatermittler mussten für ihren Lebensunterhalt sorgen. Doch wären lästige Fragen von Seiten der Polizei durchaus vorstellbar gewesen.

»Wenn Kommissar Köhler wüsste, wer uns beauftragt hat, würde er im Dreieck springen«, sagte Doris. »Weißt du, was für ein Glück wir haben, dass Ursel als Beraterin zum Polizeiteam gehört?«

»Sicher, in einer so vorteilhaften Position waren wir noch nie. Trotzdem dürfen wir uns nicht allzu sicher fühlen, so wie ich heute Nachmittag. Ich hätte einfach daran denken müssen, dass die Polizei auf Hochtouren ermittelt – und das hauptsächlich in der Villa Graf.«

»Es ist ja nichts passiert. Doch beim nächsten Mal sollten wir auf jeden Fall vorsichtiger sein.«

»Ich habe die Kleine gesehen, die Schwester von Ronny Winter, durch die Frau Seibt und ich Gott sei Dank gewarnt wurden. Das Foto auf Ursels Handy zeigte ein ungeschminktes, hübsches Mädchen mit zusammengebundenen Haaren. Die junge Frau in der Villa war herausgeputzt, trug das Haar offen und wellig. Die Unsitte, sich die Augenlider dunkel zu schminken, verändert Gesichter fast bis zur Unkenntlichkeit.«

»Vielleicht hatte sie gerade einen Kurs beim Visagisten hinter sich. Ins Gymnasium geht sie so sicher nicht. Wann beginnst du denn mit deinem Unterricht?«

Im gleichen Moment wie die Antwort »Morgen« ging ein Anruf auf Doris' Smartphone ein. Das Display zeigte das Bild von Ursula Lenk.

»Es ist Ursel«, flüsterte die Psychologin ihrem Mann zu und aktivierte den Lautsprecher.

»Du, Doris«, meldete sich die langjährige Freundin, »wenn Robin heimkommt, dann musst du ihm unbedingt sagen, dass Hauptkommissar Köhler über seine Rolle als Dozent in der Modelschule Bescheid weiß. Natürlich kennt er weder den Auftraggeber noch den Ermittlungsinhalt, doch vermutet er zu Recht, dass es um den Mord an Irina geht.«

»Robin ist hier und hört mit. Ist er also definitiv gesehen worden?«

»Hi, Robin. Ja, Köhler wollte gerade in Charlotte Seibts Büro, als er deine Stimme erkannt hat. Wie jedes andere

Teammitglied auch erfuhr ich von seinem Entschluss, dir erst einmal nicht über den Weg zu laufen, um dich in Sicherheit zu wiegen. Natürlich wird er dir auf den Zahn fühlen. In dem Zusammenhang fragte er mich, ob ich wüsste, was du gerade machst. Ich erinnerte ihn daran, dass du mir über deine Fälle gar nichts verraten dürftest, auch wenn wir Freunde und Nachbarn sind. Seid ihr gegen 20 Uhr im Büro? Ich muss mit euch reden.«

»Ja«, sagten die Millers gleichzeitig und freuten sich auf die erste Dienstbesprechung mit ihrer Auftraggeberin, die sie an den neuesten polizeilichen Ermittlungsergebnissen teilhaben lassen würde.

Viertes Kapitel

Detektei DORO, am Abend

Voller Ungeduld erwarteten Doris und Robin Miller ihre Freundin Ursula Lenk in ihrem Büro. Kaffee und Imbiss standen bereit.

»Ihr Lieben, wir haben viel zu besprechen«, sagte die Besucherin, während sie ihren Mantel ablegte.

Mit einem vorfreudigen Blick auf den gedeckten Tisch gab sie Robin einen Stick mit Daten, die er sich schon mal herunterladen konnte.

»Setz dich, Ursel«, bemerkte Doris, »und iss erst mal etwas.«

»Danke, ihr rettet mich vor dem Hungertod«, äußerte die Seniorin und biss in ein Lachsbrötchen. Hastig schluckte sie den Bissen hinunter und nahm einen großen Schluck Kaffee, bevor sie fortfuhr: »Ich soll versuchen, einen Fuß in eure Tür zu bekommen. Hauptkommissar Köhler vermutet, dass ihr für jemanden vom Villenpersonal in der Mordsache ermittelt. Da er von eurer Vorliebe weiß, vertrauenswürdige Personen in die Recherchen einzubeziehen, beauftragte er mich, euch meine Dienste anzubieten. Als Köder soll meine Freundschaft mit Charlotte Seibt dienen. Was soll ich sagen? Hiermit bin ich Doppelagentin!«

Die Millers lachten, war doch der raffinierte polizeiliche Schachzug die Chance für sie, Uwe Köhler stets einen Schritt voraus zu sein.

»Was sind das für Namen und Adressen?«, fragte Robin von seinem Rechner aus. »Ach, ich sehe schon, das steht unten: Zeugen und Beteiligte am Fall Charlotte Seibt. Perfekt. Und hier ein ähnlich gelagerter Fall in Mailand. Ein

Model, das auf der Fashion Week für Donatella Versace lief, wurde ermordet in einem Müllcontainer gefunden, genauso zugerichtet wie Irina. Das war vor zwei Jahren. An Köhlers Stelle hätte ich auch nach anderen Fällen gesucht. Solche Täter sind Serienmörder. Gut, dass er nicht weiß, dass wir wissen, was er weiß.«

»Zu unserem Team«, sagte Ursula mit der Betonung auf *unserem*, »gehört neuerdings ein Computerexperte, der alles Relevante für uns aus dem Inter- und Darknet fischt. Dieser Mord vor zwei Jahren stand in Verbindung mit zwei Namen, die auch im Fall Seibt auftauchten. Wofür wir wochenlange Recherche benötigt hätten, hat der Kollege in null Komma nichts aufgedeckt.«

»Tja, Ursel, damals beim LKA Erfurt gab es diese digitalen Möglichkeiten noch nicht«, schmunzelte Robin. »In unserem Fall hätte ich auch versucht, etwas im Netz zu finden. Aber ein Spezialist ist natürlich viel effizienter.«

»Ich hab ein gutes Gefühl«, sagte Doris. »Dank der Hilfe unserer Doppelagentin werden wir hoffentlich diesem verdammten Kerl das Handwerk legen können.«

»Und wenn das die Polizei vor uns schafft«, bemerkte Robin, »kann es uns auch recht sein oder nicht, Ursel?«

»Eigentlich wollte ich nur Ronny Winters Unschuld beweisen, doch alles, was darüber hinausgeht, ist natürlich von primärem gesellschaftlichen Interesse. Der Kerl gehört weggesperrt. Und von Ronnys Unschuld sind inzwischen alle überzeugt. Es gibt Gründe satt für euch, trotzdem weiterzumachen! Mein Auftrag bleibt bestehen, nur lautet er jetzt, diesen Serienmörder zu fassen. Übrigens soll der weiterhin glauben, wir hätten einen Verdächtigen. Ohne viel Aufhebens wird Ronny ab morgen bei mir wohnen und wieder zur Schule gehen.«

»Wäre es nicht besser, wenn seine Schwester ihm den Unterricht aufzeichnen würde?«, fragte Doris. »Ich könnte mir vorstellen, dass die Gymnasiasten über Ronny Winters Freilassung doch viel Aufhebens machen werden. Sicher, man könnte sagen, er sei weiterhin verdächtig, dürfe aber am Unterricht teilnehmen, doch öffentlich debattieren würde man trotzdem. Schon zu seinem eigenen Schutz sollte ihm dieser ganze Rummel erspart bleiben.«

»Du hast recht«, sagte die Seniorin schuldbewusst. »So weit habe ich gar nicht gedacht. Das muss ich unbedingt Köhler verklickern – auch oder gerade weil es von euch kommt. So wiegt er sich in dem Glauben, ihr seht ihn als einen genauso weit denkenden Ermittler, wie ihr es seid. Bleibt die Frage, für wen ihr arbeitet!«

»Argumentiere damit, dass wir dir unseren Auftraggeber nicht verraten müssen und es auch nicht getan haben«, schlug Robin vor. »Sag ihm, du versuchst, es herauszufinden.«

»Übrigens ist auch ein Mitschnitt der letzten Dienstbesprechung auf dem Stick. Da muss ich euch nicht haarklein wiedergeben, welche Fakten unser Team bisher zusammengetragen hat.«

»Ich habs schon registriert und alles heruntergeladen. Danke, Ursel. Hast du kein schlechtes Gewissen gegenüber deinem Chef?«

Die ehemalige LKA-Kommissarin lachte und gab zu, ihn gar nicht als Chef zu betrachten. Sie sei nicht mehr bei der Polizei, und wenn sie es wäre, würde es sie täglich aufs Neue nerven, die Segnungen der hochentwickelten Überwachungstechnik nicht im vollen Umfang nutzen zu dürfen.

»Mitschnitte müssen richterlich genehmigt werden«, bedauerte sie, »und wenn Gefahr in Verzug ist, schaut man nicht selten in die Röhre. Da habt ihr es bedeutend besser.«

»Du weißt aber schon, dass auch wir das nicht dürfen«, sagte Doris ironisch lachend. »Mit unseren Aufzeichnungen machen wir uns pausenlos strafbar, nur passen wir auf, dass es uns keiner nachweisen kann. Vor Gericht sind unsere Aufnahmen wertlos. Allein für unsere Auftraggeber wären sie von Wert, doch müssen wir vermeiden, dass sie diese irgendwelchen offiziellen Stellen vorlegen.«

»Ich weiß, ich weiß«, lenkte Ursula ein. »So hab ich das ja gar nicht gemeint. Einige eurer Methoden sind strafbar und es ist euer Risiko, diese anzuwenden. Doch eure immer besser entwickelten Vorsichtsmaßnahmen verhindern den Nachweis eurer Datenschutzverletzungen.«

»Du weißt inzwischen schon viel zu viel über unser Vorgehen und könntest uns verpfeifen«, sagte Robin mit gespieltem Misstrauen. »Natürlich glauben wir nicht, dass du das tun würdest. Bei fremden Auftraggebern sieht das schon anders aus. Da müssen wir sehr, sehr vorsichtig sein.«

»Zum Glück haben wir drei uns bei anderen Einsätzen schon des Öfteren strafbar gemacht«, versuchte Doris, das Gespräch etwas aufzulockern. »Und du, Ursel, mit den Daten auf deinem Stick erneut. Schwer vorstellbar, dass von uns einer den anderen verpfeift.«

Kinder- und Jugendheim Ernsee, am nächsten Vormittag

Katrin hatte gepackt. Ihre gesamten Habseligkeiten passten in zwei Koffer, eine Bananenkiste und eine Reisetasche. Frau Seibt hatte ihr ein Zimmer in ihrem Internat angeboten, so fielen die täglichen Busfahrten in die Innenstadt weg und sie konnte mehr Freizeitangebote in ihrem Gymnasium wahrnehmen. Nicht, dass sie das in nächster Zeit vorgehabt hätte, war sie doch voll damit beschäftigt, die Nachmittagskurse in der Villa Graf zu besuchen. Sogar ihre Vorbereitungen auf die Abiturprüfungen litten ein wenig darunter, aber im nächsten Jahr würde sich das ändern. Sobald sie auf der Fashion Week in Mailand für Versace gelaufen war und sich ein kleines finanzielles Polster geschaffen hatte, würde sie sich wieder voll aufs Abitur konzentrieren. Die Prüfungen sollten bis zum frühen Sommer abgeschlossen sein, sodass sie mit dem Wintersemester an der Uni Potsdam ihr Studium beginnen konnte.

Katrin hörte ein Auto vorfahren und schaute aus dem Fenster ihres Zimmers, das seit frühester Kindheit ihr Zuhause war. Sie sah Klaus, Gina und Carlo aus einem gemieteten roten Audi Cabrio aussteigen. So ein Angeber, dachte sie, musste es ausgerechnet ein Sportwagen sein? Da es nieselte, war er gezwungen, das Verdeck hochzufahren, was sie ein wenig schadenfroh stimmte.

»Hallo, ihr drei. Kommt hoch«, rief sie ihren Umzugshelfern zu.

Klaus war vor den Turteltäubchen da und küsste sie zur Begrüßung. Gina und Carlo, die von ihren Freunden seit dem Höhlerfest nur noch Simson und Delila genannt wurden, warteten geduldig, bis der Fotograf von Katrin abließ. Auch die Heimleiterin gesellte sich zu den jungen Leuten, um ihren langjährigen Schützling gebührend zu verabschieden. Erst jetzt wurde sich Katrin bewusst, dass diese kleine energische Frau für sie immer so etwas wie ein Mutterersatz gewesen war.

Tränen kullerten über ihre Wangen, als sie von ihr vernahm: »Machs gut, mein Mädchen. Du kannst jederzeit heimkommen. Ich hoffe, du besuchst uns so oft wie möglich.«

»Ganz bestimmt«, versprach Katrin und hob die Bananenkiste an.

»Du nimmst die Reisetasche«, bestimmte Klaus und nahm ihr das schwere Gepäckstück ab.

Katrin hatte es satt, ihm ständig zu widersprechen und eröffnete ihm hämisch: »Ich habe auch Ronnys Sachen gepackt. Er wird nämlich heute aus der U-Haft entlassen und wohnt ab sofort bei dieser Frau Lenk. Wenn sein Gepäck nicht mehr in das kleine Auto passt, wirst du wohl oder übel noch mal fahren müssen.«

»Was? Das wusste ich nicht. Wird er nicht mehr verdächtigt?«, fragte Klaus überrascht und auch Gina und Carlo sahen sie mit großen Augen an.

»Doch, aber bis zur Gerichtsverhandlung bleibt er auf freiem Fuß. Die Lenk hat es zur Bedingung gemacht, dass er bei ihr wohnt und ich ihm Aufzeichnungen des laufenden Unterrichts bringe, damit er den Anschluss behält.« Katrin verstummte plötzlich und sah Carlo an, bevor sie ihn bat: »Würdest du oder Mike oder sogar ihr beide das für mich übernehmen? Nur bis Ende des Jahres. Ab dem nächsten Jahr habe ich dann sicher wieder mehr Zeit. Ihr wisst ja, die Kurse in der Modelschule, ich weiß nicht, wie ich es sonst schaffen soll.«

Ihr fiel auf, dass ihr Argument etwas fadenscheinig klang, doch sie hatte Klaus versprochen, ihren Auftritt in Mailand zu verschweigen. Als Carlo nickte, war sie ihm überaus dankbar.

»Na los«, trieb der Fotograf das Grüppchen zur Eile an. »Laden wir das Auto voll und versuchen, Ronnys Zeug auch noch unterzukriegen.«

»Wir könnten ja einige Sachen auf den Schoß nehmen«, schlug Katrin vor.

Gina protestierte. Sie habe Blasenprobleme und müsse dauernd auf Toilette, wenn etwas auf ihren Unterleib drückt.

»Dann bauen wir dich eben ein«, sagte Carlo lax.

Nach etwa zwanzig Minuten des Probierens war das Gepäck so verstaut, dass beide Passagiere auf dem Rücksitz kaum noch zu sehen waren. Katrin hatte eine Bananenkiste auf dem Schoß, ihre Beine waren von Taschen umstellt und ihr vorwurfsvoller Blick auf Klaus war seiner Autowahl geschuldet.

Kriminalpolizeiinspektion Gera, am gleichen Vormittag

Jürgen Seibt war am nächsten Tag freiwillig aufs Revier gekommen, was Ruth Lonitz gut verstehen konnte, hatte doch seine Frau ständig überall dort etwas zu tun, wo sie sich gestern mit ihm unterhielten. Zuerst war sie mit dem Lift ins Foyer gekommen, um die Männer und die Kommissarin aufzufordern, sich mit ihr in den Keller zu begeben, weil sie sehen wollte, was ihr Mann Lincoln Bernard präsentiert hatte. Dann war sie, ohne eine Antwort abzuwarten, im Fahrstuhl verschwunden und fuhr nach unten, sodass ihnen nichts weiter übrig blieb, als ihr zu folgen.

Es war Alkohol, von dem der Befragte angeblich nichts wusste. Hauptkommissar Köhler ließ die angebrochene Flasche mit hochprozentigem Primasprit für eine Laboruntersuchung einpacken. Er glaubte zwar nicht, dass sich K.-o.-Tropfen darin befanden, die Irina willenlos gemacht haben könnten, aber immerhin war ihr letzter bekannter Aufenthaltsort dieser Kellerraum. Auch wenn Charlotte Seibt eine Erklärung für den Fund aus dem Hut zauberte, die für die Ermittlung von Vorteil war. Sie habe mehrere Flaschen geordert, um Eierlikör herzustellen, dann aber nicht mehr daran gedacht. Warum die eine Flasche angebrochen worden war und die übrigen weg waren, konnte sie beim besten Willen nicht erklären.

»Tja, Herr Seibt«, sagte Ruth Lonitz von ihrem Schreibtisch aus und wies auf einen leeren Stuhl ihr gegenüber, »setzen Sie sich, wir befragen Sie gleich hier im Büro. Warum wollten Sie denn Ihre Frau nicht dabeihaben?«

»Sie muss nicht alles wissen, was ich Ihnen zu sagen habe. Wie Sie sich denken können, ist sie höchst traumatisiert und immer noch in Behandlung eines Psychotherapeuten. Ich möchte sie nur schonen, deshalb bat ich Sie um diese Unterredung.«

Interessiert harrte das vollständig versammelte Team der Reaktion ihrer Kollegin, die nun erwiderte: »Eigentlich wollten wir mit Ihnen reden, aber wenn dieses Gespräch gegenseitig erwünscht ist, soll es uns nur recht sein. Meine Fragen an Sie haben Zeit. Ich bin neugierig auf das, was Sie zu sagen haben.«

Während Uwe Köhler eine Nachricht auf den Bildschirm seines neuen Computerexperten las, aktivierte Ursula Lenk die Diktierfunktion ihres Smartphones und platzierte dieses an einer günstigen, aber uneinsehbaren Stelle nahe der Befragung.

Mit Blick auf ihre Armbanduhr schlich sie sich aus dem Büro. Die Zeit, bis man Ronny bei ihr abliefern würde, war knapp, doch Köhler hatte schon im Vorfeld einen Kollegen in Uniform beauftragt, sie nach Hause und wieder zurück ins Präsidium zu fahren. Sie schätzte, dass sie für die Begrüßung des Jungen, die Einweisung in sein Zimmer und in ihre Wohnung sowie für ein Mittagessen zu dritt nicht länger als eine Stunde benötigen würde, hatte sie sich doch sehr gut auf seine Ankunft vorbereitet.

Dem jungen Fahrer in Uniform war die Freude über die Abwechslung vom Dienstalltag anzusehen. Ihm zuliebe hatte die mütterliche Kollegin ihr Lieblingsessen Spaghetti Bolognese zubereitet, ein Gericht, mit dem sie nie falschlag, und das vor allem Ronny nach dem Gefängnisessen in U-Haft munden würde.

Kaum war die Handyaufnahme der Befragung abgespielt, verabschiedeten Doris und Robin ihre Auftraggeberin, die sich hin- und hergerissen fühlte zwischen dem Wunsch, Ronny zu bemuttern und mit ihren Freunden die nächsten Schritte zu besprechen.

»Mach dir keine Gedanken«, sagte Doris. »Du kümmerst dich um den Jungen und kommst wieder, wenn du genug Muße hast, mit uns die Befragung auszuwerten. Wir überlegen uns in der Zwischenzeit, was wir davon verwenden können. Der Junge und alles, was du von ihm erfahren kannst, steht für dich an erster Stelle.«

Ursula nickte und verließ die Detektei.

Eine Weile herrschte Stille, dann endlich sprach Robin aus, was Doris durch den Kopf ging: »Hat uns dieser Herr, ohne es selbst zu wissen, einen Hinweis auf den Täter gegeben?«

»Ich glaube schon«, bestätigte sie die Vermutung ihres Mannes. »Am besten wäre, du gibst mit deinen eigenen Worten wieder, was wir gerade gehört haben.«

»Einverstanden«, sagte Robin, »versuchen wir es auf deine Art. Also, dieser Seibt hat zeit seines Lebens immer wieder neue Models unter Vertrag genommen, die er an große und kleine Modelabels vermittelt. Immer wenn Fashion Events wie die Fashion Weeks in London, Mailand, New York, Paris, Prag oder weiß der Teufel wo anstehen, wendet er sich an die Designer, die ihre neuen Kollektionen vorstellen, und sucht für deren Castings die passenden Models aus. Wenn jemand von seinen Mädels genommen wird, kassiert er immense Summen, die untereinander aufgeteilt werden. Auch Charlotte Seibt, die damals noch Köhler hieß, stand bei ihm unter Vertrag, bevor sich beide ineinander verliebten. Unter anderem vermittelte er sie an den Eventmanager Sven Walter aus Hamburg, der ausgezeichnete Beziehungen zu großen Modedesignern pflegte. Dank dieses Typen war sie ein begehrtes Model und lief für Armani, Gucci, Dolce & Gabbana, Versace und wie sie alle heißen. Leider verguckte sich der Kerl in das Model und konnte von da an die Finger nicht mehr von ihr lassen. Weshalb sie ihren Agenturleiter und späteren Ehemann darum bat, sie nicht mehr an diesen Sven Walter zu vermitteln. Einen letzten Auftritt hatte Charlotte Seibt jedoch noch vor sich. Sie stylte ein anderes Model so, dass es ihr zum Verwechseln ähnlich sah, tauschte mit ihm die Ausweise und schickte es an ihrer Stelle zu Sven Walter.«

»Stopp«, unterbrach Doris plötzlich ihren Mann. »Hat Seibt gesagt, ob er von diesem Tausch wusste?«

»Er erfuhr erst davon, als er Charlotte abholen wollte und auf ihre Doppelgängerin stieß, mit der Sven Walter schließlich auch eine Affäre begann. Sie war übrigens am Ende sein Alibi, denn er zählte anfangs zu den Verdächtigen.«

»Jürgen Seibt suchte händeringend nach seiner neuen Freundin«, fuhr Doris fort, »auch in der Gegend einer Bar, die beide des Öfteren besuchten. Hier fand er eine Blutlache, deren Spur direkt zu einem Müllcontainer führte. Darin lag sie – genauso zugerichtet wie Irina Semjonowa vorige Woche. Seibt rief die Polizei sowie einen Krankenwagen und rettete ihr damit das Leben. Sie überlebte mit einer Wirbelsäulenverletzung, die ihr beim Wuchten in den Container zugefügt wurde und sie in den Rollstuhl zwang. Ich denke aber, ihre mentalen Verletzungen waren und sind noch immer bedeutend schlimmer.«

»Dass jetzt einem Model aus ihrem Umfeld das Gleiche angetan wurde, ist eine eindeutige Botschaft an sie, zumal dieser Affenzirkus mit Irinas Pass überhaupt keinen anderen Schluss zulässt.«

»Das heißt, der Täter befand oder befindet sich hier. Wer hat Ronny den Pass untergeschoben?«

»Es kommen nur acht Personen in Frage, die an diesem Tag ständig oder zeitweise miteinander agierten: Katrin und Ronny Winter, der Fotograf Klaus Saul, die Models Gina Schröder und Rosalie Förster, Irina Semjonowa selbst und die Gymnasiasten Mike Schmidt und Carlo Werner.«

Doris schüttelte den Kopf, was ihrem Mann signalisierte, dass sie so nicht weiterkamen.

»Sie könnten auch mit jemanden zusammengetroffen sein, ohne dass es ihnen bewusst war«, bemerkte sie. »Aber da fällt mir gerade etwas anderes auf, Robin. Lade doch bitte noch den Obduktionsbericht und die Auswertung der Spurensicherung hoch. Ich glaube, wir haben da etwas übersehen.«

Der Detektiv nahm sein Tablet vom Tisch, das via Bluetooth auf seinen Hauptrechner zugreifen konnte.

Wortlos studierten beide die illegal geladenen Dateien und ließen, jeder für sich, die ihnen längst bekannten Fakten durch den Kopf gehen.

An Mund- und Augenpartien sowie in den Haaren hatte man Spuren von handelsüblichem Paketband gefunden. Laut Aussage von Charlotte Seibt waren ihr ebenfalls Mund und Augen zugeklebt worden. Aber warum wurde das Klebeband wieder abgenommen? Beide Opfer lagen in Müllcontainern, die von der jeweiligen kommunalen Abfallwirtschaft in Wohngebieten kostenlos zur Verfügung gestellt wurden. Orte, an denen sie schnell gefunden werden konnten. Andererseits ist die Entsorgung von Leichen in belebten Gegenden ziemlich riskant.

»Die Opfer sollten gefunden«, sinnierte Robin, »und identifiziert werden können. Warum sonst wurde das Gesicht von jeglicher Bedeckung befreit?«

»Robin«, sagte Doris aufgewühlt, nahm sich sein Tablet, wischte über das Display und vergrößerte das Foto des Fundortes, »sieh genau hin. Was fällt dir an dem Müllcontainer auf?«

Der Privatdetektiv nahm seiner Frau das Tablet aus der Hand und betrachtete die Abbildung eingehend.

»Der ist nagelneu«, entgegnete er, »und er steht abseits der ziemlich schäbigen anderen Container und Tonnen. Du hast recht!« Robin blickte auf und ergänzte. »Was ist, wenn der Täter das Ding samt Leiche herangeschafft hat. In diesem Fall müsste er mit einem Lieferwagen unterwegs sein. Womöglich treibt er sein grausames Spiel sogar im Laderaum des Fahrzeugs.«

»Schau mal in den Protokollen nach, ob die Polizei die Abfallwirtschaft wegen des Containers kontaktiert hat?«

Es klingelte dreimal, ein Zeichen, dass Ursula Lenk vor der Tür stand.

»Na bitte«, sagte Doris und ging an die Tür, »Ursel hat es nicht lange zu Hause ausgehalten.«

»Ich könnte der Kleinen den Hals umdrehen«, rief die Besucherin ins Büro, während sie ihren Mantel an die Garderobe hängte. »Sie hat Carlo und Mike beauftragt, Ronny den Unterricht aufzuzeichnen. Die wiederum machen ein technisches Großprojekt daraus, statt ihm zu helfen.«

»Wovon redest du?«, fragte Robin, der irritiert von seinen Aufzeichnungen aufschaute.

»Katrin Winter sollte ihrem Bruder mit dem Lehrstoff helfen … na gut …«, winkte die Rentnerin ab. »Das hat Zeit. Was habt ihr inzwischen ausgeheckt?«

»Ich durchkämme gerade die Protokolle, finde aber nichts über den Müllcontainer«, erwiderte der Detektiv.

»Ach, das war mein Versäumnis. Ich sollte jemanden von der Abfallwirtschaft fragen, seit wann der neue Container *Hinter der Mauer* steht«, sagte Ursula. »Das habe ich auch, fand nur noch keine Zeit für den Schriftkram. Also, es gibt etwa ein Dutzend solcher neuer Container, doch keiner davon wurde in der Innenstadt aufgestellt.«

»Den hat also der Mörder zusammen mit der Leiche dorthin gebracht.«

»Das hat Köhler auch vermutet. Wir haben auch sämtliche Höhlerfest-Händler mit Lieferwagen befragt. Alle haben für diese Nacht ein glaubhaftes Alibi. Von denen hat keiner einen Müllcontainer durch die *Spaethe-Passage* gekarrt.«

»Der kann doch auch vom Steinweg gekommen sein«, gab Doris zu bedenken.

»Dann wäre ich doch nicht in dieser Blutlache ausgerutscht«, widersprach Ursula.

»Wo genau war die?«, fragte Robin.

»Vor dem letzten Schaukasten, von da führten auch blutige Räderspuren zum Standort des Containers, etwas abseits von den anderen Müllbehältern.«

»Hat denn niemand etwas gehört oder gesehen?«, fragte Doris kopfschüttelnd.

»Wahrscheinlich nahm er den Weg durch die *Spaethe-Passage*, damit ihn niemand sieht.«

»Möglich«, gab Robin ihr recht. »Außerdem ist Gera nicht gerade berühmt für sein Nachtleben. Gegen Morgen sind die Straßen wie ausgestorben, selbst zum Höhlerfest.«

Villa Graf, am gleichen Abend

Katrin hatte ihr neues Zimmer in der Villa bezogen. Noch sah es ziemlich steril aus, doch Klaus versprach, am nächsten Tag mit ihr hübsche Dekoteile wie Kissen, Läufer, Wandbilder und dergleichen einzukaufen.

»Was liest du denn da?«, fragte er, als er auf dem Nachtschränkchen ein Buch über Sadismus liegen sah. »Das ist doch kein Thema für ein junges Mädchen!«

»Ach ja?«, konterte Katrin. »Aber ertragen müssen sie diese Praktiken, wenn sie in die Fänge solcher Typen geraten!«

»Hast du denn inzwischen etwas herausbekommen, das deinen Bruder entlastet?«

»Leider nicht, aber irgendwie hat es damit zu tun, was Frau Seibt vor fünf Jahren zugestoßen ist. Und da war mein Bruder erst 13 und noch nie in Hamburg. Das müsste doch auch der dümmste Polizist begreifen?«

»Na, das ist offensichtlich. Er wurde doch auch freigelassen, weil er unschuldig ist, oder nicht?«

»Ich glaube, er wurde nur aus der U-Haft entlassen, damit er sich aufs Abi vorbereiten kann. Die scheinen ihn trotzdem noch für den Mörder zu halten. Er hatte ja Irinas Pass wieder bei sich, als sie tot aufgefunden wurde, obwohl er ihr den eigentlich zurückgegeben hatte. Doch ich bin mir sicher, den kann ihm nur der Mörder untergeschoben haben, anders kann ich es mir einfach nicht erklären.«

»Oder ein Komplize«, unterbrach Klaus seine Freundin ungehalten, wandte sich jedoch rechtzeitig von ihr ab, um unbemerkt wieder in die Rolle des Unschuldslamms zu schlüpfen.

Katrin glaubte, sich seinen Ärger nur eingebildet zu haben, als er ihr lächelnd in die Augen sah.

»Komplize?«, fragte sie skeptisch. »Glaubst du wirklich, dass es noch so einen üblen Typen gibt? Die Polizei nimmt an, dass Ronny den Mörder kennt. Vielleicht ist es ja so und er weiß es gar nicht. Und egal, was diese Frau Lenk sagt, so richtig frei ist er nicht, sondern steht unter ihrer Fuchtel. Die war mal bei der Polizei und scheint jetzt wieder rekrutiert worden zu sein.«

»Was? Wie geht denn so etwas vor sich?«

»Das weiß ich doch nicht.«

Klaus sah sich von neuem Jähzorn gepackt. Es bereitete ihm große Mühe, seinen gegenwärtigen Gemütszustand unter Kontrolle zu bringen. Keinesfalls durfte sie einen Eindruck von seiner wahren Persönlichkeit erhaschen, zumindest noch nicht.

»Borgst du mir bitte dein Buch?«, fragte er demonstrativ freundlich und zeigte auf ihre Lektüre über Sadismus.

»Meinetwegen«, erwiderte sie verstimmt.

Noch vor wenigen Stunden hätte sie ihn angebettelt, doch Wort zu halten und mit ihr den Einzug in die Villa zu feiern, doch nun schien sie sich ihrer Gefühle für ihn nicht mehr sicher.

»Wir verschieben unsere kleine Feier auf morgen, okay?«, sagte er versöhnlich, als ob er ihre Gedanken lesen konnte.

Noch mochte sie ihn zu sehr, um ihm nach seiner Besänftigung nicht wieder hocherfreut um den Hals zu fallen.

Mit den Worten »Schlaf schön, Liebes«, schloss er die Tür von außen.

Seine Wärme noch spürend und den Klang seiner Stimme im Ohr lehnte sie sich verträumt an die Tür, nicht wissend, dass Schwärmerei und Liebe völlig unterschiedliche Gefühle waren, auch wenn sich diese für eine unerfahrene 18-Jährige ähnlich anfühlten.

Kriminalpolizeiinspektion Gera, am nächsten Morgen

Obwohl Ursula Lenk ihre Dienstzeit hauptsächlich zu Hause bei Ronny verbrachte, kam sie täglich für ein Stündchen ins Büro des Ermittlerteams unter Hauptkommissar Uwe Köhler. Eigentlich wollte sie die Kollegen erst am Nachmittag aufsuchen, aber ein Anruf machte sie neugierig. Außerdem verfolgte Ronny seinen Unterricht im Gymnasium live auf seinem Laptop, sodass sie ihm eh keine relevanten Fakten zum Fall entlocken konnte. Wie seine Mitschüler die Übertragung auf Ronnys Monitor bewerkstelligten, war für die Seniorin ein Wunder, das sie nie begreifen würde.

Der Laborbericht über den Inhalt der konfiszierten Primaspritflasche aus dem Keller der Villa Graf war eingetroffen und enthielt unerwartete Substanzen.

»Was war denn nun drin?«, fragte Ursula Lenk ungeduldig, obwohl sie gerade erst das Büro betreten hatte und noch ihren Mantel auszog.

»Wir haben auf dich gewartet«, begrüßte Uwe Köhler sie schmunzelnd und winkte ihr mit dem Bericht zu. »Außer mir weiß noch keiner aus dem Team, was das für ein übler Cocktail war. Du hast die Ehre, es vorzulesen.«

Rasch nahm die ehemalige LKA-Chefin den Bogen entgegen und überflog den Inhalt, wie sie es gewohnt war.

»Im handelsüblichen Primasprit«, begann sie zu lesen, »befand sich das auf Gammahydroxybuttersäure basierende Liquid Ecstasy. Also waren es doch K.-o.-Tropfen.« Ihr Blick wanderte kurz zu Köhler, bevor sie weiterlas. »Hier wird darauf hingewiesen, dass es anders wirkt als Ecstasy in Pillenform. GHB wurde in den 60er-Jahren als Narkosemittel entwickelt, findet heute aufgrund seiner vielen Nebenwirkungen allerdings kaum noch Verwendung. Leistungssportler setzen es jedoch vereinzelt als Dopingmittel ein.«

Gedankenverloren ließ sie das Blatt Papier sinken, nahm die Brille ab und ergänzte in einem tranceähnlichen Zustand, dass an der Flasche ausschließlich Speichel mit der DNA von Irina Semjonowa sowie deren Fingerabdrücke festgestellt wurden.

Fünftes Kapitel

Detektei DORO, am späten Vormittag

Ursula Lenk hatte den Detektiven ein Handyfoto des Laborberichts geschickt. Wie vom Donner gerührt, machten sich Doris und Robin daran, ihr bisheriges Wissen über die Ereignisse mit den neuen Fakten zu komplettieren.

»Also, der Mörder hat Irina in diesen Lagerraum gelockt«, sinnierte Robin, »betäubte sie mit diesem Zeug und brachte sie … ja, nehmen wir mal an – in ein Auto, vorzugsweise ein Fahrzeug mit einem nicht einsehbaren Bereich, einen Lieferwagen zum Beispiel.«

»Bestimmt wäre der Täter niemals ein solches Risiko eingegangen«, überlegte Doris laut. »Er hätte mit dem betäubten Mädchen gesehen werden können. Im Keller waren Leute, im Foyer und auf dem Gelände ist sowieso immer mit Augenzeugen zu rechnen. Gibt es einen Kellerausgang?«

»Ich schau mal in den Protokollen nach«, sagte Robin und scrollte mit der Maus die Dateien durch. »Ja, ein Ausgang mit Treppe befindet sich tatsächlich auf der Rückseite der Villa und führt in die kleine Grünanlage neben den Parkplätzen.«

»Wenn er nahe genug am Kellerausgang geparkt hätte … nee, das Fotostudio, dessen Tür offenstand, war besetzt und junge Leute gingen ständig ein und aus. Außerdem hat Ronny kurz nach Irinas Verschwinden nach ihr gesucht, auch in diesem Lagerraum.«

»Gibt es ein Kellerfenster?«, fragte Robin mehr sich selbst als seine Frau.

»Ja klar, das wäre eine überlegenswerte Möglichkeit«, gab Doris den Überlegungen ihres Mannes recht. »Ich würde am liebsten gleich zur Villa fahren und nachsehen, aber Ursel kommt ja noch.«

»Nicht nötig, hier ist ein Grundriss der Villa und des Anwesens.«

Das Detektivpaar konzentrierte sich auf den Monitor und entdeckte ein Fenster, das groß genug gewesen wäre, um herauszusteigen. Leider gab es keinerlei Hinweise, ob es zu öffnen oder vielleicht durch einbruchsichere Gitter abgesperrt war wie so oft in derartigen Gebäuden.

»Es nützt nichts«, sagte Doris, »einer von uns muss nachsehen.«

»Ich machs und komme so schnell wie möglich wieder. Sag Ursel, sie möchte bitte auf mich warten.«

Der Privatdetektiv nahm seinen Parka vom Haken und zwinkerte seiner Frau zu, die sich sogleich wieder dem Monitor widmete.

»Du, Robin«, rief sie ihm nach, »komm noch mal zurück. Auf dem Gelände steht ein Pavillon. Was wäre, wenn …«

Sofort sah er Bilder von einem früheren Fall vor seinem inneren Auge und im Nu stand er wieder neben seiner Frau. Beide richteten ihr Augenmerk auf den Grundriss des Anwesens. Größe und Form des Häuschens waren zwar ersichtlich, jedoch nicht dessen Zustand und Brauchbarkeit.

»Ich werde nachsehen«, sagte Robin und verschwand.

Doris beobachtete aus dem Parterrefenster, wie er in ihren weißen Nissan Micra einstieg und losfuhr. Kaum war er weg, hielt Ursula Lenks blauer Škoda Fabia vor der Tür.

»Hi, Ursel«, begrüßte die Privatdetektivin ihre Auftraggeberin.

»Hallo, Doris«, erwiderte die Besucherin überrascht. »War das Robin, der da gerade wegfuhr?«

»Ja, aber er wird nicht lange weg sein. Komm rein.«

Bei einem Kaffee lauschte Ursula dem Bericht ihrer jüngeren Freundin und sagte, sie werde unbedingt auf Robin warten. Doch auch sie habe Neuigkeiten. Noch wisse sie nicht, ob die für den Fall von Belang seien, aber Uwe Köhler habe ganz schön daran zu knaupeln.

»Na, raus damit«, drängte Doris sie neugierig.

»Charlotte Seibt ist Uwe Köhlers Cousine. Der Bruder seines Vaters war mit ihrer Mutter verheiratet. Er ging mit der Fabrikantenfamilie Graf in den Westen, als Uwe noch nicht geboren war. Die Brüder hatten jeglichen Kontakt zueinander abgebrochen. Nach der Wende erfuhren die Köhlers, dass Uwes Onkel schon in den 80er-Jahren gestorben war. Charlottes Mutter hatte wieder geheiratet und einen Rückübertragungsantrag für die Villa gestellt. Nun ist auch sie tot und Charlotte hat das Haus geerbt.«

»Was ist mit dem späteren Ehemann der Mutter?«, fragte Doris interessiert.

Wohnung von Ursula Lenk, gegen Mittag

Ronny hatte Besuch. Carlo, Mike und Gina waren mit einer großen Pizza gekommen, über die sich die zwei jungen Männer genüsslich hermachten, während sich Gina mit einem üppigen Salat beschäftigte. Ronny hingegen hatte keinen Hunger und sagte, er werde bestens von Frau Lenk versorgt.

»Wenn mir nicht jemand diesen ganzen Mist eingebrockt hätte, könnte ich meine neue Lebenssituation richtig genießen. Ich wusste gar nicht, wie angenehm es sein kann, in einer Familie zu leben. Es ist beinahe so, als würde ich von meiner Oma verwöhnt. Auch wenn ich nie eine hatte.«

»Du hast sicher eine Oma, jeder hat eine«, sagte Gina nicht gerade feinfühlig. »Ich hasse meine Großmutter und bin froh, jetzt in der Villa zu wohnen. Da mischt sich nicht ständig jemand in mein Leben ein und macht mir Vorschriften.«

»Frau Lenk macht mir keine Vorschriften«, entgegnete Ronny. »Man merkt richtig, dass sie es gut mit uns meint, mit Katrin und mir. Nur leider hat mich meine Schwester noch nicht wieder besucht. Seit sie sich in diesen Klaus verguckt hat, bin ich abgeschrieben.«

»Auch in der Schule lässt sie nach«, fügte Carlo hinzu. »Sie wusste immer alles in Mathe und Physik. Jetzt scheint sie gar keine Zeit mehr zu haben, sich auf den Unterricht vorzubereiten.«

»Simson und Delila sind auch ein Paar«, bestätigte Mike, »aber seit sie zusammen sind, hat sich Carlo sogar leistungsmäßig verbessert.«

»Na, er will seiner Delila etwas beweisen«, scherzte Ronny.

»Das braucht er aber gar nicht«, sagte Gina lachend und griff nach Carlos Hand. »Um noch mal auf Katrin zurückzukommen, sie hat auch in der Villa Graf einen schweren Stand, weil sie von den Lehrkräften bevorzugt wird. Alle Models sind neidisch, weil unser Fotograf auf sie abfährt, und auch weil sie ein eigenes Zimmer bekommen hat. Wir müssen in Zwei- oder Dreibettzimmern wohnen. Vormittags geht sie aufs Gymnasium, manchmal sogar nachmittags, da fehlt sie in unseren Kursen. Wenn wir in Ethik, Schauspiel, Sprecherziehung und den anderen Fächern nicht alles mitbekommen, werden wir gerügt. Sie nie. Na ja, sie darf sich halt alles erlauben. Schlecht laufen oder Fehler beim Schminken und Posen fallen bei ihr nicht so sehr ins Gewicht wie bei uns, weil sie ja nicht alle Kurse besuchen kann und deswegen geschont wird. Ich hab nichts gegen sie, wirklich nicht, aber sie bekommt immer eine Extrawurst gebraten.«

»Wird sie gemobbt?«, fragte Ronny besorgt.

»Bisschen schon«, gab Gina zu.

»Das tut mir so leid für sie. Eigentlich ist sie ja nur in der Villa, um mich zu entlasten. Sie will herausfinden, wer mir Irinas Pass untergeschoben hat. Richtigen Unterricht im Modeln wollte Katrin nie nehmen, sie hat das allein nebenbei gemacht, um sich ihr Taschengeld aufzubessern. Ihr Interesse an dieser Ausbildung ist nur vorgetäuscht. In Wahrheit wird sie ab Herbst nächsten Jahres mit mir Astrophysik an der Uni Potsdam studieren.«

Carlo und Gina schmusten auf dem Sofa und hatten gar nicht richtig zugehört. Daher sprach Ronny die Modelschülerin direkt an und bat sie, das bloß nicht den anderen zu sagen, auch keinem Lehrer oder sonst jemanden, doch sie nickte nur und widmete sich weiterhin ihrem Freund.

»Das wollte Katrin vielleicht anfangs«, ergriff plötzlich Mike das Wort. »Ich meine, herausfinden, wer dir diese Suppe eingebrockt hat. Jetzt gibt es für sie fast kein anderes Thema mehr als den Catwalk und Fashion Weeks und ihren großen Auftritt in Italien.«

Mit einem Ruck saß Gina aufrecht da und schaute Mike mit großen Augen an.

»Ups«, sagte Mike, »jetzt hab ich wohl etwas verraten, das geheim bleiben sollte. Gina, nun muss auch ich dich bitten, es nicht an die große Glocke zu hängen. Sicher würden da die anderen noch neidischer auf Katrin werden.«

»Welcher Auftritt in Italien?«, fragte das angehende Model nachdrücklich.

»Ich hab keine Ahnung«, versuchte Mike, sich herauszuwinden. »Wenn sie euch das nicht erzählt hat, sollt ihr es scheinbar nicht wissen.«

»Mir hat sie auch nichts erzählt«, bekannte Ronny. »Sie sagt mir so gut wie gar nichts mehr. Ich hoffe nicht, dass sie plötzlich für diese Modelwelt brennt. Für sie war nichts wichtiger als die Schule. Und wenn auf einmal ihre Leistungen nachlassen, wie ihr gesagt habt, sieht es fast so aus, als hätte dieser Klaus sie umgekrempelt.«

Villa Graf, zur gleichen Zeit

Die kunstvoll gestalteten Eisengitter vor den Kellerfenstern hatte Robin schon von außen entdeckt. Nun beschloss er, sich bei Charlotte Seibt zu melden. Das Risiko, beim Herumschnüffeln im Keller gesehen zu werden, wollte er nicht eingehen.

Nach einer sehr freundlichen Begrüßung erklärte er der Leiterin der Schule, den nächsten Ethikunterricht im Fotostudio abhalten zu wollen. Es gehe ihm dabei um die Ästhetik bei Posen im Vergleich zu wahrhafter Schönheit in entspannten humorvollen Situation, die er mit unterhaltsamen Geschichten zu erzeugen gedachte. Und nein, die Anwesenheit des Fotografen wäre nicht nötig, die Models sollten sich gegenseitig mit ihren Handys fotografieren.

»Allerdings würde ich mir gern das Studio ansehen, um geeignete Vorbereitungen treffen zu können. Ist es im Moment frei?«

»Soweit ich weiß, hilft Herr Saul gerade unserer neuen Schülerin, ihr Zimmer zu dekorieren und ein bisschen wohnlicher zu gestalten. Ihr Unterrichtsthema finde ich übrigens prima. Nehmen Sie vorsichtshalber den Generalschlüssel mit, falls Klaus sein Studio abgeschlossen hat. Oder wollen Sie, dass ich mitkomme?«

»Nein, sehr freundlich, aber nicht nötig. Ich bringe Ihnen den Schlüssel wieder. Vielen Dank.«

Kein Kellerraum war abgeschlossen. Im Studio sah er sich um, weil er seinen nächsten Unterricht tatsächlich hier abhalten wollte. Doch hauptsächlich interessierte den Privatdetektiv der Lagerraum. Diesen durch das Fenster zu verlassen, war nicht möglich. Wie war der Mörder mit Irina von hier verschwunden? Mit geschultem Blick streifte er Regale, Wände und den Fußboden. Und da, er hätte sie beinahe übersehen, entdeckte er eine von Pappkartons verdeckte Tür, die in einen Nebenraum führen musste.

Rasch schob er die mit Papierhandtüchern gefüllten Verpackungen beiseite und drückte die Klinke herunter. Auch wenn der Zugang in den noch interessanteren Nebenraum verschlossen war und der Generalschlüssel nicht passte, war für Robin das Rätsel gelöst. Der Täter hatte sein Opfer betäubt und vermutlich im benachbarten Kellerraum abgelegt.

Ohne einen Blick hineinzuwerfen, konnte der Detektiv die Villa natürlich nicht verlassen. An der Tür im Kellergang passte der Generalschlüssel zu seiner großen Überraschung wieder.

Um nicht noch mehr Zeit zu vergeuden und vielleicht doch noch Charlotte Seibts Misstrauen zu erregen, brachte Robin den Schlüssel zurück und verabschiedete sich zum Schein.

Doch bevor er wirklich ging, begab er sich erneut in den Keller, vor einer eventuellen Entdeckung mit der Ausrede gewappnet, etwas vergessen zu haben.

Auf den ersten Blick schien der verdächtige Verschlag nur ein Aufbewahrungsort für Gartenwerkzeuge, Schubkarren und eine kleine Werkbank zu sein. Im Gegensatz zum Rest des Kellers hatte dieser Raum einen simpel gestampften Lehmfußboden. Auch hier war das Fenster vergittert. Allerdings befand sich die Tür näher am Kellerausgang als alle anderen. Man musste nur schauen, ob die Luft rein ist und weg war man. Eine fünfstufige Treppe führte auf einen Weg zum Parkplatz. Wer nahe genug parkte, konnte unbemerkt verschwinden.

Robin hatte genug gesehen, doch ehe er endgültig nach Hause fuhr, warf er noch einen Blick in den Pavillon. Im Moment waren hier Gartenstühle und -bänke sowie Sonnenschirme abgestellt. Bevor er das Häuschen betrat, schaute er sich um, doch er konnte niemanden auf dem Gelände entdecken. Und selbst wenn jemand ihn sah, ließ sich immer noch seine Neugier ins Feld führen. Ein verrutschter Rasenteppich gab den Blick auf eine Fuge im Boden frei. Er betrat das Innere, schob den Teppich beiseite und sah eine Bodenluke, die noch nach frischem Holz roch und wohl erst gezimmert worden war. Nun gut, dachte er, vielleicht führt die in eine kleine Unterkellerung als Stauraum für Getränke und dergleichen, doch ein vager Verdacht zwang ihn, genauer nachzusehen.

Die Öffnung im Fußboden führte tatsächlich in eine Unterkellerung. Neue, aber unbenutzte Regale und eine nicht angeschlossene Gefriertruhe schienen geduldig auf ihre Bestimmung in den nächsten Sommermonaten zu warten. Robin fühlte sich getrieben, die Wände genauer zu untersuchen, und tatsächlich fiel ihm ein angelehntes Brett auf, das einen dunklen Gang verbarg und wohl niemandem auffallen würde, wenn das davorstehende Regal gefüllt wäre.

Er nutzte sein Handy als Taschenlampe und ging etwa zehn Schritte, bis sich der Tunnel an der Decke verjüngte, sodass er sich bücken musste. Im Schein des Lichts sah er notdürftig mit Brettern abgestützte Wände, doch die Decke war gewölbeartig gemauert, wie es in Abwassersystemen üblich war. Der Boden schien nachträglich durch Ausschachtung tiefergelegt worden zu sein. Nach weiteren fünfzig Schritten war Schluss. Was er nun entdeckte, hätte er sich in seinen kühnsten Träumen nicht ausmalen können. Über ihm befand sich eine weitere Falltür, die beim Öffnen auf Widerstand stieß. Robin schaute durch den verbliebenen Schlitz und erblickte zunächst einen Quadratmeter gestampften Lehmboden, bis sich deutlich die Umrisse einer Schubkarre abzeichneten. Nun wurde ihm klar, dass sich über ihm die Werkbank befinden musste. Er beschloss, über den Weg zum Pavillon wieder ins Freie zu gelangen. Unterwegs fragte er sich, was wohl der Zweck dieses Häuschen war – ein Areal für Gartenpartys, ein Rückzugsort, ein Liebesnest – und wozu es diesen Geheimgang ursprünglich gegeben haben mochte.

Keine zehn Minuten später saß er in seinem Wagen und düste nach Hause, er musste sich zwingen, nicht schneller als 50 km/h zu fahren.

Mit den Worten »Ihr glaubt nicht, was ich entdeckt habe«, begrüßte er Doris und Ursula beim Betreten seines Büros.

Goethe-Gymnasium, am nächsten Tag, Mittag

Katrin war genervt. Sogar im Physikunterricht ließ sie nach. Hatte sie doch tatsächlich vergessen, sich auf einen Vortrag vorzubereiten und das auch noch über eines der Themen, denen sie sich als zukünftige Wissenschaftlerin widmen wollte, der *vereinheitlichten Theorie*, wonach es das heutige Ziel der Astrophysiker ist, die Relativitätstheorie und die Quantenmechanik zu einer Theorie zu verschmelzen.

Zwar konnte sie aus dem Stegreif Beispiele anführen, inwiefern es trotz vieler Gegensätze in den beiden Theorien Forschern schon gelungen war, Teiltheorien zu entwickeln, die in der Relativitätstheorie wie auch in der Quantenmechanik stimmten, doch aufgrund fehlender Aufzeichnungen war ihrem Lieblingslehrer wie auch den Mitschülern klar, dass sie improvisierte. Das brachte ihr eine Bewertung ein, die ihrem Notendurchschnitt schaden konnte. Ihrem Physiklehrer, der sie nach dem Unterricht besorgt beiseitegenommen hatte, versprach sie, sich ab sofort wieder mehr auf das Fach zu konzentrieren, das einmal ihre Studienrichtung sein würde.

»Ich weiß«, hatte er zu ihr gesagt, »dass Sie eine schwere Zeit durchmachen. Wir sind alle von den Socken, dass Ronny in einen Mordfall verwickelt ist. Niemand kann sich vorstellen, wie er das verkraftet. Seine Freunde helfen ihm, so gut sie können, sich aufs Abi vorzubereiten. Aber, Katrin, mal ehrlich, wie unterstützen Sie Ihren Bruder?«

Verdutzt sah sie ihren Lehrer an. Diese Frage war wie ein Schlag ins Gesicht. Sie hatte schon lange ein schlechtes Gewissen, sich Ronny nicht öfter zu widmen, doch spätestens nach dieser Frage wurde ihr klar, dass etwas gewaltig schieflief. Plötzlich rollten Tränen über ihre Wangen und sie erwiderte, dass sie ihn nie im Stich lassen würde, aber sie wisse einfach nicht, wie sie ihm helfen könne.

Natürlich war das eine Ausrede. In Wahrheit arbeitete sie darauf hin, Teile einer neuen Kollektion von Francesca Versace, Donatellas Nichte, auf der Fashion Week in Mailand zu präsentieren und sich ein finanzielles Polster zu schaffen. Verfolgte sie weiterhin in der Villa Graf ihr ursprüngliches Ziel, Ronny zu entlasten? Nein! Bereitete sie sich aufs Abitur vor? Nein! Stand sie ihrem Bruder bei? Nein. Wie hatte es nur so weit kommen können?

Verzweifelt suchte sie das Eiscafé *Canaletto* gegenüber des Campus' auf und bestellte sich einen Cappuccino. Sie brauchte einen Wachmacher, um wieder klare Gedanken zu fassen. Doch das war gar nicht so einfach. Ihr fiel auf, dass aufgewühlte Emotionen sachliche Einschätzungen einer Situation verhindern konnten.

Vor ihr lagen noch einige Termine wie das Lauftraining bei Frau Grossmann, eine Ethikstunde bei diesem neuen Lehrer, Herrn Müller, und ein Shooting mit Klaus. Normalerweise war das nichts, was sie überforderte, dachte sie jedoch an ihren Zwillingsbruder, fühlte sie sich hilflos. Waren all diese Dinge, die sie sich auflud, womöglich ein Etikettenschwindel, um von Ronnys Los abzulenken?

Katrins Smartphone brummte in ihrer Jackentasche. Nicht immer schaute sie gleich nach, wer sich da meldete, doch diesmal schien es wie ein Reflex. Schon wieder ein Ablenkungsmanöver? War die Suche nach Beschäftigung, die sie von Ronny abbrachte, schon in Fleisch und Blut übergegangen?

Da gab es doch diese Psychologin, die Schwester ihres Ethiklehrers! Ob sie sich einmal an sie wenden sollte? Ein

Termin ließe sich sicher noch heute über Herrn Müller vereinbaren, sofern Frau Müller noch Kapazitäten hatte.

All die Infos auf Messenger und Facebook, die Katrin über das Display ihres Handys hinunterscrollte, waren nicht wichtig. Sie war schon dabei, das Gerät wegzustecken, da kündigte ein weiteres Brummen eine WhatsApp-Nachricht an.

Lustlos rief sie diese auf und unterdrückte einen Schrei, als sie las: »Solltest du auch nur daran denken, bei einer Fashion Week zu laufen, erwartet dich dasselbe Schicksal wie Irina!«

Darunter war eine Animation eines blutigen Messers zu erkennen, dass sich immer wieder in einen verunstalteten weiblichen Akt senkte. Der Akt war vermutlich aus einer Illustrierten herausgerissen worden.

Eine Morddrohung? Oder der Scherz eines besonders geschmacklosen Absenders? Der Absender! Ungläubig starrte sie auf unbekannte Zahlen, wählte diese an und erhielt die Auskunft: Diese Nummer ist nicht vergeben.

Erneut wurde ihr die Drohung geschickt, diesmal von einer anderen Verbindung aus. Und dann kam die gleiche Nachricht noch ganze fünf Mal. Ängstlich warf Katrin ihr Handy von sich und starrte dem über den Boden gleitenden Gerät nach wie einer giftigen Schlange.

»Ist alles in Ordnung?«, fragte die Bedienung, während sie das Smartphone aufhob und auf die Animation des Messers starrte, das in einen nackten Frauenkörper stach. »Mein Gott, ging das an Sie?«

Katrin nickte, unfähig, etwas zu sagen. Die Kellnerin holte ein Glas Wasser, setzte sich mit an den Tisch, obwohl ein Lokalbesucher nach ihr rief, und forderte die Gymnasiastin auf, einen Schluck zu trinken.

»Warten Sie«, sagte die Servicekraft und eilte zu dem anderen Gast, mit dem sie kurz tuschelte, während sie mitleidig zu Katrin herüberschaute.

Der Cafébesucher stand auf und nahm gegenüber der noch immer wie gelähmt dasitzenden jungen Frau Platz, die er sofort erkannte. Wortlos nahm er ihr Handy an sich und betrachtete die siebenfache Drohung kopfschüttelnd.

»Mein Name ist Thomas Freitag. Ich bin Polizist«, sagte der junge Mann. »Wir sind uns schon begegnet, Frau Winter. Die Kellnerin dieses Lokals ist eine Freundin von mir. Sie hat mir gesagt, was Ihnen da gerade geschickt wurde, und bat mich, mir das mal anzusehen. Sind Sie öfter Internetmobbing ausgesetzt?«

»Nein, noch nie!«, erwiderte Katrin mit erstickender Stimme.

Kriminalpolizeiinspektion Gera, am gleichen Nachmittag

Uwe Köhler war stolz auf seine Entscheidung, Ursula Lenk mitmischen zu lassen. Beinahe alle neuen Erkenntnisse waren ihr zu verdanken. Nun ja, die Polizei hatte auch nicht so viele Möglichkeiten zur Verfügung wie beispielsweise ein Privatdetektiv, der sich mit illegalen Einbrüchen und Abhörmethoden zwar strafbar machte, aber wie sagte man so schön: wo kein Ankläger, da kein Richter.

»Hast du denn inzwischen herausbekommen, für wen Robin Miller arbeitet?«, fragte der Hauptkommissar seine Beraterin ein weiteres Mal.

»Nein«, erwiderte sie rigoros, »und er wird es mir auch nicht sagen.«

Die ehemaligen Kollegen grinsten sich an. Er glaubte ihr nicht und sie wusste, dass er ihr nicht glaubte. Und doch hatte die Allianz zwischen den beiden den Ermittlungschef ein gutes Stück weitergebracht.

Die spontan angesetzte Dienstberatung sollte in einer Stunde beginnen, in deren Verlauf die neuesten Erkenntnisse diskutiert werden würden, die das Team näher an den Täter bringen sollten. Von Privatdetektiv Robin Miller, der in der Modelschule als Lehrer unter dem Namen Robert Müller agierte, hatte Ursula Lenk wichtige Hinweise bekommen. So gab es Informationen über einen Tunnel zwischen Keller und Pavillon auf dem Grundstück der Villa Graf, von dem der Hausmeister Lincoln Bernard nichts zu wissen vorgab, so wie er nichts über das Narkosemittel im Keller wissen wollte. Dem Hauptkommissar kam auch die Beziehung zwischen ihm und

Charlotte Seibt seltsam vor, all das machte diesen Mann in seinen Augen immer suspekter.

»Ursel, was denkst du über Bernard?«, war das, was Uwe Köhler im Moment am meisten interessierte.

»Ein seltsamer Kerl, der von Charlottes Stiefvater eingestellt wurde, als die Tochter seiner Frau aus dem Haus war. Wir müssen Bernard auf den Zahn fühlen. Robin hat herausgefunden, dass der zweite Mann von Charlottes Mutter in einem Pflegeheim lebt und ziemlich dement sein soll. Bernards Alibi für die Tatzeit war der Besuch bei einem Jugendfreund, mit dem dieser seinen früheren Chef am Nachmittag zuvor besucht hat.«

Thomas Freitag trat ein und brachte eine verweinte junge Frau mit.

»Wir haben ein Problem«, sagte er. »Ich hab Katrin Winter im Café getroffen. Ihr Handy ist voll von üblen Drohungen, die im Zusammenhang mit dem Mord an Irina Semjonowa stehen.«

Uwe Köhler war vor Schreck aufgestanden und schaute wie gebannt auf das Display eines Smartphones, das ihm Thomas Freitag vor die Nase hielt.

»Das wird ja immer verrückter«, entgegnete er ratlos und gab das Corpus Delicti an seine frühere Chefin weiter.

Sie sah sich die siebenfache makabre Animation an und fragte: »Wer macht denn so etwas?«

Ohne ein Wort darüber zu verlieren, dass der IT-Ermittler des Teams der Sache auf den Grund gehen musste, legte sie das Handy auf dessen Arbeitsplatz.

»Katrin«, wandte sie sich an das Opfer dieser perfiden Nachrichten, »haben Sie eine Ahnung, wer Ihnen das geschickt haben könnte und warum?«

»Nein«, behauptete die Gefragte mit Nachdruck. »Es weiß doch keiner, dass ich in Mailand zur Fashion Week laufen soll.«

»Was heißt das genau: In Mailand zur Fashion Week laufen?«, verlangte der Kommissar zu wissen.

Im gleichen Moment kamen Kommissarin Ruth Lonitz und Rechnerspezialist Michael Zerbst herein und sahen sich mit einer ziemlich undurchsichtigen Situation konfrontiert. Polizeioberwachtmeister Thomas Freitag zeigte den Teammitgliedern die WhatsApp-Nachrichten auf Katrins Handy.

Ruth Lonitz schüttelte den Kopf und informierte die jungen Männer flüsternd über ihren Entschluss, den Polizeipsychologen hinzuzuziehen. Im Nu war sie wieder aus der Tür. Währenddessen versuchte Katrin zu erklären, wie sie dazu gekommen war, in Mailand zu laufen.

»Wenn es niemand weiß, warum dann diese Drohung?«, fauchte Ursula die verunsicherte Gymnasiastin an.

Der Ärger der Seniorin schien nun selbst dem Teamleiter zu übertrieben. Schon seit einiger Zeit war ihm aufgefallen, dass Ursel sich nur noch kritisch über Katrin äußerte. Doch noch bevor er sich einmischen konnte, bat seine ehemalige Vorgesetzte darum, ein paar Minuten allein mit der jungen Frau sprechen zu können. Etwas widerwillig gab er dem Wunsch statt, verlangte aber im Nachhinein zu erfahren, was bei ihrem Gespräch herausgekommen war.

Als die beiden Frauen alleine waren, wandte sich Ursula mit deutlichen und kalkulierten Worten an Katrin. Eine Schwester, die vorgebe, ihrem Bruder helfen zu wollen, dies aber anderen Mitschülern überließe und sich stattdessen auf eine Fashion Week vorbereite, sei für sie nicht glaubwürdig. Die Rentnerin endete mit der Frage an Katrin, ob diese sich nicht schäme, für den ganzen Modelkram ihren Zwillingsbruder im Stich zu lassen.

Die junge Frau schluchzte: »Sie haben ja recht«, während sie auf ihrem Stuhl in sich zusammensank.

Angesichts der zitternden Gestalt bereute Ursula augenblicklich ihre Taktik und den unsensiblen Ton. Sie war froh, dass im selben Moment Daniel Feldmann, der Polizeipsychologe mit Ruth Lonitz ins Büro kam. Die weinende Frau sehend, wandte er sich an die ehemalige Kommissarin und sagte: »Lassen Sie mich mit ihr sprechen. Allein!«

Während Feldmann freundlich auf die verunsicherte Gymnasiastin einredete und sie mit sich in einen Befragungsraum führte, forderte Uwe Köhler Ruth Lonitz mit einem Zwinkern auf, das Gespräch im Technikraum zu verfolgen.

In der Zwischenzeit hatte IT-Spezialist Zerbst herausgefunden, wie die Animationen auf das Smartphone gelangten.

»Der Absender ist nicht zurückzuverfolgen«, informierte er das verbleibende Team. »Jemand hat fünf verschiedene Prepaid-SIM-Karten benutzt. Die beiden ersten Nachrichten wurden zweimal hintereinander mit jeweils einer SIM-Karte gesendet und dann noch dreimal mit je einer anderen. Die Kartennummern lauten 0094… – ach, die Zahlen bringen uns nichts, denn diese Karten könnten, wie es solche Leute meist tun, anschließend zerstört worden sein. Der Absender wollte sichergehen, dass man ihm nicht auf die Spur kommt. Er hat es geschafft.«

»Das habe ich mir gedacht«, sagte Thomas Freitag. »Vielleicht kann man an der Art der …«

»Was ist«, fiel Ursula Lenk dem jungen Polizeioberwachtmeister ins Wort, »wenn das keine Drohung, sondern eine Warnung ist?«

»Du meinst«, fragte Uwe Köhler, »Katrin Winter wird gewarnt, das gleiche Los erdulden zu müssen wie Irina Semjonowa, sollte sie als Model auftreten? Weiß jemand, ob das russische Mädchen auf einer Modenschau laufen sollte? Wenn du recht hättest, Ursel, würde der Absender den Mörder kennen und die Mädchen vielleicht sogar retten wollen.«

Sechstes Kapitel

Detektei DORO, am nächsten Morgen

Ursula Lenk hatte den Detektiven einen vollständigen Bericht der letzten Dienstbesprechung geliefert. Langsam sammelten sich so viele Fakten an, dass diese wie ein Puzzle vor ihnen lagen, doch war es gar nicht so einfach, die Teile zu einem Bild zusammenzusetzen.

»Wer mich an alldem am meisten interessiert«, sagte Doris, »ist Katrin Winter. Alles scheint sich an ihr zu orientieren. Ich werde als Psychologin mit ihr reden. Was Daniel Feldmann aus ihr herausbekam, ist zwar nützlich für die Polizei, nützt aber dem Mädchen nichts. Es reibt sich daran auf, ihrem Bruder nicht helfen zu können.«

»Katrin wollte herausfinden«, unterbrach sie ihr Mann, »wer Ronny den Pass untergeschoben hat. Was ihr jedoch nicht gelang. Aber was wäre, wenn es dieselbe Person war, die ihr die Drohung geschickt hat?«

»Vielleicht war es aber auch eine Warnung«, erwiderte Doris, »dann ist der Absender kein Komplize des Täters, sondern dessen Widersacher. Es könnte aber auch Neid dahinterstecken. Wie wir wissen, wollte der Organisator ihres Auftritts in Mailand nicht, dass die anderen Models davon erfahren. In der Villa Graf wahrte sie daher darüber Stillschweigen. Aber ihren Mitschülern im Gymnasium erzählte sie stolz davon. Nun wissen wir, dass einer von Ronnys Freunden mit einem der Models liiert ist. Was ist, wenn über einen komischen Zufall diese …«, Doris blätterte suchend in ihren Aufzeichnungen und sagte: »ach ja, hier haben wir sie – Gina Schröder …«

»Du meinst, sie könnte von Carlo Werner erfahren haben, dass Katrin nach Mailand vermittelt wurde?«

»Das ist erst einmal nur ein Gedankenspiel«, sagte Doris. »Wie wir von Ursel wissen, sind die Jungs ziemliche Experten in digitaler Technik. Zuzutrauen ist es Carlo. Er scheint seiner Gina treu ergeben.«

»Dann fühlen wir ihm mal auf den Zahn, das heißt, wir beide sind außen vor. Das muss Ursel machen, wenn Ronny mal wieder Besuch von ihm hat. Weiß er überhaupt von diesen WhatsApp-Nachrichten an seine Schwester?«, fragte Robin.

»Wenn Carlo dahintersteckt, wird es Ronny nicht erfahren haben, es sei denn von seiner Schwester. Sie hat sich aber scheinbar von ihm zurückgezogen.«

»Gut, wenn Ursel heute kommt, instruieren wir sie«, sagte Robin, »mir brennt aber auch noch etwas anderes auf den Nägeln. Und das ist die undurchsichtige Rolle des Lincoln Bernard. Dessen Jugendfreund und der noch lebende demente Ehemann von Charlotte Seibts Mutter interessieren mich über alle Maßen.«

»Mich auch«, bestätigte Doris, »fragt sich nur noch, in welcher Rolle wir diese Personen unter die Lupe nehmen.«

»Da fällt uns schon etwas ein. Unser Inszenierungsrepertoire hat praktisch für beinahe jede Situation einen Part zu bieten. Wir müssen etwas modifizieren, womit sich herausfinden lässt, ob und auf welche Art diese Leute in Bezug zu dem Mordanschlag auf Frau Seibt vor fünf Jahren sowie zu dem Mord an diesem Model in Mailand vor zwei Jahren stehen.«

»Als Erstes werde ich den Kontakt zu Klaus Saul ausbauen. Sobald der mich sieht, sprüht er nur so vor Charme. Ich glaube, ich bin sein Typ«, sagte Doris, wohl wissend, was ihr Mann darüber dachte.

Offensichtlich stand der Fotograf auf die junge blonde Katrin, doch waren sich die Psychologin und der Privatdetektiv längst sicher, dass er nur mit ihr spielte. In Wahrheit gefielen ihm brünette und schwarzhaarige Frauen besser, obwohl seine Beziehungsfähigkeit, mit welchem Frauentyp auch immer, anzuzweifeln war. Da aber Doris nun mal in dessen Beuteschema passte, sollte sie ruhig versuchen, herauszufinden, welche geheimnisvollen Personen noch an Katrins Vermittlung nach Mailand beteiligt waren.

»Bei dieser Gelegenheit«, sagte Robin schmunzelnd, »kannst du gleich nachbohren, ob auch Irina Semjonowa für ein Event bestimmt war.«

»Ich fürchte, sie hatte ihren Auftritt schon hinter sich. Aber ja, Robin, genau das werde ich tun!«

Villa Graf, am späten Vormittag

In Katrins Zimmer war es mucksmäuschenstill, obwohl sich darin zwei Personen aufhielten. Sie verstand die Welt nicht mehr und ihr Freund, der ihr eigentlich Trost und Beistand spenden sollte, schwieg.

Klaus achtete darauf, sein wutverzerrtes Gesicht abzuwenden, um seinen angestauten Groll Katrin weder zu zeigen noch an ihr auszulassen.

»Ich muss den nächsten Kurs im Studio vorbereiten«, sagte er schließlich in einem Ton, der einem Roboter zu entstammen schien. »In etwa vierzig Minuten komme ich wieder. Bis dahin hast du dir überlegt, wem du von deinem Engagement in Mailand erzählt hast.«

Die Tür fiel ins Schloss und Katrin sah weinend ins Leere. Widersprüchliche Gefühle machten es ihr schwer, klar zu denken. Sie hatte den Fehler begangen, ihren Mitschülern im Gymnasium stolz von ihrem geplanten Auftritt zu berichten. Nie im Traum hätte sie damit gerechnet, dass dies jemandem zu Ohren kommen würde, der es nicht wissen durfte. Der Ärger ihres Freundes war zu verstehen, doch sollten sich Partner auch verzeihen können und Probleme gemeinsam angehen, dazu war Klaus offensichtlich nicht bereit.

Es klopfte. Als Katrin »Herein« rufen wollte, versagte ihr die Stimme. Sie wankte zum Eingang, bemüht, sich von einem plötzlich auftretenden Schwindelanfall nicht umhauen zu lassen, und drückte mit letzter Kraft die Klinke nach unten.

Das dumpfe Geräusch eines umfallenden Körpers löste bei Doris Miller Alarmglocken aus. Die Tür öffnete sich nach außen und gab den Blick auf die am Boden liegende Katrin frei. Schnell huschte Doris in das Zimmer und kniete sich neben das angeschlagene Model.

Gleich bildeten Schülerinnen und Personal einen Halbkreis um das Geschehen.

»Macht Platz«, rief Charlotte Seibt, als sie im Rollstuhl aus dem Lift kam.

Doris wunderte sich, wie schnell die Buschtrommeln in der Villa Graf arbeiteten. Inzwischen hatte sich Katrin wieder aufgerappelt und ließ sich zu ihrem Bett führen. Sie sei nur gestolpert, versicherte sie – es gehe schon wieder.

Dennoch war die Leiterin der Schule ins Zimmer gerollt, hatte alle neugierigen Blicke energisch ausgeschlossen und fragte, was sie tun könne.

»Nichts, Frau Seibt«, sagte Katrin entschlossen und richtete sich auf. »Es ist alles in Ordnung.«

»Wenn Sie nichts dagegen haben«, wandte sich Doris an die Zimmerbewohnerin, »würde ich gern mit Ihnen reden, ganz vertraulich und allein.«

Katrin sah nickend zu Charlotte Seibt, die sie aufmunternd anlächelte und das Zimmer verließ.

Doris alias Dorothea Müller hatte indessen einen Stuhl an Katrins Bett gestellt und sich darauf niedergelassen.

»Legen Sie sich ruhig hin. Je entspannter Sie sind, desto angenehmer wird unser Gespräch für Sie verlaufen.«

Erleichtert nahm Katrin den Vorschlag an und fragte: »Woher wussten Sie, dass ich mit Ihnen reden wollte. Ich hatte vor, Sie über Ihren Bruder darum zu bitten. Doch seinen Kurs habe ich nicht besucht. Stattdessen landete ich bei der Polizei, weil mir jemand ziemlich beunruhigende Nachrichten geschickt hat.«

»Ich bin ganz Ohr«, sagte die Psychologin und legte für ihre Patientin sichtbar ein Handy mit aktivierter Diktierfunktion auf das Bett, in der Hoffnung, dass deren stille Duldung den Mitschnitt rechtfertigte. »Haben Sie jemandem gesagt, dass Sie mit mir reden möchten?«

»Nein ...«, antwortete Katrin und hob verwirrt den Kopf.

»Bleiben Sie liegen, es sei denn, Sie fühlen sich nicht wohl dabei. Wie Sie sehen, habe ich gar nicht wissen können, dass Sie mir Ihr Herz ausschütten wollten. Umso besser für uns beide, dass der Wunsch nach einem Gespräch auf Gegenseitigkeit beruht.«

»Warum wollten Sie denn mit mir reden?«, fragte die junge Frau überrascht.

»Warum haben Sie meine Hilfe gesucht?«, entgegnete die Psychologin.

Katrin versuchte, ihre eigentlichen Gründe für den Besuch der Modelschule darzulegen. Dabei sei sie, ohne es zu merken, dem Sog der Glamourwelt erlegen. Sie freue sich sogar auf die Riesenchance, bei einer international bedeutsamen Fashion Week zu laufen und es mache ihr Spaß, sich darauf vorzubereiten. Erst als ihr Physiklehrer fragte, warum ihre Begeisterung für ihr Lieblingsfach nachließ und wie sie ihren Bruder unterstützte, sei ihr der Verdacht gekommen, dass diese ganzen Modelkurse nur Ablenkungsmanöver sein könnten.

»Ablenkung wovon?«, fragte Doris, obwohl sie genau wusste, was das Model meinte, dies jedoch mit dessen eigenen, aufschlussreicheren Worten zu hören hoffte.

»Vielleicht wollte ich mir nicht eingestehen müssen, dass ich meinem Bruder nicht helfen kann. Ich finde einfach nicht heraus, wer ihm den Pass von dem getöteten Model untergeschoben hat. Wer, wenn nicht der Mörder, würde den Verdacht auf einen Unschuldigen lenken? Ronny tut mir so unendlich leid. Seine Lage schmerzt mich wahrscheinlich mehr als ihn.«

Doris sah ihren Verdacht bestätigt und erlaubte sich eine Regung, die ihr bei früheren Sitzungen an anderen Patienten untersagt war. Nun praktizierte sie nicht mehr offiziell als Psychologin und durfte es sich erlauben, als Mensch zu handeln. Voller Mitgefühl sah sie Katrin in die Augen, fasste sie sanft an ihren Schultern und zog sie an sich heran.

Beide Frauen lagen sich in den Armen, während das ehemalige Heimkind wohl zum ersten Mal wirklich tröstende Worte zu hören bekam: »Ach, Liebes, was bist du doch für ein Dummerchen. Wenn selbst die Polizei bis jetzt nicht herausfinden konnte, wer deinem Bruder so übel mitgespielt hat, wie soll eine 18-Jährige ohne ermittlungstechnische Berufs- und Lebenserfahrung dieses Kunststück fertigbringen? Du hast einfach zu viel von dir selbst verlangt. Manchmal gibt es eben keine Lösungen. Sollte ihm Irina selbst den Pass zugesteckt haben – weil sie ihn einfach wiedersehen wollte –, dann werden wir es nie erfahren. Da kann die Kripo noch so bemüht sein, in Ronny den Mörder zu sehen. Irgendwann werden sie es einsehen und deinen Bruder von jedem Verdacht freisprechen. Natürlich schmerzt dich das Los deines Zwillingsbruders. Lass den Schmerz zu. Teile ihn mit Ronny, dann geht es euch beiden besser.«

Katrin weinte den ganzen Stau aus Selbstvorwürfen, schlechtem Gewissen und uneinlösbaren Vorsätzen, der ihren Körper geschwächt und ihre Vernunft gegeißelt hatte, aus sich heraus. Doris blieb noch lange genug, um der jungen Frau das Gefühl zu geben, nicht allein zu sein.

Nach etwa dreißig Minuten verabredeten sich die beiden Frauen zu einer wirklichen Therapiesitzung. Katrin war unendlich dankbar für den Beistand der Psychologin und hoffte, auch Ronny von einer Teilnahme überzeugen zu können.

Kriminalpolizeiinspektion Gera, zur gleichen Zeit

Mit Freuden erfüllte Ursula Lenk Robins Wunsch, sich bei Hauptkommissar Köhler nach Lincoln Bernard, dessen Jugendfreund und dem noch lebenden dementen Stiefvater von Charlotte Seibt zu erkundigen.

»Ich nehme an, ihr habt diese Leute inzwischen befragt«, bemerkte sie. »Und wenn ja, würde ich gern die Protokolle einsehen. Ich habe nämlich aus den Millers herauskitzeln können, dass sie diese Männer unter die Lupe nehmen wollen.«

»Du bist unbezahlbar«, lobte der Hauptkommissar seine vorübergehende Beraterin. »Dein Engagement mit der Detektei DORO nützt uns mehr als jede geradlinige Polizeiarbeit.«

Die Seniorin schmunzelte. Dass die Millers ebenso dachten, durfte Köhler nie erfahren, doch das war auch gar nicht nötig.

Uwe Köhler blätterte in seinen Unterlagen und entnahm diesen zwei Vernehmungsprotokolle. Bernards früherer Chef sei geistig nicht in der Lage gewesen, auf polizeiliche Fragen zu antworten.

»Leider lehnt Charlotte Seibt jeglichen Kontakt zu ihrem Stiefvater ab, obwohl dieser zugestimmt hatte, ihr die Villa zu vererben. Seine einzige Bedingung war die Kostenübernahme für das Pflegeheim. Wer hat denn mit ihm geredet?«

»Ruth Lonitz. Sie hat auch die anderen beiden befragt.« Die ehemalige Kommissarin vertiefte sich in die Protokolle.

Bernards Jugendfreund Paul Schmitz war Elektrikermeister mit eigener Firma, der dieser die ambivalente Bezeichnung *Schmitz' Blitz* gegeben hatte. Sein Firmenwagen mit dem markanten Blitz-Logo war ihr wiederholt auf Geras Straßen aufgefallen. Eine Verbindung zur Modelszene war nicht auszuschließen, da man Paul Schmitz' Firma bei den Umbauarbeiten der Villa Graf hinzugezogen hatte. Durchaus möglich, dass der Mann etwas von dem Tunnel auf dem Grundstück wusste. Ursula Lenk machte sich eine Notiz im Hinterstübchen und nahm sich das nächste Protokoll vor.

Hier entdeckte sie nichts, was sie nicht schon wusste. So kam sie nicht weiter.

Plötzlich fiel ihr ein früherer Fall ein, der sich anfangs ziemlich undurchsichtig darstellte. Erst als man die Familie, Freunde und Nachbarn des Verdächtigen befragte, ergab sich, dass dieser unschuldig war. Dafür konnte man letzten Endes dessen Bruder als Täter entlarven.

»Hat dieser Schmitz Familie?«, fragte Ursula Lenk gedankenversunken.

»Nicht dass ich wüsste«, hörte sie Köhler antworten.

»Na, der wird doch sicher Eltern haben, vielleicht auch Geschwister.«

»Es gab keinen Grund, danach zu fragen.«

»Dafür gibt es immer Gründe«, bemerkte die Seniorin. »Oft sind die Täter im Umfeld von Zeugen oder Verdächtigen zu finden. Kannst du dich an den Fall Rabold erinnern?«

Uwe Köhler war von den Socken und blickte seine frühere Chefin entgeistert an. Sie lächelte zurück.

»Stimmt«, sagte er. »Diesen Fall werde ich nie vergessen. Rabold war unser Hauptverdächtiger und am Ende konnten wir dessen Bruder die Tat nachweisen. Wir schauen viel zu wenig auf die Leute aus dem Familienumfeld.«

»Wenn unser Rechnerspezialist Michael Zerbst kommt, solltest du ihn darauf ansetzen.«

»Wir könnten allerdings auch ganz einfach beim Einwohnermeldeamt nachfragen. Du scheinst ziemlich angetan zu sein von den Methoden dieser Privatschnüffler!«

»Sie sind effizient«, gab Ursula Lenk schmunzelnd zu. »Weiß jemand von euch, ob diese Irina für ein Event vorgesehen war?«

»Du machst vielleicht Gedankensprünge«, erwiderte Uwe Köhler. Er wurde nachdenklich und betonte: »Du hast recht. Das erste ermordete Model sowie Frau Seibt waren für eine Modenschau gebucht. Von dieser Irina wissen wir es nicht. Wer hat denn eigentlich Katrin Winter nach Mailand vermittelt?«

»Der Fotograf der Villa Graf kennt einen Eventmanager aus Hamburg. Es ist der gleiche, dem Charlotte eine Menge verdankt, bevor er sie belästigt hat und sie ihm aus dem Weg gegangen ist. Er ist aber immer noch im Business und engagiert hauptsächlich Models für die Versace-Designer. Die halbe Familie Versace entwirft quasi Kollektionen. Katrin soll für eine Versace-Nichte laufen.«

»Ich dachte, Herr Seibt vermittelt die Mädchen.«

»Der kümmert sich nur um die Models, die er unter Vertrag hat.«

»Wie viele Leute verdienen denn noch an den Mädchen? Der Fotograf, der Kerl aus Hamburg, Jürgen Seibt. Bleibt denn da noch was für die Models übrig?«

»Tja, sicher. Es scheint sich für alle zu lohnen. Ich werde Charlotte mal fragen, ob Irina irgendwo gelaufen ist oder für eine Show vorgesehen war.«

Uwe Köhler wollte fragen, ob Ursula den Mörder im Publikum von Modenschauen vermute, doch diese hatte bereits Charlotte Seibt am Apparat und sagte: »Hier ist Ursula Lenk, grüß dich, Charlotte. Weißt du, ob Irina Semjonowa vor ihrem Tode irgendwo gemodelt hat?«

Inzwischen hatten Ruth Lonitz und Michael Zerbst das Büro betreten. Ursula Lenk stellte den Apparat auf laut und das Team lauschte gespannt der Antwort. So viel sie wisse, sagte die Leiterin der Modelschule, habe Irina schon eine Weile in Deutschland gemodelt. Sie sei direkt von einer Fashion Week in Berlin, wo Klaus Saul auf sie aufmerksam wurde, mit ihm nach Gera gekommen.

»Er hatte mich von Berlin aus angerufen«, erklärte Charlotte Seibt, »und nachgefragt, ob wir noch ein Model aufnehmen könnten, das keine reichen Eltern hat. Ich vertraue dem Urteil von Herrn Saul und habe deshalb Ja gesagt. Warum willst du das wissen? Ist es wichtig?«

»Das weiß ich noch nicht. Ich danke dir und wünsche frohes Schaffen.«

Villa Graf, gegen Mittag

Er hätte sein Fotostudio abschließen müssen. Nun war es zu spät. Gina Schröder stand in der Tür und hatte zumindest seine letzten Worte des Telefonats mitgehört.

»Kannst du mich nicht nach Mailand vermitteln?«, fragte sie hoffnungsvoll.

»Da musst du etwas falsch verstanden haben«, erwiderte Klaus Saul barsch.

»Du hast gesagt, dass Katrin nun nicht mehr die Versace-Kollektion vorführen kann, weil sie Morddrohungen bekommen hat. Dann hat dein Gesprächspartner etwas gesagt, worauf du geantwortet hast: ›Ich sehe zu, dass ich Ersatz für sie bekomme.‹ Ich weiß ja nicht, wie du das siehst, für mich war das eindeutig.«

»Hast du gewusst, dass Katrin dafür vorgesehen war?«

»Klar, ich habe so meine Quellen.«

»Wie hast du es erfahren?«, fragte Klaus schon viel freundlicher und winkte sie zu sich.

Beide setzten sich auf einen Diwan, der für das nächste Shooting vor weißem Hintergrund stand. Gina erzählte, wie sich der Kumpel ihres Freundes verplappert hatte.

Klaus stand auf, trat hinter seine Besucherin und massierte dieser die Schultern.

»Entspann dich«, sagte er einschmeichelnd. »Ich mach ein paar Fotos von dir und schick sie nach Hamburg. Das letzte Wort hat ein Eventmanager, der ausdrücklich einen Typ wie Katrin verlangte. Du bist dunkelhaarig, kleiner und etwas athletischer. Wir können es aber versuchen. Allerdings brauchen wir eine Einverständniserklärung deiner Eltern.«

»Ach, die bekomme ich«, sagte Gina euphorisch. »Mein Vater arbeitet bei der UNO in New York und sagt immer, er wäre schon froh, wenn ich nicht herumlungere. Ich werde ihm gleich eine Nachricht schicken.«

Klaus riet Gina zu Posen, die ihre Vorzüge bestens zur Geltung brachten und fragte, ob auch ihre Mutter in New York arbeite. Als er erfuhr, dass sie gestorben war, nahmen die Augen des Fotografen einen undefinierbaren Glanz an.

»Störe ich?«, hörte er eine weibliche Stimme von der Tür aus fragen.

»Oh, welch seltener Besuch«, begrüßte Klaus Saul die Psychologin Dorothea Müller. »Welchem Umstand verdanke ich diese Ehre?«

»Ich wollte mit Ihnen über Katrin reden«, sagte Doris, »aber wenn ich ungelegen komme, verschieben wir das Gespräch. Ich dachte, wenn ich schon einmal da bin …«

»Natürlich stehe ich Ihnen zur Verfügung, Frau Müller.«

Gina forderte er auf, in einer Stunde wiederzukommen. Enttäuscht und verärgert trollte sich das angehende Model und knallte die Tür ins Schloss.

»Teenager«, sagte Klaus entschuldigend.

Doris nickte und schlug vor, in den Park zu gehen. Klaus zog sich seinen langen Mantel über und begleitete seine Besucherin durch den Kellerausgang in die Grünanlage.

»Ja, um Katrin mache ich mir auch Sorgen«, versuchte er, das Gespräch an sich zu reißen. »Da habe ich Himmel und Hölle in Bewegung gesetzt, um ihr die Chance ihres Lebens zu bieten, und nun hat sie Angst wegen des Internetmobbings. Was denken Sie, Frau Müller, war das nur ein übler Scherz oder ernst gemeint?«

»Ich habe gerade mit ihr gesprochen«, sagte Doris und setzte sich auf eine Bank. »Sie ist verzweifelt. Aber nicht wegen Mailand und der WhatsApp-Nachrichten, sondern wegen ihres Bruders und Ihnen.«

Klaus zuckte zusammen und wollte schon fragen, woher Katrin wisse, dass er ihrem Bruder Irinas Pass untergeschoben hat, doch dann wurde ihm klar, dass niemand davon wissen konnte. Zum Glück schien die schöne Frau, die mit geschlossenen Augen ihr Gesicht von der Sonne bescheinen ließ, seinen Schreck nicht bemerkt zu haben. Bewundernd musterte Klaus die ebenmäßigen Züge sowie das glänzende schwarze Haar der Psychologin und fragte, wie sie das meine.

»Sie leidet sehr darunter, dass sie ihrem Bruder nicht helfen konnte, und macht sich Vorwürfe, nicht mehr getan zu haben, um herauszufinden, wer ihrem Bruder so übel mitgespielt hat. Sie sind nicht nur Geschwister, sondern Zwillinge, die seit ihrer Entwicklung im Mutterleib eine große Vertrautheit füreinander fühlen. Hinzu kommt, dass Katrin und Ronny in einem Heim aufgewachsen sind, wo sich diese Verbundenheit intensiviert hat.«

»Das verstehe ich. Ich bin auch in einem Waisenhaus aufgewachsen, hatte nur wenige Freunde – eigentlich nur einen –, meistens bin ich gemobbt worden. Wenn mich mein Freund nicht beschützt hätte, wäre ich wohl eingegangen wie eine Primel. Diese Vertrautheit fühlen nicht nur Zwillinge, auch Freunde, die keine Familie, sondern nur sich haben. Doch was meinten Sie, als Sie sagten, Katrin sei auch verzweifelt wegen mir?«

Doris horchte auf – nicht wegen Sauls Frage, sondern wegen seiner Waisenhauserfahrung. Hatte sie hier eine Verbindung zu den ermordeten Models aufgedeckt? Da musste sie nachbohren, jedoch vorsichtig genug, um keinen Verdacht zu erregen. Deswegen ging sie zuerst auf seine Frage ein.

»Na, Sie wissen doch, wie vernarrt Katrin in Sie ist«, sagte Doris lachend. »So wie vermutlich alle Mädchen hier, die neidvoll zusehen müssen, dass Sie sich zu Katrin hingezogen fühlen. Gut, sie ist volljährig und nimmt eine Sonderstellung ein. Alle anderen sind Schutzbefohlene. Aber mal ehrlich,

Herr Saul, wäre das nicht so, hätten Sie doch leichtes Spiel bei all den unerfahrenen Models hier.«

»Wo denken Sie hin?«, erwiderte er empört. »Ich würde nie etwas mit Schutzbefohlenen anfangen.«

»Das glaube ich«, entgegnete sie und schaute ihm tief in die blauen Augen. »Deshalb sprach ich auch im Konjunktiv. Aber zurück zu Katrin. Wenn Sie das Mädchen wirklich mögen, helfen Sie ihm, mit dieser Situation fertigzuwerden. Geben Sie ihm Trost oder machen Sie Schluss.«

»Ich mag sie tatsächlich, doch ich habe auch nie gelernt, wie man jemanden tröstet …«, sagte Klaus und griff nach seinem vibrierenden Handy.

Mit bedauerndem Schulterzucken entfernte er sich einige Schritte und sprach mit jemandem, der sich wohl nichts aus Sauls unhöflicher Anfuhr machte. Einige seiner Worte waren zu verstehen, den Rest reimte sich Doris zusammen. Es schien um Katrins Teilnahme an der Mailänder Fashion Week zu gehen, mit der der Anrufer wohl fest rechnete. Ein Ersatz käme nicht in Frage, da man die Kollektion an die genauen Maße der Trägerinnen angepasst hatte. Sauls Frage, ob Katrins Sicherheit auch wirklich gewährleistet sei, sollte wohl induzieren, dass er sich um sie sorgte. So recht überzeugt war die Psychologin davon nicht. Dennoch beschloss sie, ihre Mischung aus Flirt und Befragung fortzusetzen.

»Sie haben recht«, sagte Klaus, als er zurückkam. »Ich muss Katrin trösten und sie davon überzeugen, in Mailand zu laufen. Es hängt zu viel davon ab.«

Zwar hatte Doris echten Trost und nicht einträgliche Vorteile für andere gemeint, doch ging sie auf Sauls Problem ein.

»Sie hat Angst«, betonte Doris. »Aber Herr Saul – oder darf ich Klaus sagen?«

Er nickte erfreut.

»Sie hatten mich gefragt, was ich über die WhatsApp-Nachrichten denke. Ob diese meiner Meinung nach ein übler Scherz oder ernst gemeint seien? Ich bin mir nicht sicher, ob es eine Drohung oder eine Warnung sein soll.«

»Warnung, Drohung! Worin besteht denn da der Unterschied?«

»Eine Warnung kann vor einer Gefahr retten, also gut gemeint sein. Eine Drohung zielt auf eine Gefahr ab. Davon abgesehen waren die ermordeten Frauen alle kurz vor ihrem Tod als Models engagiert, was nahelegt, dass der Serienmörder aus der Modelbranche stammt.«

»Welche ermordeten Frauen? Welcher Serienmörder? Hab ich da irgendetwas nicht mitbekommen? Ich weiß nur von Irinas schrecklichem Los.«

»Und was Frau Seibt passiert ist, wissen Sie nicht?«

»Doch. Aber was hat das mit Irina zu tun?«

»Ich sage nur: Endstation Müllcontainer. Auch ein Model in Mailand wurde vor zwei Jahren geschändet und tot im Müll gefunden.«

»Was? Davon wusste ich nichts. Das kann doch nur Zufall sein. Wieso gerade Mailand?«

Klaus Saul schien entgeistert in sich zusammenzusinken. Doris ging auf dessen Schauspielerei ein und gab vor, ihn wieder aufbauen zu wollen. Er habe viel durchgemacht und müsse auch noch diese Hiobsbotschaft verdauen, sagte sie, und wenn jemand in einem Waisenhaus aufgewachsen sei wie er, wären Traumata keine Seltenheit und führten oft zu unerklärlicher Niedergeschlagenheit. Vorsichtig fasste Doris nach seinen Händen, die er ihr freudig überließ. Wäre er so fassungslos gewesen, wie er es vorgab, hätten sie sich kalt und feucht anfühlen müssen. Dass diese warm und trocken waren und ihn Lügen straften, ließ sich Doris nicht anmerken.

»Wenn Sie es wünschen, versuche ich, Ihre Probleme aufzudecken und eine Therapie für Sie zu entwickeln, entweder für Katrin und Sie zusammen oder für Sie allein.«

Als er ihr eine mitleiderregende Schmierenkomödie vorspielte und sie jammernd bat, ihn allein zu therapieren, glaubte sie, den Fall bald gelöst zu haben. Sie ahnte nicht, dass er sich heimtückisch ihrer Schweigepflicht zu bedienen gedachte.

Siebtes Kapitel

Wohnung von Ursula Lenk, am Nachmittag

Ronny schien angeschlagen, was Ursula durchaus verstand. Wer zwischen Wut und Verzweiflung wankte, brauchte Beistand, um nicht in Panik auszubrechen. Sie war schon drauf und dran, sich Rat bei Doris zu holen, da klingelte es und die Psychologin stand zusammen mit Katrin vor ihrer Tür.

»Manchmal werden Wünsche war«, sagte die Seniorin zur Begrüßung, was Katrin rätselhaft vorkam, für ihre Begleiterin jedoch die Bestätigung ihres Vorhabens war.

»Bevor wir mit Ronny sprechen«, bat Doris Miller die Gastgeberin, »sagst du uns bitte, was er weiß und – noch wichtiger erscheint mir – was er nicht weiß.«

Katrin war geplättet. Da war sie davon ausgegangen, mit der Schulpsychologin Ronny irgendwie zu einer Geschwistertherapie zu bewegen, und nun stellte sie fest, dass die Frau, bei der er wohnte, mit ihrer Therapeutin engstens vertraut war.

Ronnys Zimmertür knarrte, woraufhin die zwei Frauen Katrin schnell mit sich in die Küche dirigierten und den Vorhang an deren Eingang zuzogen. Eine der Regeln im Zusammenleben in Ursula Lenks Haushalt besagte, dass geschlossene Räume den Wunsch nach Privatsphäre anzeigten.

Doch Ronny schien sowieso nicht die Küche betreten zu wollen. Er verschwand im Bad und kurz darauf war das Rauschen der Dusche zu hören.

»Bitte entschuldigen Sie, aber woher kennen Sie sich?«, platzte es aus Katrin Winter heraus.

»Wir sind Nachbarn und schon lange miteinander befreundet«, klärte die Expolizistin das Mädchen auf. An Doris gewandt sagte sie: »Er weiß alles« und füllte frisch gebrühten Kaffee aus einer stets vollen Thermoskanne in drei Becher. »Er wusste sogar mehr als ich.«

»Wie geht das?«, fragte Katrin skeptisch, griff nach ihrem Muntermacher, ohne sich vom zugeschobenen Tablett mit Zucker und Milch zu bedienen.

»Mike und Carlo waren da und haben zugegeben, die WhatsApp-Nachrichten Gina zuliebe erstellt und abgeschickt zu haben.«

»Verdammt«, rief die Gymnasiastin empört aus, »sind denn jetzt alle gegen mich?«

»Sie wollten Ihnen nur einen Schrecken einjagen und haben nicht daran gedacht, dass sie damit Todesängste auslösen. Ihr einziger Gedanke war es, Gina an Ihrer statt die Chance zu ermöglichen, nach Mailand geschickt zu werden. Ronny war genauso erbost und hat in seiner ersten Wut die Freundschaft mit den beiden aufgekündigt, zumal er noch immer mit Irinas Tod in Verbindung gebracht wird.«

»Wann hört das endlich auf?«, fragte Doris Miller verärgert. »Die Polizei weiß doch, dass er sie nicht getötet haben kann.«

»Und woher wissen Sie, was die Polizei weiß?«, bohrte Katrin nach.

»Ich glaube, es wird Zeit, Sie in unser Geheimnis einzuweihen«, sagte Doris überraschend. »Richtig ist, dass ich Psychologin bin und Sie mit Ihrem Bruder therapieren kann und will. Meine Tätigkeit an der Modelschule ist wie die meines Mannes – er ist nicht mein Bruder – jedoch nur Tarnung für unsere richtige Arbeit als Privatdetektive. Engagiert hat uns Frau Lenk. Sie ist derzeit Beraterin im Ermittlungsteam von Kommissar Köhler. Ich bin also über den Wissensstand der Polizei im Bilde. Es liegt nun in Ihrer Hand, ob wir auffliegen oder im Interesse Ihres Bruders den wahren Täter ermitteln können.«

Katrin setzte sich auf einen Hocker und atmete tief durch. Doch plötzlich strahlte sie übers ganze Gesicht und stieß hervor: »Dann ist es wahr. Die Polizei hält Ronny für unschuldig.«

»Ja natürlich, aber gerade wir müssen uns an die Fakten halten und brauchen handfeste Beweise!«, erwiderte Ursula und holte beide auf den Boden der Realität zurück. »Er war im Besitz von Irinas Pass, fiel mehreren Zeugen auf, als er hinter ihr her war und hat kein Alibi. Die Tatsache, dass er bei dem angesetzten Lokaltermin nicht zu wissen schien, wo die Tote gefunden wurde und wie sie zu Tode kam, entlastet ihn zwar, kann aber auch raffinierte Täuschung gewesen sein. Versteht mich nicht falsch. Ich persönlich bin von seiner Unschuld überzeugt, doch Polizeiarbeit richtet sich nun mal nach Fakten, und so lange der Fall nicht aufgeklärt ist, bleibt Ronny verdächtig.«

»Wenn er … nun nicht … ähm … mehr will, dass seine Freunde«, stotterte Katrin, die sichtlich erleichtert wirkte, dass die Morddrohung nicht ernst gemeint war, »ihm helfen, am Unterricht teilzunehmen …«

»… dann helfen Sie ihm, Katrin«, sagte Ursula.

»Ich möchte die beiden mit therapeutischen Sitzungen unterstützen«, informierte Doris die Seniorin.

»Er wird jede Hilfe annehmen, die er bekommen kann, und wenn er wieder öfter mit Katrin zusammen sein kann, wird er es begrüßen.«

Zeitgleich mit Ronny betraten die Frauen den Flur. Die Geschwister fielen sich in die Arme. Vorläufig schien sich der Bruder nicht für das neue Gesicht neben seiner Gastgeberin zu interessieren.

»Ich weiß alles«, sagte er zu Katrin. »Was musst du durchgemacht haben.«

»Zum Glück war es nur ein schlechter Scherz«, sagte sie ein wenig schuldbewusst. »Ab jetzt sehen wir uns wieder öfter, versprochen.«

»Du musst mir auch den Unterricht aufzeichnen. Ich habe Mike und Carlo praktisch entlassen.«

»Hab schon gehört … ich kann erst …«

»Kommt in die Stube, Kinder«, forderte Ursula die Geschwister auf. »Da können wir in Ruhe über alles reden.«

Doris schaute aufs Display ihres brummenden Smartphones und erklärte, sie müsse gleich weg, weil Robin sie dringend brauche.

»Keine Sorge, Frau Müller«, sagte Katrin. »Ich werde Ronny schon überzeugen. Unseren ersten Termin können wir ja telefonisch machen.«

»Danke, Katrin«, sagte Doris im Gehen. »Übrigens heiße ich Miller, Doris Miller, nicht Dorothea Müller. Tschüs, ich melde mich wieder.«

Auf der Straße schaute sie noch einmal auf Robins Nachricht. Er hatte nicht damit gerechnet, dass der gestern in ihre Wohnung bestellte Elektriker Paul Schmitz schon heute kommen würde. Als er den begehrten Handwerker am Detektivbüro vorbei in die Wohnung geführt hatte, gestand dieser, sich nur deshalb gleich Zeit genommen zu haben, weil er die Dienste einer Detektei benötige. Er sei vor kurzem darüber informiert worden, dass er einen Sohn haben soll, der leider nach dem Tod der Mutter in einem Heim aufwachsen musste. Er erfuhr den Namen seines Sohns und die Adresse des Heims. Dort gab man ihm die Auskunft, dass es zwar ein früheres Heimkind namens Klaus Saul gegeben hatte, doch wo dieser nun lebe, wisse man nicht.

Und nun brauchte Robin Miller dringend den Rat seiner Frau. Noch schien Doris selbst ratlos. Dennoch schrieb sie zurück, nichts über Klaus Saul verlauten zu lassen, bevor sie nicht selbst mit Herrn Schmitz gesprochen hatte.

Als sie aufblickte und ihr Handy wegsteckte, sah sie vor ihrem Haus den Firmenwagen mit *Schmitz' Blitz*-Logo stehen und brachte die kurze Distanz zwischen Ursulas und ihrer eigenen Wohnung schneller hinter sich als sonst.

Detektei DORO, kurze Zeit später

Schon lange wollten die Millers die antike Deckenleuchte mit der veralteten Elektrik in Betrieb nehmen. Nun war es endlich so weit. Herr Schmitz hatte die Rarität schnell mit neuen Leitungen versehen und im Flur angeschlossen.

Seinen Auftrag besprach das Detektivpaar im Büro, nachdem es sich angehört hatte, wie der neue Mandant von der Existenz seines Sohnes erfahren hatte.

»Es war eine Nachricht an die E-Mail-Adresse meines Geschäfts«, sagte der rüstige Mann, der nach eigenen Angaben schon weit über das Rentenalter hinaus war. »Ich hätte sie beinahe gelöscht, weil mir Mails ohne Verbindungsdaten suspekt sind. Ohne Anrede und Unterschrift stand da nur …«, er nahm sein Handy, rief die Mail auf und las vor: »Sie haben einen Sohn mit Lina Saul gezeugt, der am 3. Mai 1989 in Hamburg geboren wurde und den Namen Klaus trägt. Nach dem Tod der Mutter im Jahre 1992 wurde der Junge im Hamburger Kinderheim St. Ansgar Stift e.V., Reitbahn 7, aufgenommen.«

Schmitz reichte sein Handy weiter, um den Millers die Mail zu zeigen.

»Gab es diese Lina Saul in Ihrem Leben?«, fragte Doris interessiert.

»Ja, wir waren drei Jahre ein Paar, bis sie plötzlich in den Wirren des DDR-Zusammenbruchs verschwand. Es hieß, sie sei über Ungarn in den Westen gelangt. Ich habe nie wieder von ihr gehört.«

»Haben Sie nicht versucht, sie zu finden?«, wollte Robin Miller wissen. »Ich meine, wenn ein Paar so lange zusammen ist, steckt man es doch nicht so einfach weg, wenn einer verschwindet.«

»Ehrlich gesagt, war ich unermesslich enttäuscht von ihr, um nicht zu sagen, ich war fertig mit der Welt. Sie war ohne ein Wort verschwunden. Hätte sie gesagt, dass sie abhauen will, wäre ich wahrscheinlich mitgegangen. Damals habe ich mir nichts mehr gewünscht, als mit ihr eine Familie zu gründen.«

»Haben Sie irgendeinen Verdacht, wer Ihnen die Mail geschickt haben könnte? Haben Sie den Absender kontaktiert?«

»Selbstverständlich habe ich gleich die Antwortfunktion genutzt, aber meine Nachfrage konnte nicht zugestellt werden, da es die E-Mail-Adresse nicht gibt.«

»Das ist so eine Masche, die gern Bauernfänger verwenden. Ich mache mich mal kundig, wie man doch noch den richtigen Absender herausbekommt. Würden Sie diese Mail an meinen Account weiterleiten? Ihren Auftrag nehmen wir an, doch müssen wir irgendwo ansetzen.«

Paul Schmitz war seine Freude über Robins Entscheidung ins Gesicht geschrieben. Den von Doris inzwischen vorbereiteten Vertrag unterschrieb er ungelesen und winkte ab, als er darauf aufmerksam gemacht wurde, sich wenigstens das eingetragene Honorar anzusehen.

»Wissen Sie, ich würde mein letztes Hemd geben, wenn Sie nur meinen Sohn finden.«

Das Ehepaar sah sich überrascht an, meldete sich doch bei beiden das Gewissen, den armen Mann kostenpflichtig hinzuhalten. Zwar hatten sie nicht vor, ihm tatsächlich eine Rechnung zu servieren, doch mussten sie ihn in dem Glauben lassen, genau das zu tun. Wortlos einigten sich die Millers darauf, den Aufenthalt von Klaus Saul noch so lange für sich zu behalten, bis sie Sinn und Zweck dieses anonymen Hinweises aufgedeckt hatten.

Davon abgesehen, hätte auch Schmitz den Fashion-Fotograf, sofern er von dessen Beruf gewusst hätte, leicht übers Netz finden können, zumal dessen Arbeiten urheberrechtlich gekennzeichnet sein mussten. Zum Glück war bisher nur ihnen bekannt, dass Saul in Modekreisen gern gebucht wurde und selbst auf großen Fashion Weeks kein Unbekannter mehr war. Zudem war der Name nicht so weit verbreitet, sodass eine Google-Suche erfolglos geblieben wäre.

Wohnung von Ursula Lenk, am Abend

Erleichtert stellte Doris Miller fest, dass es gar nicht so schwer war, das Zwillingspaar in eine optimistische Grundstimmung zu lenken. Katrin und Ronny hingen aneinander und vertrauten sich blind – gute Voraussetzungen, gemeinsam ihre Traumata aufzuspüren und zu verarbeiten.

Nun saß die Psychologin mit Ursula Lenk bei einem Glas Rotwein in deren guter Stube und freute sich über das Ergebnis der hinter ihr liegenden ersten Sitzung mit den beiden jungen Leuten.

»Schlimmer wird es mit diesem Klaus Saul«, befürchtete sie. »Auch er will mit mir seine Defizite aufdecken, doch ist mir der Kerl irgendwie unheimlich. Er scheint keinerlei Empathie aufbringen zu können. Doch das Gefährliche daran ist, dass er weiß, in welchen Situationen welche empathischen Regungen üblich oder unangebracht sind.«

»Du meinst, er ist ein Psychopath?«

»Donnerwetter«, sagte Doris bewundernd, »du scheinst dich auszukennen. Ja, diese Eigenschaft zeichnet die meisten Psychopathen oder Soziopathen aus, vor allem, wenn sie intelligent genug sind, Emotionen vorzutäuschen.«

»Tja, meine liebe Doris«, gestand Ursula, »zu meiner Zeit beim LKA hat mich dieses Thema außerordentlich interessiert. Daher habe ich auch meine Kollegen stets dazu angehalten, sich mit den Eigenschaften von Psychopathen oder Soziopathen auseinanderzusetzen, um diese rechtzeitig zu erkennen.«

»Was meinst du mit rechtzeitig?«, fragte Ursulas Besucherin interessiert.

»Wenn wir es mit bestimmten Tätermustern zu tun hatten, wie beispielsweise Serientätern, haben wir die Checkliste zur Erkennung psychisch kranker Täter angewandt, und waren wir der Meinung, einer von ihnen sitzt im Verhörraum, dann zogen wir einen Psychologen hinzu. Sogar Hauptkommissar Köhler, dem ich das früher beigebracht habe, macht das heute noch so. Kennst du den Polizeipsychologen?«

»Wenn das immer noch Daniel Feldmann ist, kenne ich ihn. Als ich mit Robin die Detektei gegründet habe, hat dessen Tochter meine Praxis übernommen. Du hast doch die ganze Sache eingerührt.«

»Stimmt ja«, erinnerte sich die Seniorin. »Im Alter lässt das Gedächtnis nach. Ja, Feldmann ist noch bei der Kripo. Er und Köhler sind inzwischen auch dicke Freunde.«

»Du sprachst von einer Checkliste«, wechselte Doris das Thema. »Hast du die hier? Mich interessiert brennend, ob die inhaltlich auch zutrifft.«

»Ha, meine Liebe«, tönte Ursula und tippte mit dem rechten Zeigefinger gegen ihre Stirn. »Die hab ich hier drin. Und du kannst dich drauf verlassen, dass die zutrifft.«

»Na, dann zähl mal auf«, forderte sie ihre ältere Freundin lachend auf.

»Ein Psychopath oder Soziopath nutzt andere aus und ist berechnend. Er ist sprachgewandt und kann andere durch oberflächlichen Charme für sich gewinnen. Ein erheblich übersteigertes Selbstwertgefühl gehört genauso zu ihm wie die Neigung zur Selbstüberschätzung. Er lügt, betrügt und manipuliert. Er ist gefühlskalt, nur zu oberflächlichen Gefühlen fähig und empfindet kaum oder keine Empathie. Es mangelt ihm an Schuldbewusstsein oder Gewissensbissen. Er ist nicht dazu bereit und fähig, Verantwortung für sein Handeln zu übernehmen. Dadurch handelt er impulsiv und kann sein Verhalten nicht ausreichend kontrollieren. Ihm ist ständig langweilig und er hat permanent das Bedürfnis nach aufregenden Erlebnissen. Er verfolgt keine realistischen, langfristigen Lebensziele. Seine Partnerschaften sind von kurzer Dauer beziehungsweise hat er mehrere Partner zur gleichen Zeit.«

Doris klatschte Beifall und glänzte ihrerseits mit dem Wissen, dass die aufgezählten Richtlinien, dem kanadischen Kriminalpsychologen Robert D. Hare zuzuordnen seien.

»Er hat diese in den 1970er-Jahren entwickelt. Allerdings haben neuere Untersuchungen feine Unterscheidungen ergeben.«

»Aber ja, Doris. Ich habe mich weitergebildet und weiß das«, sagte Ursula und lauschte in Richtung Flur, ohne es sich ihrer Freundin und dem horchenden Geschwisterpaar gegenüber anmerken zu lassen, kam doch diese Situation wie gerufen, um Katrin diesen Saul zu vergällen. »Psychopathen sind Hardcore-Soziopathen«, fuhr sie unbeirrt fort. »Bestimmte Symptome dieser Persönlichkeitsstörungen sind bei ihnen besonders stark ausgeprägt. Während bei den meisten Soziopathen noch ein gewisses Maß an Empathie zu beobachten ist, haben Psychopathen mitunter überhaupt kein Einfühlungsvermögen. Ich habe in einem Beitrag des österreichischen Psychologen Werner Stangl gelesen, dass sich Psychopathen und Soziopathen in erster Linie anhand ihrer Fähigkeit zu fühlen und ihres Verhältnisses zu Mitmenschen unterscheiden. Psychopathen hält er für gefühlskalt, aber charmant und manipulativ genug, um oberflächliche Beziehungen aufzubauen. Sie seien daher oft gut in die Gesellschaft integriert und erfolgreich im Beruf. Soziopathen dagegen hätten zwar Gefühle, seien aber nicht dazu in der Lage, diese zu kontrollieren. Aufgrund ihrer Impulsivität und Aggressivität gelinge es ihnen nicht, Bindungen aufzubauen oder aufrechtzuerhalten. Soziopathen leben daher oft am Rande der Gesellschaft.«

Doris erhob ihr Rotweinglas und bemerkte: »Auf dich, Ursel. Du überraschst mich immer wieder.«

Die Seniorin stieß mit ihrer Besucherin an, trank aber nicht. Stattdessen stand sie auf, schlich zur Tür und öffnete diese mit der Frage: »Wollt ihr nicht hereinkommen und ein Gläschen Wein mit uns trinken?«

Doris staunte über Ursulas Beobachtungsgabe. Sie selbst hatte weder geahnt noch gespürt, dass Katrin und Ronny ihrem Gespräch lauschten.

»Was ist denn Klaus nun?«, fragte die junge Frau etwas beschämt. »Soziopath oder Psychopath?«

»Wahrscheinlich keines von beiden«, bemerkte Doris sichtlich amüsiert.

»Oder beides zugleich«, scherzte die Gastgeberin, während sie zwei Gläser aus einer Vitrine holte und eine neue Flasche Wein öffnete.

»Irgendwie komisch ist er schon«, bohrte Katrin unbeirrt weiter. »Er hat mir erzählt, dass er in einem Heim aufgewachsen ist und vor allem von Mädchen gemobbt wurde, weil er schielte.«

»Das wusste ich noch gar nicht«, musste Doris zugeben.

»Er hat später eine operative Augenkorrektur vornehmen lassen«, informierte Katrin die Psychologin.

»Und trotzdem ist er seltsam«, meldete sich Ronny zu Wort. »Wir sind auch Heimkinder. Ich hoffe doch, dass wir nicht auch so werden wie er!«

Ursula drückte dem Jungen ein gefülltes Glas in die Hand und stellte das zweite auf den Tisch, nickte Katrin zu und sagte: »Na, dann. Seid willkommen in unserer Diskussionsrunde über das Thema Heimunterbringung und deren psychologische Folgen.«

Kriminalpolizeiinspektion Gera, am nächsten Morgen

Das Ergebnis ihrer Vernehmung stellte Kommissarin Lonitz vor die nächste Herausforderung. Bevor sie Chefermittler Köhler ihre neue Spur präsentieren konnte, musste sie sicher sein, dass Lincoln Bernard log, wenn er angab, nichts von dem Tunnel auf dem Grundstück der Villa Graf gewusst zu haben. Der von ihm für Arbeiten an der Villa beauftragte Elektriker Paul Schmitz, der sich auch noch als sein Jugendfreund herausstellte, kannte den geheimen Gang zwischen dem Keller der Villa und dem Pavillon im Park, seit er die Elektrik in beiden Bereichen erneuert hatte.

Schnell zog die Kommissarin ihren Mantel über, um nicht von dem nach und nach eintrudelnden Team von ihrem Vorhaben abgebracht werden zu können, jede einzelne Person in der Villa nach ihrer Kenntnis des Tunnels zu befragen.

Zu ihrem Glück gelangte sie zum Ausgang, ohne aufgehalten zu werden, und bat den stets vor Neugier platzenden Portier, ihrem Chef auszurichten, dass sie einer Spur nachgehe. Dann flüsterte sie diesem »Parole Tunnel« ins Ohr und zwinkerte dem von ihrem Vertrauen geschmeichelt wirkenden Mann verschwörerisch zu.

Villa Graf, am frühen Vormittag

Auf dem Weg ins Büro von Charlotte Seibt begegnete Ruth Lonitz dem Privatdetektiv Robin Miller, dessen Part in dieser Villa ihr durchaus bekannt war.

»Ach, Herr Miller«, sagte sie, »wussten Sie eigentlich von dem Tunnel zwischen dem Haus und dem Pavillon?«

Ihr war durchaus bewusst, welche Risiken ihre Frage barg, doch die Versuchung, beobachten zu dürfen, wie sich der Schnüffler herausredete, war einfach zu groß.

Auch für Robin Miller war es eine heikle Angelegenheit, die richtige Antwort zu finden. Einerseits hatte Ursula Lenk die Polizei selbstverständlich darüber informiert, dass er den Tunnel entdeckt hatte, andererseits nahm die Kommissarin an, dass er nichts von Frau Lenks doppeltem Spiel wusste. Seinen Ermittlungsauftrag für den – wie Ursel sagte – mysteriösen Auftraggeber zu leugnen, hätte ebenso fatale Auswirkungen haben können. Also hielt er es für richtig, bei der Wahrheit zu bleiben.

Er setzte eine vertrauenerweckende Miene auf, näherte sich ihr bis auf einen verträglichen Abstand und raunte ihr zu: »Den Geheimgang habe ich entdeckt.«

»Das hätten Sie uns sofort melden müssen«, sagte sie unbeeindruckt von seiner charmanten Art. »Gibt es noch mehr, das Sie uns vorenthalten? Sie wissen, dass dies strafbar wäre.«

»Wo denken Sie hin?«, erwiderte der Privatdetektiv lächelnd. »Was könnte ich schon erfahren, das die Polizei nicht längst herausgefunden hat.«

»Zum Beispiel?«, bohrte sie nach.

Inzwischen bereute Robin seine Wahrheitsliebe. Er hatte längst damit gerechnet, irgendwann in die Mangel genommen zu werden, hoffte allerdings immer, Ursel könne dies verhindern.

Dass er den Auftrag von Paul Schmitz angenommen hatte, musste er schon aus ethischen Gründen verschweigen, doch dessen Wissen vom besagten Tunnel durfte er durchaus weitergeben.

»Ich glaube«, sagte er im Plauderton und machte den Anschein, als müsse er überlegen, »ich habe gestern etwas erfahren, dass neu für Sie sein könnte. Vielleicht aber auch nicht, die Geraer Kripo ist tüchtig. Sie wissen es bestimmt längst.«

»Was meinen Sie?«

»Elektrikermeister Paul Schmitz weiß von dem Tunnel, seit er hier die Elektrik erneuert hat. Ich frage mich daher, wieso dessen Jugendfreund Lincoln Bernard vorgibt, nichts davon zu wissen.«

»Das ist ja interessant«, entgegnete die Kommissarin. Sie wünschte ihrem Gesprächspartner einen schönen Tag, ließ ihn stehen und eilte die Treppe nach oben.

Etwas ratlos fragte sich Robin Miller, welche Folgen dieses Gespräch wohl haben würde, doch der Gedanke an Ursels Auskunftsfreude gab ihm neue Zuversicht.

Kriminalpolizeiinspektion Gera, am Vormittag

Uwe Köhler war bemüht, sich seine Ungeduld vor den Kollegen nicht anmerken zu lassen. Kommissarin Lonitz hatte ihm ausrichten lassen, sie ermittle in der Villa Graf und käme garantiert mit Neuigkeiten zurück. Es schien, als wären ihm die Frauen in seinem Team stets einen Schritt voraus, wollte er doch erst in der bevorstehenden Konsultation jemanden beauftragen, die Leute in der Villa nach dem Tunnel unter dem Gelände zu befragen. Keiner von ihnen hatte diesen auch nur erwähnt, doch konnte auch er nicht glauben, dass Lincoln Bernard nichts davon gewusst habe, zumal dieser nach eigenen Angaben schon mehr als zwei Jahrzehnte für die Vorbesitzer auf dem Anwesen arbeitete.

Als Thomas Freitag nach Ruth Lonitz fragte, informierte der Hauptkommissar seine Crew über deren Außeneinsatz und begann die Dienstbesprechung ohne sie.

»Wie es aussieht, wird Katrin Winter in Mailand modeln. Ich habe weder die Befugnis, es ihr zu verbieten, noch die Leute, um Personenschutz zu stellen.«

»Aber ich kann mitfahren«, bot Ursula Lenk an, »gern auch privat und auf eigene Kosten.«

»Ich habe gehofft, dass du das sagst«, gab der Chefermittler zu. »Selbstverständlich versuche ich, dir irgendwie einen Reisezuschuss zu organisieren. Mal sehen, wie ich das hinkriege.«

»Ich weiß schon wie, aber darüber reden wir nach Dienstschluss.«

»Jedenfalls wirst du das Mädchen nicht aus den Augen lassen und in ständiger Verbindung mit uns bleiben. Wie ich dich kenne, weißt du schon genau, wie Katrins Part auf dieser Fashion Week vonstattengehen soll.«

Ursula nickte schmunzelnd. Dass ihre Privatdetektive mit von der Partie sein würden, musste sie ja dem Hauptkommissar nicht auf die Nase binden, jedenfalls vorläufig. Das Thema war beendet, als Ruth Lonitz wieder auf der Bildfläche erschien.

»Das ging aber schnell«, sagte Uwe Köhler, blickte in die Runde und sah aus, als hätte er seiner Kollegin den Dienstauftrag gegeben. »Na, dann berichten Sie bitte. Wir sind schon sehr gespannt.«

»Lincoln Bernard wusste von dem Tunnel. Jedoch hatte er seinem früheren Chef, dem Vorbesitzer der Villa, versprechen müssen, solange dieser lebe, nie ein Sterbenswörtchen darüber zu verlieren. Tja, und da Frau Seibts Stiefvater noch lebt, hielt der treue Diener Wort. Alle anderen – außer die Handwerker der Elektrikerfirma *Schmitz' Blitz* – wussten nichts von dem Geheimgang in den Liebespavillon, denn dafür war dieser angelegt worden. Ich habe auch Robin Miller getroffen und danach gefragt. Erstaunlicherweise hat er zugegeben, den Gang entdeckt zu haben.«

Sie erzählte von ihrer Ermahnung, die Ermittlung der Polizei nicht durch Verschweigen neuer Fakten zu behindern.

»Frau Lonitz«, entgegnete Ursula tadelnd, »wir waren uns doch einig, Herrn Miller in Ruhe zu lassen. Ich hätte das schon noch von ihm erfahren.«

»Und doch ist es nicht verkehrt, teure Ursel«, gab der Hauptkommissar zu bedenken, »wenn sich jemand von uns hin und wieder dumm stellt. So kommt er gar nicht erst auf die Idee, dass du uns seine Ermittlungsergebnisse verraten könntest. Gut gemacht, Ruth.«

»Und was fangen wir nun mit diesem Wissen an?«, fragte Thomas Freitag neugierig.

Uwe Köhler sah in die Runde und stellte fest, dass allen diese Frage ins Gesicht geschrieben war.

»Alle Personen, die von dem Tunnel wussten«, mutmaßte er, »sind zunächst potentielle Verdächtige. Übrigens werde ich den Jungen, ich meine Ronny Winter, einer Abschlussbefragung unterziehen. Da er mit Sicherheit keine Ahnung von dem Tunnel haben wird, fällt er offiziell aus dem Kreis der Verdächtigen heraus.«

»Na endlich«, sagte Ursula freudig überrascht. »Ich biete mich an, den Staatsanwalt zu informieren. Es wird Zeit, dass der Junge wieder in die Schule gehen kann.«

»Okay, du bringst ihn nach dieser Besprechung zu mir, und wir sorgen dafür, dass er das Präsidium als freier Mensch verlässt«, erwiderte der Hauptkommissar. »Bis dahin müssen wir aber noch unsere nächsten Schritte besprechen. Sie, Thomas, werden die Firma Schmitz aufsuchen und herausfinden, welche Angestellten bei den Arbeiten an der Villa Graf im Einsatz waren. Die Befragungen dieser Leute möchte ich mit Ruth Lonitz durchführen. Machen Sie die Termine, doch möglichst nicht während ihrer Arbeitszeiten. Nur wer sich querstellt, wird zu einer Unzeit vorgeladen. Na ja, Sie wissen schon. Bis dahin kümmere ich mich persönlich um Herrn Bernard und wenn es sein muss, noch einmal um dessen dementen früheren Dienstherrn. Hat sonst noch jemand Neuigkeiten?«

Michael Zerbst blickte von seinem Monitor auf und sagte: »Habe gerade die Angestellten von *Schmitz' Blitz* auf dem Schirm. Da gibts einen, der erst vor kurzem eingestellt worden ist und aus Hamburg stammt.«

»Wow«, tönte es von Thomas Freitag und Uwe Köhler gleichzeitig.

Im Nu umringte das gesamte Team den neuen Kollegen und starrte auf dessen Bildschirm.

»Das kann Zufall sein oder aber der Durchbruch«, bemerkte der Teamchef. »Behandeln Sie diesen Herrn wie jeden anderen. Wir alle lassen uns nichts von einem Verdacht anmerken, bevor wir nicht mehr erfahren haben, ist das jedem klar?«

Köhlers Kollegen nickten, doch der siegesbewusste Ausdruck auf jedem einzelnen ihrer Gesichter zeigte deutlich, dass sie sich am Ziel ihrer Ermittlungen wähnten.

Achtes Kapitel

Villa Graf, eine Woche später

Zum ersten Mal besuchte Ronny seine Schwester in der Villa Graf. Katrin hatte ihm vorgeschlagen, ihn den Models als freien Menschen vorzustellen, um jeglichen Gerüchten vorzubeugen.

Die Zwillinge waren gerade dabei, zwölf Sektgläser von Frau Seibt mit alkoholfreiem, sehr erfrischend aussehendem Früchtecocktail zu füllen, als die ersten schon Katrins Zimmer betraten. Ricarda Lindner entschuldigte sich noch einmal bei Ronny wegen ihres früher geäußerten Stalkerverdachts. Rosalie Förster, die mit ihm zusammen Irina im ganzen Haus gesucht hatte, begrüßte ihn sehr überschwänglich und Gina Schröder, die fast nur noch im Doppelpack mit Carlo auftrat, nickte ihm nur zu, war sie doch unsicher, ob der Bruch ihrer Freundschaft noch aktuell war.

Katrin hatte sich mit ihnen versöhnt, auch wenn die Teufelei von Gina, Mike und Carlo sie in Angst und Schrecken versetzt hatte. Sie war nicht sicher, ob die Einladung der drei früheren Freunde ihren Bruder versöhnlich stimmen würde, doch konnte sie diese Chance nicht ungenutzt verstreichen lassen. Als das letzte Glas gefüllt war und Katrin aufsah, hatte sie Carlo im Blick, der sich zögernd Ronny näherte.

»Was solls«, hörte sie ihren Bruder sagen, »wenn Katrin euch verziehen hat, dann tue ich es auch. Ich bin so glücklich, wieder frei zu sein. Warum solltet ihr nicht davon profitieren?«

Die beiden Jungen klopften sich auf die Schultern. Mike, der sich in der Nähe herumgedrückt hatte, kam dazu, um seinen alten Freund zu umarmen.

Beinahe jeder hatte ein Glas in der Hand. Eine Person fehlte jedoch – jemand, den Katrin nur noch so lange neben sich zu dulden bereit war, bis ihr Auftritt in Mailand hinter ihr liegen würde.

»Wo ist Klaus?«, fragte eines der Models in hoffnungsvollem Ton.

»Ich schau mal nach«, erwiderte die Gastgeberin und ging mit ihrem und einem für ihn bestimmten Glas nach draußen. Er stand mit dem Rücken zu ihr auf der letzten Treppenstufe und telefonierte.

»Schau sie dir an, aber lass sie in Ruhe, wenigstens eine Woche lang nach Mailand. Ich muss Schluss machen, sie gibt einen kleinen Empfang für ihren Bruder«, sagte er, steckte sein Handy weg und drehte sich um. »Ach, da bist du ja. Das war ein Typ, der Models castet. Er braucht jemanden für eine Fashion Show in Berlin«, hatte er prompt eine kaltschnäuzige Erklärung parat.

»Und wieso sagst du, dass er mich eine Woche lang in Ruhe lassen soll?«, fragte Katrin unsicher und überreichte ihm zitternd sein Glas.

»Na ja, du willst ja nicht mehr modeln, hab auch schon Ersatz für dich besorgt, aber das braucht er vorläufig nicht zu wissen. Reden wir später darüber.«

»Ist es Gina?«, hakte Katrin nach. »Ich hab nichts dagegen. Dann hat sich ihr WhatsApp-Terror wenigstens für sie gelohnt.«

»Ich sagte, wir reden später«, herrschte Klaus sie an.

Katrin schmunzelte in sich hinein. Bald würde sie den Kerl über den Jordan geschickt haben. Vielleicht wäre es sogar eine Überlegung wert, das Angebot von Frau Lenk anzunehmen, mit Ronny zusammen bei ihr zu wohnen – besser als diesem Psycho jeden Tag über den Weg laufen zu müssen. Das freie Zimmer neben dem von Ronny war zwar altmodisch möbliert, doch das konnte man leicht ändern. So schlimm war die alte Dame gar nicht. In letzter Zeit hatte sie sich sogar ausgesprochen liebenswert gegeben. Auch musste Katrin ehrlich zugeben, dass sie sich in Begleitung der resoluten Frau bei der Fashion Week in Mailand sicher fühlen konnte.

Bis auf eine Unsicherheit stand der Plan des Detektivpaars bezüglich des Modelauftritts von Katrin in Mailand auf stabilen Beinen. Es war die An- und Abreise des Mädchens, die den Millers und Ursula Lenk noch Kopfzerbrechen bereitete, denn Klaus Saul bestand darauf, sie – und nur sie – in einem gemieteten Sportwagen nach Mailand zu chauffieren. Katrins Proteste, die darauf abzielten, die Seniorin und ihren Bruder mitfahren zu lassen, waren bei ihm bisher auf taube Ohren gestoßen. Sie sollten doch im eigenen Fahrzeug reisen, hatte er argumentiert. Ein wirklich repräsentativer Sportwagen habe nur Platz für zwei. Wer so vorfahre, lenke sofort das Medieninteresse auf sich.

»Das will ich aber gar nicht«, hatte Katrin beteuert. »Ich möchte diesen Rummel nur schnell hinter mich bringen, mein Geld kassieren und endlich wieder die sein, die ich immer war – eine Abiturientin, die sich auf ihr Studium der Astrophysik freut und sich zusammen mit ihrem Bruder konzentriert darauf vorbereiten will.«

»Du weißt gar nicht, was dir alles entgeht«, sagte er, konnte aber mit diesem Spruch bei ihr keinen Eindruck mehr machen.

Die Millers hatten von Katrin erfahren, wie sich Klaus Saul die Anreise vorstellte. Nun sah Robin seine Frau nachdenklich an. Es lag an dem Mädchen selbst, darauf zu bestehen, in Ursulas Auto mitzufahren. Sie könne Saul doch anbieten, schlug er vor, mit Ursel zu fahren und kurz vor Mailand in das Sportcoupé umzusteigen, damit er seinen Auftritt vor den Medien bekäme.

»Wir könnten den Kerl auch einfach täuschen«, überlegte Doris laut. »Katrin bittet ihn zum Beispiel, an der nächsten Raststätte zu halten, wo sie einfach in Ursels Auto umsteigt und Saul eine Handynachricht schickt, in der sie ihn darüber informiert, dass sie sich bei Ursula und ihrem Bruder sicherer fühlt, doch durchaus bereit sei, kurz vor Mailand wieder in seinen Wagen zu steigen.«

»Ich rufe Ursel an«, sagte Robin entschlossen und folgte seiner Frau in den Flur, wo sie Mantel und Stiefel anzog. »Sie soll mit Ronny das Mädchen davon überzeugen, es so zu machen.«

»Tu das«, ermunterte sie ihn und küsste ihn auf die Wange. »Ich muss dieses Thema bei Klaus Saul aber leider meiden, wenn ich ihm glaubhaft weiterhin seine wohlwollende Psychotherapeutin vormachen will. In der ersten Sitzung versuche ich, herauszubekommen, ob er sich an seine Mutter erinnert und wenn ja, ob sie ihm etwas über seinen Vater erzählt hat. Drück mir die Daumen!«

»Das mache ich. Und sei vorsichtig. Der Kerl steht auf dich.«

Kriminalpolizeiinspektion Gera, am späten Vormittag

Das Telefonat mit Robin war beendet, bevor Ursula das Gebäude betrat. Natürlich würde das Mädchen in ihrem Wagen mitfahren, selbst wenn sie es auf der Raststätte entführen müsste.

Im Moment war die Seniorin mit ganz anderen Dingen beschäftigt. Sie hatte Neuigkeiten für Uwe Köhlers Team im Gepäck und war von dem euphorischen Verlangen erfüllt, die Veränderungen in deren Gesichtern zu beobachten, wenn sie damit herausrückte.

Robin hatte ihr die Erlaubnis erteilt, die anonyme Nachricht an Paul Schmitz zu erwähnen, in der er von seinem Sohn Klaus Saul erfuhr. Voraussetzung war, dass sie dessen Auftrag an die Detektei verschwieg.

Nun hatte sie eine Möglichkeit ersonnen, beiden, Robin und Köhler, gerecht zu werden, war doch diesmal die Polizei im Vorteil und konnte beispielsweise mit Hilfe eines Richters einen DNA-Vergleich anordnen.

Ursula Lenk war nicht etwa von zu Hause gekommen. Nein, sie hatte, einer Eingebung folgend, die Firma *Schmitz' Blitz* in aller Frühe aufgesucht und persönlich aus dem Chef herausgekitzelt, dass er einen Sohn namens Klaus Saul haben soll, sodass sie die Millers gar nicht zu erwähnen brauchte.

»Ist für Mailand alles geregelt?«, begrüßte Uwe Köhler seine Beraterin.

»Ich wünsche dir auch einen schönen Tag«, entgegnete sie schmunzelnd. »Und ja, alle Klarheiten sind beseitigt.«

»Du wirst dich noch mit Michael Zerbst kurzschließen müssen. Er hat ein Handy für dich präpariert und erklärt dir selbst, wie es funktioniert.«

»Ja, das hat Zeit bis übermorgen«, sagte sie abwinkend. »Im Moment gibt es Wichtigeres. Ich war nämlich gerade bei Herrn Schmitz, um diesem Angestellten aus Hamburg, Peter Schäfer, auf den Zahn zu fühlen. Doch der war irgendwo im Außendienst, sodass ich mich mit dem Chef begnügen musste. Ich fragte ihn, ob Schäfer in der Villa Graf gearbeitet habe. Schmitz sah nach und bejahte. Auf meine Frage, wer die Firma beauftragt hatte, antwortete er, ohne nachzusehen, dass es Lincoln Bernard war. Ich fragte weiter, ob sein Angestellter Peter Schäfer einen Mann namens Klaus Saul kenne, der auch aus Hamburg stammt, denn ich hätte eigentlich gedacht, dass der Auftrag über ihn zustande gekommen sei. Ihr könnt euch gar nicht vorstellen, was ich damit ausgelöst habe.«

Ursula Lenk setzte sich an ihren Schreibtisch und wartete auf einen Schwall von Fragen. Stattdessen wurde sie von gespannten Gesichtern fixiert.

»Na gut«, sagte sie. »Zuerst starrte mich Schmitz an wie ein Ochse, wenns donnert. Dann sah ich, wie es in seinem Kopf ratterte. Er wollte etwas wissen, aber auch irgendetwas Wichtiges verschweigen. Ich spüre immer, wenn sich jemand windet. Jedenfalls fragte er ziemlich mürrisch, woher er wissen soll, wer wen kennt. Aber komisch sei es schon, dass da jemand aus Hamburg in der Villa arbeite. Er werde Peter Schäfer fragen, ob er diesen Mann kenne. ›Wie hieß der doch gleich‹, fragte er, ›Klaus Saul?‹ Solche Nachfragen verraten viel über jemanden, der sich eigentlich dumm stellen will. ›Ja‹, sagte ich, ›so heißt der Fotograf, den die Besitzerin der Villa Graf, die übrigens auch aus Hamburg kommt, für die Shootings ihrer Models engagiert hat. Ziemlich viele Zufälle, nicht wahr?‹ Nun konnte er nicht mehr an sich halten und sprudelte nur so vor Informationen, die ich, wie ich zugeben muss, zuerst selbst nicht auf die Reihe bringen konnte. Lange Rede, kurzer Sinn: Herr Schmitz hat eine anonyme E-Mail bekommen, die ihn darüber informierte, dass er einen Sohn namens Klaus Saul haben soll. Er könnte sich vorstellen, dass Peter Schäfer oder Charlotte

Seibt dahintersteckten, da beide wie sein Sohn eine Verbindung mit der Hansestadt haben.«

Aus dem verwunderten Gemurmel des Teams hörte Ursula die präzise Frage von Kommissarin Lonitz heraus: »Hat er diesen Saul nicht in der Villa aufgesucht und gefragt?«

»In der Nachricht stand nicht, dass der Sohn in der Villa arbeitet. Schmitz erfuhr nur, dass dieser nach dem Tod der Mutter in ein Hamburger Waisenhaus gekommen sei.«

»Hieß das zufälligerweise St. Ansgar Stift e. V.?«, fragte Michael Zerbst. »Und befindet es sich an der Hamburger Reitbahn 7?«

»Ich glaube, so hieß es«, antwortete Ursula Lenk und wischte über ihr Handydisplay. »Er hat mir die Mail gezeigt. Inzwischen müsste ich sie auf meinem Handy haben. Ja, er hat sie mir tatsächlich weitergeleitet. Ich lese vor: Sie haben einen Sohn mit Lina Saul gezeugt, der am 3. Mai 1989 in Hamburg geboren wurde und den Namen Klaus trägt. Nach dem Tod der Mutter im Jahre 1992 wurde der Junge im Hamburger Kinderheim St. Ansgar Stift e. V., Reitbahn 7 aufgenommen.«

Ursulas Kollegen rissen zuerst ihr und dann sich gegenseitig das Smartphone aus den Händen.

»Woher wusstest du von dem St. Ansgar Stift?«, fragte Thomas Freitag den Kollegen am Rechner.

Doch statt Zerbst antwortete Ursula Lenk: »Er hat herausgefunden, dass Peter Schäfer im gleichen Waisenhaus war wie Klaus Saul.«

»Wie es aussieht, kommen wir der Lösung des Falls näher«, bemerkte Ruth Lonitz.

»Gemach, wir haben noch keine Beweise«, erwiderte die Seniorin. »Freut euch nicht zu früh. Es kommt noch eine Menge Arbeit auf uns zu, die wohlüberlegt sein will. Es braucht eine besonnene Taktik und geschickte Fragen, um beweiskräftige Aussagen für den Staatsanwalt zu bekommen.«

»Na dann, Kollegen«, übernahm nun Hauptkommissar Uwe Köhler das Ruder. »Ihr habt es gehört. Beraten wir also unsere nächsten Schritte.«

Villa Graf, zur gleichen Zeit

Zwischen den umherliegenden Requisiten im Fotostudio der Villa Graf entdeckte Doris Miller auch einzelne Teile von zarter Reizwäsche. Ihre Vermutung, dass hier ein Dessous-Shooting stattgefunden habe, bejahte der Fotograf und fügte hinzu: »Keine Sorge, Frau Müller, die vorgeschriebene Anwesenheit einer Anstandsdame kann Ihnen unsere Sport- und Lauftrainerin Gisela Grossmann bestätigen – auch, dass alles professionell ablief. Gehen oder fahren wir?«

»Wohin?«, fragte Doris.

»Wie wäre es mit Ihrer Praxis?«, fragte der neue Patient.

»Wo denken Sie hin?«, konterte Doris. »Auf eine reguläre Therapie müssten Sie Monate warten, vorausgesetzt ein Neurologe ist der Meinung, diese sei für Sie lebenswichtig. Oder Sie liefern sich einen Papierkrieg mit Ihrer Krankenkasse, um dann noch länger auf den Behandlungsbeginn zu warten. Ich mache das unserer Schülerin Katrin zuliebe – völlig ehrenamtlich.«

»Oh, das habe ich gar nicht richtig geschnallt. Sehen Sie, ich bin einfach nicht alltagstauglich und brauche Hilfe. Da wird es aber Zeit, dass ich mich irgendwie angemessen für die gewährte Chance bei Ihnen bedanke.«

»Keine Ursache«, erwiderte Doris kühl, wandte sich ab, angewidert von Sauls übertriebener Speichelleckerei, und sagte ihm, dass sie Charlotte Seibt nach einem geeigneten Raum fragen werde. Sicher könne diese davon überzeugt werden, dass einige ihrer Leute den schrecklichen Mord an Irina Semjonowa noch nicht gut genug verarbeitet haben und Einzelgespräche brauchen.

»Raffiniert«, lobte der Fotograf die Psychologin. »So braucht es auch kein Ehrenamt zu sein. Lassen Sie sich gut bezahlen. Die Dame kassiert genug Gelder von den reichen Eltern der Mädchen.«

»Höre ich da etwa Neid heraus?«, fragte sie mit einem gespielt koketten Lächeln und verließ das Studio, ohne die Antwort abzuwarten.

Keine Viertelstunde später begannen die Psychologin und ihr neuer Patient ihre erste Sitzung in einer ungenutzten Internatsunterkunft.

Saul legte sich auf die noch in Folie verpackte Matratze eines Bettes und fragte: »Ist es recht so? In Filmen sieht man oft den Hilfsbedürftigen liegen, während Dr. Freud hinter dem Kopfende sitzt, Fragen stellt und die Antworten aufschreibt.«

»Der Hilfsbedürftige«, bemerkte Doris, »sollte entspannt sein. Das kann durchaus im Liegen erreicht werden. Allerdings sollten sich die Gesprächspartner in die Augen sehen können, denn seit Dr. Freud hat sich viel getan. An Mimik und Gestik lässt sich außerordentlich viel erkennen. Außerdem ist es respektlos gegenüber der Therapeutin, sich unaufgefordert hinzulegen.«

»Wieso? Hier steht noch ein Bett. Legen sie sich doch auch hin«, konterte Saul und machte keinerlei Anstalten, sich zu erheben.

»Wenn es recht ist, setze ich mich an Ihr Fußende«, schlug Doris vor und rückte bereits einen Stuhl zurecht, völlig sicher, dass es ihr Patient keine fünf Minuten in dieser unterlegenen Position aushalten werde.

Sie nahm Platz und fragte, ob er bereit sei, ihre erste Frage zu beantworten.

»Moment«, sagte er und setzte sich auf.

Etwas zerknirscht blickte er sich um, erhob sich vom Bett und holte einen zweiten Stuhl heran, den er ihr gegenüber in etwa eineinhalb Metern Entfernung aufstellte und sich endlich darauf niederließ. Nun sei er bereit, betonte er in gespielter Zufriedenheit.

»Was wissen Sie noch über ihre Mutter?«

»Ist das Ihr Ernst? Sie wollen beim Urschleim anfangen?«

»Es ist mein voller Ernst«, gab sie lächelnd zurück.

»Sie starb, als ich drei war.«

»Haben Sie Erinnerungen an sie?«

»Bewusst nicht, allerdings dachte ich später im Heim, wenn ich abends im Bett lag, manchmal an ein liebes Gesicht und eine Melodie, mit der sie mich in den Schlaf sang.«

Er senkte den Blick und schwieg, für Doris ein Zeichen von trauriger Ehrlichkeit. Zwar wollte sie gleich nach seinem Vater fragen, aber in dieser Situation hätte ihn ein solch brutaler Übergang in einen Trotzmodus katapultiert.

»Ihre Mutter hat Sie zweifellos geliebt und hätte wohl alles getan, ihren Sohn vor einem Kinderheim zu bewahren. Leider ist sie viel zu früh verschieden und musste ihren kleinen dreijährigen Jungen allein zurücklassen. Haben Sie je erfahren, wie oder woran sie gestorben ist?«

Erstaunt über so viel Einfühlungsvermögen sah Klaus Doris plötzlich mit anderen Augen. Er musterte sie zwar ebenso indiskret wie schon so oft, doch diesmal standen nicht ihre äußerlichen Vorzüge im Mittelpunkt seines Interesses, sondern ihre Fähigkeit, sich in ihr Gegenüber hineinzuversetzen. Diese Eigenschaft ging ihm völlig ab, doch dank eines so angenehmen Vorbildes würde er diese in Zukunft zu kopieren versuchen.

»Gesagt wurde mir nur, dass sie eine unheilbare Krankheit hatte«, erzählte er, ehrlich bemüht, sich helfen zu lassen. »Das war der Grund, weshalb ich anfangs ziemlich vielen ärztlichen Untersuchungen ausgesetzt wurde. Damals habe ich mir gewünscht, an derselben Krankheit zu sterben wie sie. Aber leider wurde mir immer beste Gesundheit attestiert.«

»Es war sicher nicht leicht, im Heim aufzuwachsen. Da hat man nun den einzigen Menschen verloren, den man liebte, und dann wird man in eine Umgebung verfrachtet, die man unweigerlich als feindlich gesinnt wahrnimmt.«

»Ja, ich wurde von Anfang an gemobbt. Hauptsächlich, weil ich geschielt habe. Die Mädchen kicherten heimlich, die Jungen lachten mich offen aus. Ich habe mich jahrelang nicht mehr getraut, jemanden anzusehen – aus Angst, dass mein Schielen Lachtiraden auslöst.«

»Und die Erzieher? Standen die etwa nicht auf Ihrer Seite?«

»Die haben immer weggeschaut. Und außerdem war es ein ungeschriebenes Gesetz, dass man sich denen nicht anvertraut. Wenn die Mädchen sich bei ihnen über irgendetwas beschwerten, wurden sie als Petze mit Verachtung gestraft. Jungen wurden verprügelt. Ich hab schon früh gemerkt, dass ich keine Hilfe von den Erwachsenen erwarten durfte.«

»Nun, Ihre einzige Bezugsperson bis zur Heimeinweisung war Ihre Mutter. Suchten Sie eher die Gegenwart von Mädchen oder Jungen?«

»Ich weiß, worauf Sie hinauswollen. Weil ich ein Mutterkind war, muss ich mich mehr von Mädchen angezogen fühlen, nicht wahr? Das stimmt sogar. Mir war tatsächlich immer wohler in weiblicher Gesellschaft, weil Mädchen nicht so brutal sind wie Jungen. Jedenfalls diese Jungen aus dem Heim, denen ich einige körperliche Narben zu verdanken habe. Dafür haben die Mädchen mir mehr seelische Wunden zugefügt.«

Ein wenig verwundert darüber, wie schnell es ihr gelungen war, den passenden Moment für ihre brennendste Frage erarbeitet zu haben, bemerkte Doris: »Bevor wir auf Ihre erlittenen Verletzungen eingehen, muss ich wissen, ob Sie je etwas über Ihren Vater erfahren haben.«

»Oh, ist das wichtig?«, wunderte sich Klaus Saul. »Na ja, Sie werden schon wissen, was Sie tun. Ich habe ihn immer finden wollen. Auf meiner Geburtsurkunde stand leider: Vater unbekannt. Mein Leben wäre sicher anders verlaufen, wenn ich bei einem Vater aufgewachsen wäre. Um ehrlich zu sein, habe ich mir jahrelang den Kopf zermartert, warum meine Mutter ihn nicht angegeben hat. Sie war sicher nicht so eine, die sich mit fremden Kerlen einlässt. Sie war bestimmt ernst, klug und verantwortungsbewusst. Ich denke, weil sie so krank war und meinem Erzeuger nicht zur Last fallen wollte, hat sie ihn verlassen. Vielleicht täusche ich mich auch und er hat sie verlassen. Jedenfalls bin ich überzeugt, dass ich ihm eines Tages gegenüberstehen werde.«

»Sie haben ihn also gefunden?«

»Nein, aber ich habe einen Freund, der nach ihm sucht, weil er hofft, auch seinen Vater zu finden.«

»War er auch ein Heimkind?«

»Ja, ich hab Ihnen schon von ihm erzählt. Ohne ihn hätte ich das Heim nicht überlebt.«

»Ach ja, ich kann mich erinnern. Sie haben noch Kontakt zu ihm?«

»Klar, sonst wüsste ich doch nicht, dass er die Suche nach unseren Erzeugern nie aufgegeben hat. Ich verdanke ihm buchstäblich alles.«

»Wie darf ich das verstehen?«

»Als ich 17 war, holte er mich aus dem Heim, da war er 20 und lebte schon zwei Jahre in einer Wohngemeinschaft. Die werden gegründet, um den volljährigen Heiminsassen den Übergang zu einem selbstbestimmten Leben zu erleichtern. Obwohl er das Heim hinter sich lassen durfte, hat er mich nie im Stich gelassen – entweder besuchte er mich oder machte mit mir Ausflüge. Die Heimleitung vertraute ihm, sodass ich beinahe nur noch zum Schlafen im St. Ansgar Stift war.«

»Wie hat er Sie denn ganz aus dem Heim gekriegt?«

»Als er eine Lehre als Elektriker abgeschlossen hatte und sein eigenes Geld verdiente, mietete er eine Wohnung, heiratete ein Mädchen, das er auch aus dem Heim kannte, und war schnell erfolgreich in die Gesellschaft integriert. Er und seine Frau erfüllten alle Voraussetzungen, um so etwas wie Pflegeeltern für mich zu sein. Ich durfte bei ihnen leben, als ich noch nicht volljährig war. Er besorgte mir eine Lehrstelle in einem Fotogeschäft und motivierte mich immer, auch bald mein eigenes Geld zu verdienen.«

»Und seine Frau? Hat die auch etwas gelernt?«

»Gelernt direkt nichts, aber sie war ziemlich hübsch, weshalb sie immer davon träumte, Model zu werden. Damals gab es jedoch noch keine Modelschule wie die Villa Graf, die sie bei ihrem Traum unterstützen konnte. Aber sie hat es trotzdem geschafft und wurde schon nach kurzer Zeit recht oft gebucht. Übrigens war sie es, die Charlotte Seibt auf die Idee brachte, diese Modelschule zu gründen und selbst Mädchen aufzunehmen, deren Eltern keine teure Ausbildung finanzieren können – auch Waisenkinder.«

Doris verschlug es den Atem. Es passierte selten, dass sie erst gar nicht versuchte, ihr Erstaunen zu verbergen – diesmal wäre es ihr auch nicht gelungen. Sie sah Klaus Saul an, dass er mit dieser Info genau das bezweckte. Sollte er ruhig seinen Triumph auskosten, schließlich verfolgte sie Ziele, von denen er nichts wusste.

»Ist sie auch hier? Ich meine als Dozentin?«

»Nein. Warum?«

»Gute Frage«, sagte sie und gab sich noch immer unterlegen. »Warum sind Sie eigentlich hier?«

»Ist das wichtig für Ihre Therapie?«

»Nein, natürlich nicht. Es interessiert mich nur privat, wie Sie in dieser Modewelt gelandet sind, aber lassen wir das.«

»Nein, warum? Ich bin doch froh, wenn Sie sich privat für mich interessieren. Ich würde Sie übrigens liebend gern einmal zum Essen ausführen. Was halten Sie davon?«

»Ich überlege es mir. Doch nun machen wir weiter mit unserer Sitzung.«

»In einem noblen Restaurant lässt sich viel lockerer über diese Dinge reden, nicht wahr?«, hakte er noch einmal nach.

Doris seufzte. Es fiel ihm einfach nicht auf, wenn er die Wünsche seiner Gesprächspartner ignorierte, auch wenn sein Charme dazu beitrug, dass so manches weibliche Wesen über die Verletzung ihrer Würde hinwegsah.

Die Psychologin lenkte das Gespräch geschickt wieder auf konforme Themen und beendete die Sitzung nach einer Dreiviertelstunde. Die nächsten Termine sollten bereits in den kommenden Tagen stattfinden.

Detektei DORO, Woche vor der Mailänder Fashion Week

Vor dem großen Ereignis in Mailand waren penible Absprachen zwischen dem Detektivpaar und Ursula Lenk nötig geworden. Für alle Eventualitäten gewappnet und wissend, was zu tun, worauf zu achten und wie zu reagieren war, wendete sich die kleine Verschwörergruppe nun den neuesten Erkenntnissen zu, nicht zuletzt, um diese über die Seniorin Hauptkommissar Köhler zukommen zu lassen.

Während zwei weiterer Therapiesitzungen mit Klaus Saul konnte die Psychologin einen enormen Wissenszuwachs gewinnen, diese neuen Informationen prüfte Robin auf ihre Richtigkeit – hier waren ihm Charlotte Seibt und das Internet behilflich. Zusammen mit Ursula puzzelte das Detektivpaar allabendlich die Teile zu einem Bild zusammen, das den Ermittlungsstand von Kommissar Köhler nun vervollständigen sollte.

»Sag ihm ruhig«, schlug Doris Ursula vor, »ich spiele Klaus Saul die Rolle einer Therapeutin vor. Ich habe meine Praxis aufgegeben und bin nicht mehr an die Schweigepflicht einer praktizierenden Psychologin gebunden. Es ist, als gäbe jemand vor, Beichtvater zu sein, um an die Geheimnisse eines Beichtenden zu kommen – das Beichtgeheimnis würde aber nicht greifen. Wichtig scheint mir, dass die Polizei Folgendes erfährt: Sauls Freund Peter Schäfer heiratete Lisa Braun, die als Amateurmodel jobbte. Er selbst übernahm hin und wieder Elektroinstallationen für den Eventmanager Sven Walter, der auch Charlotte Seibt buchte. Klaus Saul wurde dort oft als Fotograf engagiert. Nicht nur Sven Walter schien sich in Charlotte verguckt zu haben, sondern auch Schäfer. Dieser überredete seine Frau, Kontakt mit dem Starmodel aufzunehmen – warum auch immer. Lisa Braun ist die Person, mit der Frau Seibt die Identität getauscht hatte. Die Zusammenhänge sind verworren. Es liegt nun an uns und der Polizei, diese zu enträtseln. Wir müssen herausfinden, warum Peter Schäfer in der Firma von Paul Schmitz in Gera arbeitet. Er hat die Vaterschaft seines Chefs zu Klaus Saul anscheinend herausgefunden, scheint ihm diese aber zu verschweigen. Außerdem informierte er Schmitz hinter dem Rücken seines Freundes über dessen Vaterschaft. Was der Kerl bezweckt, ist unklar. Doch dass er unser Mordverdächtiger ist, liegt auf der Hand.«

Neuntes Kapitel

Kriminalpolizeiinspektion Gera, am Tag der Fashion Week

Konzentriert überwachte Uwe Köhlers Team die Fahrt von Ursula Lenk und Ronny Winter nach Mailand. Die Bewegung ihres Wagens konnte auf dem Bildschirm von Michael Zerbst verfolgt werden. Auch die regelmäßigen Nachrichten, die wohl Ronny ins Handy tippte, informierten die Kollegen über jedes noch so unbedeutend erscheinende Geschehen. Bisher hatte Sauls Sportcoupé noch keine Raststätte angefahren, auf der Katrin hätte umsteigen können. Doch nun kam eine Info, wonach Ursulas Wagen am Autobahnkreuz Feuchtwangen-Crailsheim von einem Lieferwagen der Firma *Schmitz' Blitz* überholt wurde. Just als sie auf den rechten Fahrstreifen wechselten, um den Schildern auf der A7 in Richtung Füssen, Ulm und Feuchtwangen West zu folgen, fuhr der VW Crafter an ihnen vorbei.

Hauptkommissar Köhler spürte ein mulmiges Gefühl in sich aufsteigen. Wenn es sich hier um Peter Schäfer handelte, der sich laut Paul Schmitz zu einem Kurzurlaub abgemeldet hatte, war doppelte Vorsicht geboten.

»Dieser Schäfer ist uns immer entwischt, wenn wir ihn sprechen wollten«, sagte Uwe Köhler ungehalten. »Das muss endlich aufhören. Wir hätten ihn längst verhaften müssen.«

»Ihm ist nichts nachzuweisen«, erwiderte Kommissarin Lonitz. »Für einen Haftbefehl reichen unsere Vermutungen nicht aus. Aber Sie haben recht. Die Sache ist ziemlich brenzlig. Wir können nur hoffen, dass Frau Lenk das Mädchen so schnell wie möglich in ihre Obhut bekommt.«

Die Erkenntnisse aus Doris Millers Therapiesitzungen mit Saul waren schon ein kleiner Quantensprung, auch wenn die

Namen Schäfer, Braun und Saul bereits in den Akten über den Anschlag auf Charlotte Seibt auftauchten und so neu nun auch wieder nicht waren. Für einen Moment warf sich Köhler vor, seine Hausaufgaben nicht richtig gemacht zu haben. Hätte er sich eingehender mit den Protokollen befasst, wären ihm diese Namen längst ins Auge gesprungen. Immerhin hatte die Polizei damals herausgefunden, dass alle drei in einem Heim untergebracht waren. Charlotte kannte sie und wurde über sie befragt, so wie umgekehrt diese Leute über das Anschlagsopfer befragt wurden. Doch konnte man damals nicht einfach davon ausgehen, dass sie irgendwie an dem Fall beteiligt gewesen waren, und erst recht nicht, dass es ähnliche Fälle geben würde, in deren Umfeld sich zumindest zwei dieser Personen aufhielten.

»Ursula Lenk wird wie eine Glucke über das Mädchen wachen«, bemerkte der Hauptkommissar nervös. »Ruth, ich denke, Sie haben hier alles im Griff. Ich fahre in die Villa Graf und quetsche meine Cousine aus. Mir ist immer noch nicht ganz klar, wieso sie diesen Saul in die Villa Graf geholt hat. Ihr muss doch bewusst geworden sein, dass alles, was nun passiert, mit dem Verbrechen an ihr zu tun hat.«

»Geht klar, Chef«, bemerkte Ruth Lonitz. »Wir bleiben am Ball.«

Als Uwe Köhler weg war, gestand sie, dass ihr ein ganz anderes Problem Kopfzerbrechen mache als die Tatsache, dass es Charlotte Seibt durchaus bewusst sein müsse, der Grund für all die kranken Taten zu sein: »Wenn die arme Frau weder weiß, wer der Mörder ist und was in dessen Kopf vor sich geht«, sagte sie, »nützt jedes Ausquetschen nichts. Wie wir wissen, hat Peter Schäfer sehr zur Freude seines Chefs einen eigenen Lieferwagen aus Hamburg in dessen Firma eingebracht und war sogar einverstanden, das Privatfahrzeug mit dem Firmenlogo zu versehen, wenn ihm garantiert werde, dass nur er es fährt. Bisher hatten wir noch keine Gelegenheit, einen Blick ins Innere dieses Transporters zu werfen, geschweige denn, ihn nach Spuren zu untersuchen. Könnt ihr euch an Frau Lenks Verdacht erinnern, der Mörder könnte seine Tat womöglich in einem Lieferwagen begangen haben? Und nun ist so ein Fahrzeug mit einem Verdächtigen am

Steuer auf dem Weg nach Mailand, wo sich ein weiteres potentielles Opfer auf einem Laufsteg präsentiert.«

»Wir sollten Amtshilfe anfordern, oder?«, bemerkte Thomas Freitag. Und schlug gleich darauf vor: »Wir könnten doch unseren Verdacht bei den Mailänder Kollegen anbringen und mit Gefahr im Verzug argumentieren.«

»Ich habe Frau Lenk gerade eine Nachricht geschickt«, sagte Michael Zerbst, »und sie gefragt, was sie uns rät. Ich glaube, sie weiß am besten, was zu tun ist. Ach … hier kommt schon ihre Antwort. Gratuliere, Thomas, sie denkt genauso wie du und bittet um Schäfers Kennzeichen, um es der Mailänder Polizei durchzugeben. Ich lade es gleich hoch und gebs ihr weiter.«

Villa Graf, kurze Zeit später

Sie habe gewusst, dass er ihr Cousin ist, bestätigte Charlotte Seibt Uwe Köhlers Anfrage, doch habe dies wenig Bedeutung für sie. Dennoch fragte sie ihren Besucher, ob sie ihn mit Kaffee, Tee oder etwas anderem bewirten dürfe.

»Ein Kaffee wäre recht«, sagte Köhler, woraufhin sie dessen Wunsch an den Herrn in ihrem Vorzimmer weitergab.

»Ich bin dienstlich hier«, klärte der Hauptkommissar sie auf. »Auch für mich sind Sie eine Fremde, aber mein Vater würde Sie gern kennenlernen. Er bat mich, Sie zu ihm nach Hause einzuladen. Sollten Sie einverstanden sein, würde ich Sie auch zu ihrem Onkel und wieder zurückfahren.«

»Daran solls nicht liegen«, bemerkte sie. »Herr Bernard chauffiert mich jeder Zeit rollstuhlgerechter, als es andere Fahrer könnten. Ich überlege es mir. Aber Sie sagten, Sie sind dienstlich hier. Haben Sie den Mörder endlich?«

»Wir haben eine Spur«, begann er, »doch aus ermittlungstechnischen Gründen darf ich Ihnen nichts Näheres anvertrauen. Bitte beantworten Sie meine Fragen, ohne zu spekulieren.«

»Das mache ich immer. Also, ich bin bereit. Fragen Sie.«

»Woher kennen Sie Klaus Saul und warum haben Sie ihn mit nach Gera gebracht?«

»Klaus? Er ist einfach ein guter Fotograf, spezialisiert auf Models und hat damals auch mein Portfolio aktualisiert.«

»Ist das die Mappe, die von den Mädchen bei Castings vorgelegt wird?«

»Genau. Ich sehe, Sie kennen sich aus. Die meisten Models haben oft viel zu viele und noch dazu nichtssagende Fotos in ihrer Mappe. Ideal sind 6 bis 20 Fotos, nie mehr als 20. Herr Saul weiß, welche Bilder Eindruck machen. Sie wollten wissen, woher ich ihn kenne? Er wurde mir von einem Eventmanager empfohlen.«

»Hat der auch einen Namen?«, fragte Uwe Köhler und nahm seine Unterlagen vom Tisch, um Platz für das von Lincoln Bernard gebrachte Tablett zu machen.

»Ja, natürlich, Sven Walter. Der hat mich immer mal gebucht. Das habe ich Ihrer Kollegin schon erzählt.«

Lincoln Bernard verteilte die vollen Kaffeebecher sowie Zuckerschale und Sahnekännchen auffällig langsam auf dem Tisch. Das Gespräch kam ins Stocken. Dem Hauptkommissar fiel auf, dass der Bedienstete der Villa Graf in sich hineinschmunzelte und folgerte, dass dieser alles mitbekam, was sich im Büro seiner Chefin abspielte. Daher nahm Köhler den Faden wieder auf und betonte, er habe gerade das entsprechende Protokoll nicht zur Hand und bitte sie daher, ihm ihre Aussage zu wiederholen.

»Was genau wollen Sie denn wissen?«, fragte die Dame des Hauses und sah Lincoln Bernard beim Verlassen des Büros gedankenverloren nach.

»Na ja, wenn Sven Walter Sie gebucht und Ihnen Herrn Saul für die Fotos Ihrer Model-Mappe empfohlen hat, scheinen Sie ihn doch ganz gut gekannt zu haben. Soweit mir bekannt ist, war der Herr vorübergehend verdächtig, Ihnen all diese schrecklichen Dinge angetan zu haben. Doch dann konnte er ein Alibi nachweisen. Es war diese Frau, mit der sie damals Ihre Identität getauscht hatten. Wie hieß sie noch mal?«

»Lisa Braun.«

»Bitte helfen Sie mir auf die Sprünge. Warum haben Sie mit Lisa Braun die Ausweise getauscht?«

»Herr Walter hatte mich wieder angefordert. Sie müssen wissen, dass er mich jedes Mal, wenn ich bei ihm modelte, immer dreister angebaggert hat. Damals habe ich gerade meinen jetzigen Mann, den ich bis dahin nur beruflich kannte, auch privat schätzen gelernt und wollte dieser Anmache aus dem Weg gehen. Durch Zufall lief mir Lisa Braun über den Weg, die von mir Tipps erhoffte, wie sie einen Fuß ins Profilager der Modelbranche bekäme. Ich schlug ihr vor, mich auf Walters Catwalk zu vertreten, doch nicht ohne sie vor ihm zu warnen. Sie war da nicht so empfindlich und sagte, sie würde mit jedem ins Bett gehen, der ihr zum Status des gefragten Models verhelfe.«

»Okay, den Rest kenne ich aus den Akten. Was mich dennoch stutzig macht, ist der Familienstand dieser Dame. Mir ist aufgefallen, dass Frau Braun damals schon verheiratet war. Dennoch ließ sie sich auf eine Affäre mit Sven Walter ein. Kannten Sie deren Ehemann?«

»Flüchtig. Er war mit Klaus Saul befreundet und hat auch bei Sven Walter gearbeitet. Soweit ich weiß, war er für die Beleuchtung des Catwalks zuständig. Lisa vertraute mir an, dass ihr Mann sexuell anders orientiert sei und nicht mit ihr ins Bett ginge. Sie führten eine offene Ehe, wie sie sagte, daher schien es auch kein Problem für sie und ihren Mann zu sein, dass sie die Geliebte von Sven Walter wurde. Viele wussten gar nicht, dass sie und Peter Schäfer verheiratet waren, weil beide ihre Geburtsnamen behalten hatten.«

»Haben Sie noch Kontakt zu Lisa Braun?«

»Sicher, wir telefonieren gelegentlich. Dank Herrn Walter ist sie eine große Nummer geworden. Sie ist auch in Mailand dabei. Ich hab ihr gesagt, sie soll ein Auge auf Katrin haben.«

»Sorgen Sie sich um die Sicherheit von Katrin Winter?«

»Natürlich. Seit Sie herausgefunden haben, dass dort schon mal ein Model so zugerichtet wurde wie ich und an seinen Verletzungen gestorben ist, habe ich große Angst um sie. Aber Klaus passt auf sie auf, Ursula Lenk und Katrins Bruder werden sie nicht aus den Augen lassen – es wird schon alles gut gehen.«

»Haben Sie keinen Verdacht, wer Ihnen und den zwei anderen Opfern das alles angetan haben könnte? Ist Ihnen denn nichts aufgefallen? Sein Geruch, seine Stimme?«

»Das haben mich Polizei und Richter damals immer wieder gefragt. Und Ihre Kollegin, Kommissarin Lonitz, auch. Da Sie ja Ihre Protokolle nicht zur Hand haben, beschreibe ich es Ihnen eben noch mal. Also – ich saß in der Bar, wo ich mit meinem damaligen Freund und jetzigen Ehemann verabredet war, wartete auf ihn und ging ein paarmal vor die Tür, um nach ihm zu sehen. Plötzlich wurde mir schlecht und ich sackte zusammen. Ich habe gerade noch mitbekommen, dass mich jemand von hinten packte. Als ich wieder zu mir kam, spürte ich einen furchtbaren Schmerz im Unterbauch und zwischen den Beinen und mir wurde klar, dass ich vergewaltigt worden war. Ich konnte weder Mund noch Augen öffnen. Mein Gesicht war zugeklebt, nur die Nase schien frei geblieben zu sein. Bei jeder Bewegung raschelte es. Meine gefesselten Hände lagen unter meinem Rücken und ertasteten Folie – dünn und mehrschichtig, ich dachte an Malerfolie. Plötzlich wurde ich mit Stichen attackiert, einen nach dem anderen am ganzen Leib. Die Schnitte selbst taten erst gar nicht weh, erst als die Wunden bluteten, war der Schmerz kaum auszuhalten. Irgendetwas in mir wusste, dass ich verbluten sollte. Doch die Schmerzen dauerten eine Ewigkeit an und ich sehnte mir den Tod herbei. Dann muss ich das Bewusstsein verloren haben. Was danach passierte, weiß ich nur vom Hörensagen.«

Mit bemüht eiserner Miene betrachtete sie Uwe Köhler, der ihr abverlangt hatte, alles noch einmal zu durchleben. Dann nahm sie einen Schluck Kaffee, um seinem erschrockenen Blick auszuweichen. Doch gegen die Tränenflut, die auf einmal über ihre Wangen rann, kam sie nicht an.

»Frau Seibt«, sagte er voller Mitgefühl. »Ich wünschte, ich dürfte meine Cousine in den Arm nehmen und ihr sagen, wie leid es mir tut.«

»Dann mach es doch, Uwe!«

Köhler stand auf, drehte ihren Rollstuhl um 90 Grad und ging in die Knie, um das unglückliche und doch so schöne Gesicht an sein Herz zu drücken. Sie umfasste seine Schulter und schluchzte zum ersten Mal grundehrlich auf.

»Charlotte«, sagte er, »ich wünschte, ich könnte dir dieses Gespräch ersparen. Bleiben wir beim Du?«

Seine Cousine nickte zustimmend und schob ihn sachte von sich weg.

»Als ich erfuhr, dass die ermordete Irina, ebenso zugerichtet wie ich damals, in einem Müllcontainer gefunden wurde, war mir schlagartig klar, dass derselbe Täter hier in Gera war oder sogar noch ist. Da hatte ich noch nicht gewusst, dass zwei Jahre zuvor das Gleiche in Mailand passierte. Uwe, denkst du, es ist jemand aus der Modelbranche?«

»Ja«, sagte der Hauptkommissar voller Überzeugung, »und zwar jemand, der seine Macht über die Opfer auskosten will – vermutlich weil er glaubt, von ihnen gedemütigt zu werden oder worden zu sein. Charlotte, ich versuche nun, die damaligen Ereignisse zu konstruieren. Bitte korrigiere mich, wenn etwas nicht stimmt.« Uwe Köhler sah sie nicken und fuhr fort: »Also, dein damaliger Freund und heutiger Mann wusste nicht, dass dich Lisa Braun bei der Modenschau von Sven Walter vertreten würde. Ihr hattet eure Ausweise getauscht und aus Lisa mittels Schminke, Haarfarbe und Kleidung eine zweite Charlotte gemacht, um ganz sicherzugehen, dass sie wegen der Abwesenheit des tatsächlich gebuchten Models auch wirklich eingesetzt werden würde, richtig?«

Charlotte Seibt gab ihm recht und ergänzte: »Sie war einverstanden, die Konsequenzen daraus zu tragen.«

»Wie meinst du das?«

»Ihr war klar, dass dieser Walter unangenehme Fragen nach mir stellen und sie vielleicht ablehnen würde, ganz zu schweigen von der zu erwartenden sexuellen Belästigung.«

»Ja, offenbar schien sie diese Folgen nicht so tragisch zu sehen wie du. Doch nun zu deinem Mann … oder besser deinem damaligen Freund«, nahm der Kommissar den Faden wieder auf. »Er war eher mit seiner Arbeit fertig und beschloss, in dem Glauben, du würdest bei Walter modeln, dich von dort abzuholen, um dann – wie ihr es verabredet hattet – den Abend in dieser Tanzbar zu verbringen. Er traf jedoch nicht auf dich, sondern auf Lisa Braun. Diese erzählte ihm von eurem Tausch und äußerte die Vermutung, dass du wohl in diesem Lokal zu finden seist. Doch da warst du nicht. Er suchte die gesamte Umgebung nach dir ab, sah in anderen Bars nach und schloss seine Suche wieder an eurem Treffpunkt ab. In der Nähe des lokaleigenen Mülltonnenplatzes fiel ihm mit einem Mal eine Blutlache auf. Er folgte einer schmalen blutigen Räderspur bis zu einem Container, der – wie sich später herausstellte – noch nie dort gestanden hatte. Er sah hinein und entdeckte einen in Folie eingewickelten Frauenkörper, dessen Gesicht frei lag und zunächst nicht zu erkennen war. Er beleuchtete den Kopf mit seinem Handy, sah dich da liegen und fühlte deinen Puls. Geistesgegenwärtig alarmierte er die Gäste und das Personal in der Bar und bekam arbeitsteilige Hilfe, was die Notrufe beim Rettungsdienst und der Polizei betraf, die kurz danach zur Stelle waren.«

»Alles richtig«, bestätigte Charlotte. »Es ist eine Geschichte, die ich schon zigmal gehört habe. Und doch scheint sie mir so unwirklich. Mein eigenes bewusstes Erleben begann erst wieder, als ich auf einer Intensivstation zu mir kam, nachdem ich operiert worden war. Es gab da innen und außen einiges zusammenzuflicken. Aber das Schlimmste war der Zustand meiner Wirbelsäule, das Rückenmark war verletzt. Ich wusste sofort, dass ich mein restliches Leben in einem Rollstuhl verbringen würde. Meine Modelkarriere war vorbei.«

»Dafür hattest du Glück in der Liebe.«

»Das lag gar nicht in meiner Absicht. Ich wollte Jürgen nicht zur Last fallen und hab alles getan, um ihn zu vertreiben. Ich wäre sogar bereit gewesen, wieder bei meiner Mutter zu leben und mir täglich Vorwürfe anzuhören, dass mein Zustand diesem unseriösen Beruf zu verdanken wäre. Obwohl ich Jürgen gegenüber undankbar war und ihn unfassbar gemein behandelt hatte, hielt er zu mir und machte mir den Vorschlag, eine Ehe auf Distanz zu führen. Er war ja nur unterwegs und hatte eine solch feste Bindung für sich immer ausgeschlossen. Aber nach diesem Schlag war er bereit, für mich zu sorgen beziehungsweise Haushalts- und Pflegedienste zu finanzieren, wenn ich einverstanden wäre, ihn nur selten zu sehen. Das war ich, denn ich hatte kaum etwas ansparen können. So lukrativ, wie Außenstehende denken, ist das Modeln gar nicht. Wenn ich dann doch hin und wieder gut verdient hatte, gab ich das Geld in vollen Zügen wieder aus. Und glaube mir, als ich das Vermögen meiner Mutter erbte und finanziell nicht mehr von ihm abhängig war, hab ich ihn vor Dankbarkeit mit Geschenken überschüttet. Ich denke, nun sind wir quitt. Ich verdanke ihm mein Leben, für das er Verantwortung übernommen hat, und nun bin ich ihm kein Klotz mehr am Bein.«

»Aber nicht doch, Charlotte«, erwiderte ihr Cousin mit Befremden, »ich habe deinen Mann als einen Menschen wahrgenommen, der sich zwar diskret, korrekt und wenig emotional gibt, aber dem seine Zuneigung zu dir durchaus anzumerken ist.«

Ein Räuspern ließ beide Köhlers aufblicken. Sie sahen Lincoln Bernard mit entschlossenem Blick in der Tür stehen und hörten ihn sagen: »Verzeih, Charlotte. Ich kann nicht umhin, die Aussage deines Cousins zu bestätigen.«

»Komm, Lincoln«, sagte Charlotte und bat ihn mit einer Geste, sich zu ihnen zu setzen. »Du siehst mich einigermaßen überrascht. Wie kommst du darauf? So gut kennst du doch Jürgen gar nicht.«

»Ihn nicht«, sagte Bernard, während er am Tisch Platz nahm. »Doch ich kenne deinen Stiefvater und irgendwie erinnert mich dein Mann an ihn. Beide können ihre Gefühle nicht so richtig zum Ausdruck bringen. Doch ich glaube, es ist an der Zeit, deine Haltung zu deinem Mann und deinem Stiefvater zu korrigieren. Sicher, Glitzer und Glamour, Modefummel und der schöne Schein – das waren alles Dinge, die deine Eltern und mein früherer Chef ablehnten. Das tat dir wiederum weh. Ich offenbare dir jetzt, wie es wirklich war, denn es tut mir in der Seele weh, dass du die Familie, für die ich gearbeitet habe, nicht so kennst wie ich. Sie war mir ans Herz gewachsen. Ich arbeite auch gern für dich, da ich eine etwas andere Einstellung zum Modegeschäft habe. Es ist eben eine Arbeit, mit der man seinen Lebensunterhalt verdient. So dachte später auch dein Stiefvater und hatte deine Mutter etwas versöhnlicher stimmen können. Es gab einen Ehevertrag und er konnte mitbestimmen – musste es sogar. Dass du als Alleinerbin eingesetzt wurdest und nicht nur einen Pflichtteil bekamst, war sein Verdienst. Er hat dich seinem eigenen

Sohn vorgezogen, was aber vor allem daran lag, dass er mit ihm brach, bevor er deine Mutter heiratete. Aber das ist eine andere Geschichte.«

»Wie bitte?«, merkte Köhler auf. »Ihr früherer Chef hat einen Sohn? Lebt er noch?«

Firma *Schmitz' Blitz*, am Vormittag

Kommissarin Lonitz stürmte aus der Tür und eilte zu ihrem Wagen. Die letzte Nachricht von Ursula Lenk stammte von der Mailänder Kriminalpolizei und hatte sogar Michael Zerbst in Erstaunen versetzt, zumal noch niemand von den Geraer Mailandbesuchern am Zielort angekommen war.

»Eigentlich ist der prompte Kontakt zu den italienischen Kollegen Ronny zu verdanken, der hier neben mir sitzt und wie ein Weltmeister mit zwei Daumen auf einer winzigen Tastatur zu Werke ist«, war auf dem Monitor zu lesen. »Wir haben dem Mailänder Kommissariat Schäfers Kennzeichen durchgegeben und uns auf den Mordfall vor zwei Jahren berufen. Keine zehn Minuten später bekamen wir die überaus dankbare Antwort, der Hinweis auf dieses Fahrzeug käme ihnen unglaublich gelegen, da der besagte Mordfall nie aufgeklärt werden konnte. Nach weiteren dreißig Minuten gaben die Mailänder Kollegen durch, dass der gesuchte Wagen über GPS-Ortung gefunden worden sei. Im Moment befände sich dieser auf einer österreichischen Raststätte.«

Der Gedanke, dass die Ausstattung von Firmenwagen mit dieser GPS-Technik einem Betrieb außerordentliche Vorteile bringen konnte, beschäftigte die Kommissarin noch während der Fahrt zu Schmitz' Firma, wo sie hoffentlich einen Fachmann antreffen würde, für den sie sich bereits die einzig wichtige Frage zurechtgelegt hatte.

Voller Ungeduld bog Ruth Lonitz auf den firmeneigenen Parkplatz ein und sah Paul Schmitz gerade in einen seiner Kastenwagen einsteigen. Als dieser die aufgeregt gestikulierende Kommissarin bemerkte, zögerte er, die Fahrertür zu schließen.

Sie stieg aus und eilte auf den Firmenchef zu, während sie rief: »Es dauert nur zwei Minuten. Ich habe eine Frage wegen Schäfers Privatfahrzeug.«

»Aber bitte nicht länger«, erwiderte Paul Schmitz. »Ich hab es eilig.«

»Haben Sie die Möglichkeit, den Kleintransporter von Peter Schäfer zu lokalisieren?«

»Ja, wir können alle unsere Fahrzeuge orten.«

»War er wirklich damit einverstanden, dass Sie jederzeit sein Privatfahrzeug aufspüren können? Er hätte es auch verweigern können.«

»Warum sollte er? Ohne Verbindung zu dieser Software hätte er kein elektronisches Fahrtenbuch bekommen. Wer schreibt denn gern selbst minutiös seine Fahrten auf? Also, ich kenne niemanden.«

»Gut, das war vorerst alles«, bemerkte Ruth Lonitz zufrieden und machte auf dem Absatz kehrt. »Ach so«, sagte sie und drehte sich noch einmal um, als sei ihr die Frage gerade erst eingefallen. »Haben Sie inzwischen Kontakt zu Ihrem Sohn aufgenommen?«

»Nein«, antwortete der Elektrikermeister nachdrücklich und fragte: »War das alles?«

Die Kommissarin nickte lächelnd, wünschte einen schönen Tag und schlenderte zu ihrem Auto.

Wenn sie recht hatte, würden sie den Täter bald überführt haben.

Kriminalpolizeiinspektion Gera, am späten Vormittag

Als Ruth Lonitz wieder ihre Dienststelle betrat, informierte der Portier sie gleich über die Rückkehr von Hauptkommissar Köhler. Sie schenkte diesem ein verschwörerisches Augenzwinkern und rechnete mit einer weiteren Dienstbesprechung. Daher schob sie ihre neuen Erkenntnisse vorerst weit in ihr Hinterstübchen und wappnete sich auf zu erwartende Order. Doch als sie die Bürotür öffnete, zeigte sich ihr ein beschäftigtes Team. Es fiel kein Wort. Ihr Kommen wurde, außer von einem schmunzelnden Thomas Freitag, kaum wahrgenommen. Sogar Uwe Köhler blätterte mit Inbrunst in irgendwelchen Protokollen. Ohne einen bestimmten Plan zu verfolgen, gesellte sie sich zu Michael Zerbst und versuchte herauszubekommen, wo sich die Fahrzeuge nach Mailand gerade befanden.

»Also gut«, hörte sie den Chef sagen, »wir sind nun vollzählig und sollten versuchen, den gegenwärtigen Stand zusammenzufassen. Zuerst Sie, Michael – was gibt es Neues an der Mailandfront?«

»Katrin Winter ist in den Wagen von Frau Lenk umgestiegen. Klaus Saul rast mit einer Geschwindigkeit, die er hoffentlich beherrschen kann, zum Zielort und hat diesen in etwa 100 Kilometern erreicht. Und die italienischen Kollegen haben gerade durchgegeben, dass der vw-Transporter von Peter Schäfer auf einem österreichischen Gebrauchtwagenhof steht. Vermutlich hat der Halter das Fahrzeug verkauft. Sie sind am Ball und werden uns informieren, ob der Verkäufer eventuell ein anders Fahrzeug gekauft hat und damit unterwegs nach Mailand ist.«

»Verdammter Mist«, entfuhr es Uwe Köhler.

Ruth Lonitz lag ein ähnlicher Fluch auf den Lippen, doch sie sagte: »Wollen wir hoffen, dass die Carabinieri ihn wieder auffinden können.«

»Carabinieri sind Landpolizisten«, belehrte sie der Hauptkommissar. »In Städten wie Mailand arbeitet die Staatspolizei. Vermutlich wird es aber die österreichische Gendarmerie sein, die Schäfers Spur – hoffentlich – wieder aufnehmen kann.«

»Er könnte durchaus mit Bus oder Zug unterwegs sein«, bemerkte Thomas Freitag. »Was ist, wenn wir ihn verloren haben?«

»Dann haben wir immer noch Klaus Saul. Er ist mit Schäfer befreundet. Auch wenn er nicht wissen sollte, dass sein Freund vielleicht der Mörder ist und, was seinen Vater betrifft, auch mit ihm etwas Seltsames vorhat, so wird er wohl den Kontakt mit ihm halten. Warten wir erst mal ab. Katrin Winter wird er nichts tun können. Die wird rund um die Uhr beobachtet, um nicht zu sagen bewacht. Ich denke, die Gefahr ist nicht allzu groß, auch wenn Schäfers Verschwinden nicht zu unterschätzen ist.«

»Möglicherweise«, sagte Ruth Lonitz zögernd, »können wir Schäfer auch ohne dessen Transporter die Tat nachweisen oder zumindest, dass er sich am Fundort der Leiche aufgehalten hat.«

»Wie soll das denn gehen?«, fragte der Hauptkommissar verwundert.

Ruth Lonitz sah zu Michael Zerbst. Thomas Freitag folgte ihrem Blick und Uwe Köhler schien zu begreifen, dass die Antwort von dem Mann am Rechner kommen würde.

Dieser glaubte sich in die Pflicht genommen und erklärte: »Es gibt Ortungsanbieter, die grafische Aufarbeitungen von Daten und Berichten über Bewegungen und Standzeiten von Fahrzeugen speichern. Diese Routendaten dienen nicht nur der Lokalisation von Fahrzeugen, sondern auch der Optimierung von Strecken, was allerdings eher im professionellen Bereich Sinn ergibt. Ich könnte versuchen, herauszufinden, ob Schäfers Fahrzeug Bestandteil einer solchen Datenspeicherung ist. Aufzeichnungen vom Tatzeitpunkt wären aber ein großer Zufall.«

»Das meine ich nicht«, sagte die Kommissarin. »Paul Schmitz besitzt eine Software, mit der er jederzeit seine Firmenfahrzeuge orten kann. Und damit ist, wie er versicherte, ein elektronisches Fahrtenbuch verbunden.«

»Na, wenn das so ist«, sagte Michael Zerbst voller Vorfreude auf die nächste Herausforderung, »lassen sich rückwirkend auch Funktionen aufrufen, deren Ergebnisse nicht im normalen Fahrtenbuch vermerkt werden – beispielsweise Standzeiten und -orte.«

Parkplatz der Villa Graf, gegen Mittag

Jetzt, wo er auf dem Villenparkplatz stand, war Paul Schmitz keineswegs mehr stolz darauf, die Kommissarin angelogen zu haben. Nicht wegen eines dringenden Diensteinsatzes hatte er sie auf seinem Firmenparkplatz stehen lassen, sondern um so schnell wie möglich in die Villa Graf fahren zu können, wo er Charlotte Seibt nach Klaus Saul fragen wollte. Momentan hätte er alles dafür gegeben, wenn Ruth Lonitz an seiner Seite wäre. Nur weil Schmitz in Erfahrung gebracht hatte, dass sein vermeintlicher Sohn eine Modenschau in Italien besuchte, hatte er sich überhaupt getraut, die Sache in Angriff zu nehmen. Vor sich selbst seine Feigheit zuzugeben, war keine große Sache. Bisher war es ihm immer gelungen, emotional geladene Begegnungen zu vermeiden. Doch hier ging es um seinen Sohn. Da musste er handeln, auch wenn ihn langsam der Mut verließ.

Der Fakt, dass ihm gerade jetzt einfiel, noch nicht einmal das Privatdetektivpaar Miller über seinen neuesten Wissensstand unterrichtet zu haben, schien nur ein weiteres Beispiel für seine Verzögerungstaktik zu sein. Dennoch war der Anruf in der Detektei zu wichtig, um ihn weiter aufzuschieben oder gar unter den Tisch fallen zu lassen. An der Bürotür der Villenbesitzerin konnte er dann immer noch anklopfen. Insgeheim aber hoffte Schmitz, die Detektive würden ihm von seinem Vorhaben abraten.

Der Elektrikermeister nahm sein Handy und ließ sich mit dem gewünschten Gesprächspartner verbinden.

»Hier Doris Miller«, meldete sich die Detektivin. »Herr Schmitz, guten Tag. Mein Mann sitzt gerade am Steuer seines Autos. Was können wir für Sie tun? Ich stelle Sie schnell auf laut.«

Zehntes Kapitel

Im Nissan Micra der Detektive Miller, gegen Mittag

Der Anruf von Paul Schmitz traf ein, just als sich der Wagen der Millers kurz hinter der italienischen Grenze befand. Unpassender hätte der Anruf für die Detektive nicht kommen können, zumal Ursula Lenk ihnen schon längst geschildert hatte, dass der Elektrikermeister vom Aufenthaltsort seines Sohnes erfahren hatte.

Einmal mehr bewunderte Robin seine Frau dafür, wie außerordentlich freundlich sie sich bei dem Anrufer bedanken und ihn zugleich sachlich professionell darauf hinweisen konnte, dass sie gerade an einem Fall arbeiteten, der ihre volle Konzentration erforderte.

»Das tut mir leid, aber ich brauche dringend Ihren Rat, dann mache ich sofort Schluss«, insistierte Schmitz, ohne dass sein erwähntes Bedauern seinen Tonfall gefärbt hätte.

»Dann raus mit der Sprache«, sagte Robin, »aber machen Sie es kurz.«

»Da ich nun weiß, wo mein Sohn ist, brauchen Sie ihn nicht mehr zu suchen. Im Moment stehe ich hier mit meinem Wagen auf dem Parkplatz der Villa Graf, wo er wohnt und arbeitet. Eigentlich wollte ich die Hauseigentümerin, Frau Seibt, nach meinem Sohn fragen. Doch jetzt habe ich Zweifel.«

»Wieso?«, fragte Doris in der Absicht, Unwissenheit über Sauls Aufenthalt vorzutäuschen. »Warum besuchen Sie nicht gleich Ihren Sohn oder wohnt er direkt bei ihr?«

»Der ist nicht da.«

»Woher wissen Sie das?«, gab sich nun wieder Robin interessiert.

»Von Lincoln Bernard, einem Jugendfreund von mir. Er arbeitet in der neuen Modelschule, der Villa Graf. Er erzählte mir, dass ein Model aus der Villa bei der Fashion Week in Mailand läuft. Der von der Villenbesitzerin angestellte Fotograf habe sie vermittelt und werde auch dort sein. Und da ich von einer Frau Lenk von der Kriminalpolizei in Gera kontaktiert wurde, habe ich erfahren, dass der Fotograf der Villa Klaus Saul heißt. Da brauchte ich nur eins und eins zusammenzählen.«

»Da haben Sie ganze Arbeit geleistet«, sagte Robin anerkennend. »Also, Herr Schmitz, mein Rat lautet: Verschieben Sie Ihr Vorhaben, bis wir zurück in Gera sind, also bis spätestens übermorgen.«

»Sie können mir trotzdem eine Rechnung schicken – für Ihre Beratung, die ich wirklich dringend brauche.«

»Wir beraten Sie ohne Rechnung und stornieren den Auftrag, einverstanden? Für den Moment muss ich Schluss machen.«

Doris drückte das Gespräch auf dem Handy weg und sah ihren Mann triumphierend an. Auch er schmunzelte in sich hinein, um dann sofort die Straßenschilder ins Visier zu nehmen. Das Navi erlangte seine Sprache wieder und die Insassen konzentrierten sich auf die Fahrt zum Zielort.

Mailand, am frühen Nachmittag

Plötzlich befanden sich die Detektive in einem Gebiet, das nur so wimmelte von Fahrzeugen, die im Schritttempo fuhren oder mitten auf der Straße standen, von Leuten, die mit Transportkarren oder vollgehängten Kleiderstangen unterwegs waren, und Ordnungspersonal. Ein Servicemitarbeiter dirigierte das Paar aus Deutschland auf einen Besucherparkplatz. Die Frage nach dem Eingang für die Models wurde zwar beantwortet, doch auch deutlich darauf hingewiesen, dass Besucher dort nichts zu suchen hätten.

Ein kurzer Anruf bei Ursula brachte Klarheit. Sie beschrieb den Millers, wie sie zu Fuß auf den ihr zugewiesenen Parkplatz gelangten.

»Was für ein Durcheinander«, beschwerte sich Robin, als er mit seiner Frau gegen den Strom aus extrovertierten Besuchern und fleißigen Mitarbeitern der Modedesigner ankämpfte.

»Das wirkt nur so«, beruhigte ihn Doris. »Es ist alles genau durchorganisiert. Mailand gehört mit Paris, New York und London zu den Big Four, den vier weltweit bedeutendsten Austragungsorten von Modenschauen etablierter Topmodemarken. Da wird nichts dem Zufall überlassen. Es ist das berühmte Chaos in der Ordnung, das Kreative angeblich so lieben.«

»Von oben betrachtet, mag das so aussehen«, fand Robin, »doch wenn man selbst wie eine Ameise in einem riesigen Volk unterwegs ist, fühlt man sich … na wie?«

»Wie getrieben? Dein Vergleich hinkt«, entgegnete seine Frau. »Ameisen wissen ganz genau, was sie zu tun haben.«

»Da vorn muss es sein«, jubelte der Detektiv und zeigte auf einen übervölkerten Platz vor einer beeindruckenden Messehalle. »Na sieh mal einer an, Sauls Sportcoupé steht neben Ursels Škoda. Die haben sich eher gefunden als wir sie.«

»Und das wurmt dich?«, fragte Doris keck. »Mir war das klar. Es gibt Handys und außerdem sind Saul, Ursel und Ronny die Begleiter eines Models, das für eine Versace-Nichte läuft.«

Eine Frau, deren Weste sie als Ordnerin auswies, erklärte auf Englisch, dass Besuchern hier der Zutritt verwehrt sei. Auch Ursula, die eine ID-Plakette trug, hatte leider keine guten Nachrichten für die Millers, denn die Models bekamen für ihre Begleiter nur drei Zugangsplaketten, um einen unübersichtlichen Hofstaat hinter den Kulissen zu vermeiden.

»Es gibt noch Tickets für Besucher der Modenschauen«, erklärte sie den Privatdetektiven, »doch deren Preise sprengen das Budget jedes Normalverdienenden.«

Doris sah Katrin und Ronny näher kommen. Klaus Saul folgte ihnen mit verwunderter, aber auch freudig überraschter Miene.

»Sie sind auch hier«, stellte er fest. »Das wusste ich gar nicht. Hast du es gewusst, Katrin?«

»Nein«, sagte sie und klang überzeugend. »Warum haben Sie uns nichts gesagt?«

»Wir wollten Sie überraschen«, erklärte Robin. »Wissen Sie, wahrscheinlich hätten wir in unserem ganzen Leben nie eine Fashion Week erlebt, aber da wir nun schon mal ein Model kennen, das auf einer so bedeutenden Veranstaltung auftritt, haben wir die Gelegenheit beim Schopfe gepackt.«

»Das freut mich«, mimte Katrin in Klaus Sauls Gegenwart weiterhin die Überraschte.

»Ich wusste gar nicht, dass sich Dozenten und Psychologen Tickets für einige Tausend Euro leisten können.«

»Das ist das Problem«, gab sich Doris zerknirscht. »Wir hatten gehofft, Katrin Backstage beobachten zu können. Nun erfahren wir, dass nur drei Leute hinter den Kulissen erlaubt sind. Vielleicht dürfen wir uns – nur kurz, ein Lauf auf dem Catwalk würde schon reichen – Frau Lenks und Ronnys Plakette ausleihen?«

»Natürlich dürfen Sie, Frau Müller«, sagte die Seniorin ausgesprochen entgegenkommend, »nicht wahr, Ronny? Wir können uns mit den Plaketten auch abwechseln.«

»Vielen Dank, Frau Lenk«, entgegnete Robin gespielt überschwänglich und richtete einen höhnischen Blick auf Klaus Saul.

»Mir scheint, in Gera ist jeder mit jedem bekannt«, äußerte dieser und versuchte, sich als Initiator von Katrins Auftritt hervorzutun. »Ehrlich, ich hätte nicht gedacht, dass Sie und Frau Lenk sich gut genug kennen, um solche Absprachen zu treffen. Seis drum. Wahrscheinlich wissen Sie nicht, dass man die Models auch auf einem Monitor im Foyer laufen sehen kann. Natürlich hat auch da nicht jeder Zutritt. Aber wenn Sie möchten, lotse ich Sie hinein.«

»Das würden Sie tun? Oh, vielen Dank, Herr Saul«, sagte Doris und gab sich ihm außerordentlich zugetan. »Das Angebot nehmen wir herzlich gerne an. Nicht wahr, Robert?«

Klaus Saul sah auf seine Rolex und drängte Katrin zur Eile, denn sie musste, wie er erklärte, mit allen anderen Models der Versace-Nichte im jeweiligen Vorführkleid auch einen Stopp bei den Visagisten und Friseuren einlegen, um in Massenabfertigung passend zum Outfit geschminkt und frisiert zu werden. Die Millers bat er, einige Minuten zu warten, bis er das

Mädchen den zuständigen Mitarbeitern überantwortet haben würde.

Die kleine Gruppe verschwand in der Halle und ließ das Paar allein vor dem Parkplatz stehen.

»Das lief doch ganz gut?«, bemerkte Robin.

Im selben Moment machte sich dessen Handy bemerkbar. Auf dem Display stand eine ziemlich lange Nachricht von Ursula, die, vermutlich von Ronny eingetippt, das Detektivpaar über die Kommunikation zwischen der Geraer Kripo, dem Mailänder Kommissariat und ihrer Auftraggeberin informierte. Peter Schäfer sei wie vom Erdboden verschluckt.

Kriminalpolizeiinspektion Gera, zur gleichen Zeit

Die Erleichterung über die Nachricht, dass alle heil in Mailand angekommen waren und bereits Kontakt miteinander aufgenommen hatten, war Köhlers Team anzusehen, auch wenn das Verschwinden von Peter Schäfer das erlösende Gefühl ein wenig trübte.

»Die Ermittlungen gegen ihn gehen weiter, selbst wenn er vorläufig untergetaucht sein sollte. In unserem digitalen Zeitalter kann sich kein Mensch mehr auf Dauer verstecken«, informierte Uwe Köhler sein Team entschlossen.

»Gab es denn schon Prozesse in Abwesenheit des Angeklagten?«, fragte Thomas Freitag.

»Im Strafprozess einschließlich des Verfahrens über Ordnungswidrigkeiten kann unter bestimmten Umständen in Abwesenheit des Angeklagten beziehungsweise Betroffenen verhandelt werden«, las Michael Zerbst, der nach dieser Frage schon gegoogelt hatte, von seinem Monitor ab.

»Wenn ein Angeklagter untertaucht und für das Gericht nicht mehr greifbar ist«, ergänzte Ruth Lonitz, »wird das Verfahren vorläufig eingestellt. Ist das angeklagte Delikt gewichtig genug, wird wegen des Haftgrundes der Flucht ein Haftbefehl erlassen und der Angeklagte zur Fahndung ausgeschrieben. Ist eine erhebliche Freiheitsstrafe zu erwarten, wird der Angeklagte mit dem sogenannten Europäischen

Haftbefehl europaweit oder auch weltweit zur Fahndung ausgeschrieben.«

»Bevor eine Straftat jedoch vor Gericht verhandelt werden kann, muss der Täter unter Anklage gestellt werden«, erklärte Uwe Köhler. »Keine Anklage, kein Gerichtsprozess – so einfach ist das. Wir müssen ihn finden, verstanden?«

Das Team stimmte zu. Michael Zerbst trommelte mit seinen Fingern auf den Schreibtisch. Der Hauptkommissar verstand dessen Ungeduld und lächelte. Sie alle warteten auf Paul Schmitz, der ihnen bereitwillig den digitalen Fahrtenschreiber für seinen Fuhrpark zur Verfügung stellen wollte.

Wovon er allerdings noch nichts wusste, war der Vorschlag, den Uwe Köhler einbrachte, mit einem DNA-Abgleich seine Vaterschaft von Klaus Saul prüfen zu lassen.

»Wie wollen wir diesen Test vor der Staatsanwaltschaft rechtfertigen?«, war der begründete Einwand von Thomas Freitag.

»Der DNA-Abgleich bringt unsere Ermittlungen voran. Sollte der anonyme Hinweis tatsächlich von Peter Schäfer gekommen sein, könnten wir womöglich eine Straftat verhindern, denn wir wissen noch immer nicht, was er im Schilde führt.«

»Dann müssten wir aber Klaus Saul reinen Wein einschenken«, gab Ruth Lonitz zu bedenken. »Mir wäre es lieber, wenn wir einfach nur beobachten, wie sich die Sache entwickelt. Schäfer rechnet doch bestimmt damit, dass Schmitz sich seinem Sohn offenbart. Der hat etwas vor und wird zurück nach Gera kommen. Wenn nicht, fress ich einen Besen.«

»Soviel ich weiß, hat Schäfer eine Ehefrau, die auch im Fall Charlotte Seibt involviert war. Vielleicht ist er bei ihr?«, fiel dem Hauptkommissar ein. »Ich frage Charlotte Seibt nach deren aktueller Telefonnummer.«

Gesagt getan. Die Verbindung mit seiner Cousine war augenblicklich hergestellt und Köhler schrieb eine Zahlenreihe auf seinen Notizblock. Kaum hatte er die Nummer in sein Handy eingegeben, war er auch schon mit Lisa Braun verbunden.

»Wer immer dran ist, mach es kurz, ich bin gleich dran«, vernahm er eine genervte Frauenstimme.

»Hier ist Hauptkommissar Uwe Köhler aus Gera. Spreche ich mit Lisa Braun?«

»Was will denn ein Hauptkommissar von mir. Ich muss jetzt auf den Catwalk.«

»Sind Sie in Mailand?«

»Ja, ich ruf zurück, wenn ich fertig bin.«

Die Verbindung war unterbrochen. Köhlers Team war überrascht, dass auch Lisa Braun von einem Modedesigner gebucht worden war, der in Mailand seine Kollektion vorstellte, hatte doch der Chef versäumt, diese kleine Nebensächlichkeit zu erwähnen.

»Hoffentlich ruft sie auch wirklich zurück«, bemerkte Thomas Freitag.

»Wir sollten Frau Lenk Bescheid geben. Sie findet die Dame bestimmt und kann sie nach deren Ehemann fragen«, schlug Ruth Lonitz vor.

Michael Zerbst war wie immer gleich dabei, den entsprechenden Text einzugeben und bekam zur Antwort, Ursula werde es versuchen.

Die Bürotür ging auf. Ein uniformierter Kollege geleitete Paul Schmitz herein und fragte, wann er diesen wieder abholen sollte. Köhler sagte, er werde Herrn Schmitz selbst zum Ausgang führen und bedankte sich bei dem jungen Kollegen. Nach einer knappen Begrüßung verwies der Hauptkommissar den Elektrikermeister an Michael Zerbst.

Schmitz griff nach seinem Handy und begann, dem Mann am Rechner zu erklären, wie seine digitalen Fahrtenschreiber funktionierten.

Michael Zerbst war so freundlich und ließ den Mann reden, nahm ihm jedoch schon vorsichtig das Handy ab.

»Herr Schmitz«, unterbrach Uwe Köhler dessen Redefluss, »unser Computerspezialist weiß das alles. Lassen wir ihn arbeiten. Setzen Sie sich bitte zu mir. Ich möchte Sie etwas fragen.«

Mailand, am Nachmittag

Ursula Lenk ließ Katrin keinen Moment aus den Augen. Die Anfrage aus Gera nach Lisa Braun bereitete ihr ein wenig Kopfzerbrechen. Ronny sah ihr die Befürchtung an, die Suche nach der Dame nicht mit ihrer eigentlichen Aufgabe vereinbaren zu können, und schlug vor, auf der Webseite der Mailänder Fashion Week die Namen der Models ausfindig zu machen.

»Sollte sie dort nicht namentlich aufgeführt sein«, riet er, »könnten doch die Millers in der Verwaltung nach ihr fragen.«

»Junge, du bist Gold wert«, lobte sie Ronny und bat ihn, wo er nun schon mal die Herrschaft über das Handy hatte, Herrn oder Frau Miller zu kontaktieren.

»Heißt das, wir beide sind ab jetzt per Du?«, fragte er verschmitzt, obwohl er von ihr schon lange geduzt wurde, sah er doch endlich die Chance, den Familienanschluss zu intensivieren.

Ronny ließ sich Zeit mit der gewünschten Verbindung, bis Ursula seine Frage freudig bejahte. Dann näherte sie sich Katrin, die in einem tollen Outfit, wild frisiert und geschminkt, in einer Reihe von Models stand und auf ihren Lauf auf dem Catwalk wartete. Ursula wünschte ihr Hals- und Beinbruch, auch wenn dieser Erfolgswunsch eher im Umfeld von Schauspielern üblich war und vielleicht unter diesen Umständen etwas deplatziert wirkte.

Im Sekundentakt verschwanden die Mädchen in den Vorführraum, um vor namhaftem Publikum die Designerstücke Francesca Versaces vorzuführen. Nach wenigen Minuten war sie wieder Backstage und wurde in einem abgegrenzten Bereich mit der nächsten prachtvollen Kreation versehen sowie passend geschminkt und frisiert.

Nun gab Ronny Ursula das Handy mit der gewünschten Verbindung, doch ihr Anliegen musste weiterhin warten, denn Robin fragte: »Wo ist eigentlich Klaus Saul?«

»Ich habe ihn bei euch vor dem Monitor vermutet«, antwortete die Seniorin, sich erstaunt umsehend, doch keinerlei Spur von ihm entdeckend. »Ich rufe an, weil einer von euch, du oder Doris, nachfragen sollte, wo Lisa Braun zu finden ist. Oh, Robin, mein Handy macht sich gerade bemerkbar. Da scheint eine Nachricht aus Gera reinzukommen. Ich informiere dich später über den Stand der Dinge.«

Sie reichte Ronny ihr Smartphone weiter. Mit wenigen Wischen hatte er einen Text auf dem Display und fragte, ob er diesen vorlesen sollte. Sie schüttelte den Kopf, schien ihr doch die Äußerung polizeilicher Interna in Gegenwart so vieler Menschen zu heikel.

Sie nahm das Handy zurück und las: »Lisa Brauns Auftritt für einen englischen Designer ist beendet. Sie rief zurück und beantwortete unsere Fragen nach ihrem Ehemann. Als Besucher der Mailänder Fashion Week hatte er sich kurz mit ihr getroffen und sagte, er wolle mit seinem Freund Klaus Saul einem neuen Modeltalent aus Gera, wie er es nennt, zusehen.«

»Dann müssten sie doch hinter dem Vorhang sitzen«, sagte Ursula Lenk aufgeregt zu Ronny und zeigte auf die Absperrung zum Vorführraum.

Sofort schnappte sich der Gymnasiast das Telefon und kontaktierte Robin Miller erneut. Er tippte mit einem Affenzahn ein: »Lisa Braun hat sich bei der Geraer Kripo gemeldet und diese informiert, dass Klaus Saul und Peter Schäfer meiner Schwester in diesem Moment im Vorführraum zusehen sollen.«

Ursula hatte sich inzwischen an den Vorhang neben den Catwalk-Zugang geschlichen und lugte in den Zuschauerraum. Just als sie zwei Männer in der zweiten Reihe ausfindig gemacht hatte, wurde sie freundlich, aber bestimmt von einem Servicemitarbeiter dieses Bereichs verwiesen. Dennoch war sich die ehemalige LKA-Leiterin sicher, die beiden Männer, die sie nur von hinten gesehen hatte, als Saul und Schäfer erkannt zu haben.

Geistesgegenwärtig hatte Ronny auch der Mailänder Staatspolizei den Aufenthaltsort von Peter Schäfer übermittelt, als die Millers in einer Nachricht mitteilten, sie sähen keine andere Möglichkeit, als im Foyer auf die Herren zu warten, um sie dann unter einem Vorwand aufzuhalten. Vorsichtshalber hatte Robin einen Minisender eingesteckt, den er dem Gesuchten unterzuschieben gedachte.

Mailand, am frühen Abend

Als Klaus Saul mit Peter Schäfer den Vorführraum verließ, waren die Millers auf jedes Szenario vorbereitet. Erfreulicherweise verlief alles wie erwartet. Saul gesellte sich zu ihnen vor den Monitor, während dessen Freund schnell den Foyerausgang zu erreichen suchte. Zumindest machte es den Eindruck, als wollte Schäfer nicht gesehen werden.

Doris wandte eine Methode an, die auf Robins Beteiligung verzichten konnte und sich schon oft bewährt hatte. Mit dem Stichwort Geldkuvert wurde die Aktion aktiviert, für die beide auch stets einen Umschlag mit 50 Euro bei sich trugen. Der Privatdetektiv verwickelte Klaus Saul in ein Gespräch, während seine Frau von ihrem Mann unbemerkt den Sender zugesteckt bekam.

»Hallo«, rief sie hinter Peter Schäfer her, eilte ihm nach und tat plötzlich so, als hebe sie etwas auf. »Hallo Sie, junger Mann … Sie haben etwas verloren.«

Erstaunt drehte sich Schäfer um und erklärte, dass ihm das Kuvert nicht gehöre.

»Ich hab es aber aus Ihrer Jackentasche fallen sehen«, behauptete die Detektivin.

Ratlos blickte der Mann von Doris, die ihm noch immer den Umschlag entgegenhielt, zu seinem Freund und wieder zurück – für die Psychologin ein Zeichen, dass ihm Saul von ihnen erzählt hatte, was jedoch für die Durchführung ihres Planes nicht von Belang war. Klaus Saul konnte nichts von den eigentlichen Ambitionen der Millers wissen und musste annehmen, dass sein Freund den Umschlag tatsächlich verloren hatte, während Schäfer glaubte, Saul, der ihm gerade zunickte, habe ihm den Umschlag in die Jacke gesteckt.

»Danke«, sagte Schäfer schließlich und nahm das Kuvert entgegen.

Er sah hinein, nickte ebenfalls und steckte den unerwarteten Obolus in seine Sakkoinnentasche.

Als Doris erwiderte: »Bitte, gern geschehen« und auf ihrem Absatz kehrtmachen wollte, knickte sie um und suchte Halt an Schäfer, der ihr reflexartig half. Wie der Minisender dabei in dessen Hosentasche verschwand, hatte nicht einmal Robin sehen können.

Der Bildschirm zeigte an, dass Katrins derzeitiger Lauf auf dem Catwalk endete und sie Backstage verschwand. Klaus Saul war froh, seinen Freund überzeugt zu haben, Katrin vorerst in

Ruhe zu lassen. Er wartete auf Doris und verabschiedete sich von beiden, um, wie er sagte, nach seinem Starmodel zu sehen.

»Perfekt geschauspielert«, lobte Robin seine Frau.

»Dann gebe ich mal Ursel Bescheid«, sagte sie und tippte eine Nachricht in ihr Handy.

Eine halbe Stunde später erfuhren die Millers dank Ursulas Handybediener, dass die Mailänder Polizei die angegebene Frequenz des Minipeilsenders bereits auf dem Schirm hatte.

Auch die Millers waren über Schäfers Aufenthalt im Bilde. Gespannt starrten sie auf den Punkt der Senderanzeige, den Robins Handydisplay wiedergab. Dieser hatte sich durch die Stadt bewegt und befand sich auf der Autostrada Richtung Norden.

»Wollen wir wetten«, scherzte Doris, um ihrer beider Anspannung ein wenig aufzulockern, »dass er über den Gotthardtunnel und die Schweiz zurückfährt? Hab ich recht, gibst du mir einen Kaffee aus. Wenn er die Brennerautobahn durch Österreich nimmt, bezahl ich dir einen.«

»Du hast Nerven«, rügte Robin seine Frau scherzhaft für die Erwähnung der beiden Optionen, mittels derer ihre Zielperson der italienischen Polizei entwischen konnte. »Weder in der Schweiz noch in Österreich können die Carabinieri zuschlagen. Wollen wir hoffen, dass sie ihn noch in Italien zu fassen kriegen.«

Doris kicherte über die Berechenbarkeit ihres Mannes, verstummte jedoch gleich wieder, denn der Punkt auf der Anzeige blieb endlich stehen. Dann bewegte sich zehn Minuten nichts mehr. Nun waren selbst Doris' Nerven bis zum Zerreißen angespannt. Ihre üblichen Scherze waren ihr vergangen. Auch wenn es Tausende Gründe für den Stillstand geben konnte, wollten ihr nur die ungünstigsten einfallen. Hatte sich Schäfer ein Hotel genommen und womöglich die Kleidung gewechselt? Nun ja, eine liegengelassene Hose schien unwahrscheinlich, aber was, wenn er den Sender entdeckt und an dieser Stelle entsorgt hätte?

Eine Berührung von Robins Ellbogen ließ sie aufblicken. Wie gut, dass ihr Mann Klaus Saul und Katrin das Foyer betreten sah. Schnell steckte er sein Handy ein und begrüßte das Model mit Herzlichkeit und Lobeshymnen für seinen professionellen Auftritt.

»Nicht wahr?«, stimmte der Fotograf in das Loblied ein. »Ich hab mich nicht getäuscht. Katrin hat das Zeug zu einem ganz großen Star. Leider will sie an dieser Stelle ihre Karriere beenden.«

Vibrationen in Robins Jackentasche kündigten neue Nachrichten an. Ohne seinen Smalltalk mit Klaus Saul zu unterbrechen, übergab er das Smartphone seiner Frau. Diese entschuldigte sich und trat einige Schritte beiseite.

Die noch aktive Senderanzeige bewegte sich nun wieder Richtung Ausgangspunkt, was nur einen Schluss zuließ. Freudig rief Doris Ronnys Nachricht auf, deren Inhalt sie bereits zu kennen glaubte.

»Das Mailander Kommissariat gibt Festnahme von Peter Schäfer bekannt und hofft, uns persönlich in einer Stunde danken zu dürfen. Wir beide werden die angegebene Adresse aufsuchen, doch Ursula bittet Sie, weiter ein Auge auf Katrin zu haben, auch wenn sie nicht mehr in Gefahr zu sein scheint.«

Doris blickte zu dem kleinen Grüppchen hinüber und stellte fest, dass sich Robins Laune erheblich gebessert hatte. Den scheinbar sachlichsten Menschen der Welt durchschauen, konnte nur sie. Vermutlich hatte er ihr die gute Nachricht angesehen. Vergnügt trat sie auf die beiden Männer sowie das von ihnen gefeierte Model zu und fragte, mit wem Katrin denn heimfahren wolle.

»Ich will noch nicht heimfahren«, gestand diese aufgekratzt. »Klaus und Herr Müller haben versprochen, mir noch ein wenig von Mailands Abend- und Nachtleben zu zeigen.«

Kriminalpolizeiinspektion Gera, am nächsten Vormittag

Ein großes Aufatmen ging durch den Raum, als das Team von Hauptkommissar Köhler erfuhr, dass Ursula Lenk und alle Beteiligten wohlbehalten zu Hause angekommen waren.

Inzwischen hatte der Ermittlungsleiter sein Team über die Existenz des enterbten Sohnes von Charlotte Seibts Stiefvater informiert.

»Das Beste daran ist«, sagte Ruth Lonitz, »dass Frau Lenk Katrin Winter überzeugen konnte, ihr Zimmer in der Villa gegen Logis in ihrer Wohnung einzutauschen. Solange wir die Identität des weiteren Verdächtigen noch nicht kennen, sollten wir weiterhin gut auf die junge Frau aufpassen.«

»Ja, richtig«, stimmte Uwe Köhler ihr zu und wählte eine Nummer. Er stellte auf Lautsprecher und bat um Verbindung der Heimverwaltung.

Diese lehnte eine Auskunft über ihren Schutzbefohlenen sowie die Einsicht in die Akte des dementen Rainer Köhler ab, sodass der Hauptkommissar ankündigte, mit einem richterlichen Beschluss zu kommen. Anschließend bat er Ursula Lenk telefonisch, vor ihrem nächsten Dienstantritt dem mit ihr befreundeten Richter das Papier abzuringen. Verblüfft fragte sie ihn nach dem Grund, da der Täter doch gefasst sei.

Während Köhler begann, ihr von der neuen Spur zu berichten, rief Michael Zerbst plötzlich in die Runde: »Verdammte Scheiße. Das war nicht Peter Schäfer. Sie haben den Falschen festgenommen, schreibt das Mailänder Kommissariat.«

Alle stürmten zu dessen Monitor, um die deutsche Übersetzung der Mitteilung selbst zu lesen.

»Was ist los?«, tönte Ursula Lenks Stimme aus dem Smartphone. »Hallo … hab ich mich verhört? Was hat Herr Zerbst da gerufen?«

Köhler las zu Ende und nahm das Gespräch mit Frau Lenk wieder auf. »Ursel«, sagte er fassungslos, »die italienischen Kollegen teilen uns gerade mit, dass der Festgenommene nicht Peter Schäfer ist. Laut dessen Aussage hat ihn ein Deutscher mit einer größeren Summe bestochen, einen Minipeilsender sowie dessen Reisepass an sich zu nehmen und der Polizei erst später nach seiner Festnahme die Wahrheit zu sagen.«

»So ein verfluchter Dreckskerl«, rief die Seniorin, »ich hole Katrin jetzt gleich aus der Villa zu mir.«

Als Ursula Lenk vor Katrins Zimmer stand, kam Klaus Saul wutentbrannt heraus und stieß mit ihr zusammen. Ohne ein Wort der Entschuldigung rannte er die Treppe hinauf, wo sich der Wohnbereich des Personals befand. Sie rief ihm nach, doch er schien sie nicht zu hören.

Schulterzuckend schob Ursula die geöffnete Tür weiter auf und sah Katrin weinend auf ihrem Bett sitzen.

»Komm, Mädchen«, sagte sie tröstend und setzte sich neben sie, »der Kerl ist es nicht wert. Wir packen jetzt das Nötigste zusammen und fahren zu mir. Den Rest deiner Habseligkeiten holen wir morgen.«

»Bis eben hat er sich noch ziemlich fair verhalten und alles gehalten, was er versprochen hatte. Wahrscheinlich hat er nicht so richtig daran geglaubt, dass ich mit dem Modeln Schluss mache. Vorhin sagte er so ganz nebenbei, dass Gina auf einer Berliner Fashion Show laufen werde. Ehrlich gesagt, ist mir das egal. Etwas in dieser Art muss ich wohl gesagt haben. Daraufhin gestand er mir, er habe gehofft, ich würde ihn bitten, mich statt Gina nach Berlin zu schicken. Da wurde mir plötzlich klar, dass ich ihm etwas bedeute. Trotzdem ließ ich ihn abblitzen und er flippte vollkommen aus, so habe ich ihn noch nicht gesehen.«

»Ach Kind, was willst du denn wirklich? Dein Abi machen und studieren oder weiter modeln?«

»Eigentlich will ich beides. Nun, da der Täter gefasst ist, bin ich doch nicht mehr in Gefahr.«

»Stopp, Liebes«, unterbrach Ursula sie auf mütterliche Art, »deswegen bin ich hier. Der Täter ist nicht gefasst! Die italienische Polizei hat einen Mann festgenommen, der von dem Gesuchten bestochen worden war, seine Rolle zu spielen. In dieser Zeit ist er über alle Berge verschwunden. Es ist noch nicht vorbei. Du kommst mit. Ich pass auf dich auf. Ronny freut sich schon auf dich. Er hat das zweite Gästezimmer für dich zurechtgemacht. Sei froh, dass du einen so tollen Bruder hast.«

In Katrins großen, verweinten Augen sah die Seniorin plötzlich Angst aufflackern und sie beschlich ein ungutes Gefühl.

Es war Angst um Ronny. Noch vor kurzem hatte es Schäfer auch auf ihn abgesehen. Auch wenn er zur falschen Zeit am falschen Ort gewesen war und dasselbe auch einem anderen Gymnasiasten hätte passieren können, so war es dem Kerl doch irgendwie gelungen, Ronny Irinas Pass unterzuschieben. Nun war die italienische Polizei wieder mittels eines Ausweises getäuscht worden. Waren ID-Dokumente für den Kerl eine Art Fetisch? Sie musste Doris Miller fragen! Hier war eine psychologische Erklärung vonnöten.

Villa Graf, am gleichen Nachmittag

Charlotte Seibt hatte es sich durch den Kopf gehen lassen. Die Einladung von Uwe Köhlers Vater, genauer gesagt von ihrem Onkel väterlicherseits, für den heutigen Nachmittag schien ihr nun doch eine willkommene Möglichkeit zu sein, ihrem Alltagstrott für ein paar Stunden zu entgehen.

Alles war vorbereitet. Lincoln Bernard hatte eine gute Flasche Wein besorgt und fuhr Charlotte im Rollstuhl bis zum Firmenwagen der Modelschule, dessen Beifahrersitz herausgenommen und mit einem behindertengerechten Raster für den Rollstuhl versehen war.

Nach ihrer Rehabilitationsphase hatte Charlotte Seibt erfahren, dass sie nie mehr selbst Auto fahren durfte, da ihr jegliches Gefühl in den Beinen für immer abhandengekommen war. Verzweifelt in dem Bemühen, einen vollautomatischen Wagen genehmigt und finanziert zu bekommen, erlebte sie anfangs nur Ablehnungen ihrer Krankenkasse. Nach ihrer Erbschaft, die ihr zudem noch einen treuen Chauffeur bescherte, war dieser Wunsch eingeschlafen. Doch während der Fahrt nach Leumnitz überkam Charlotte das Verlangen erneut, wieder selbst zu fahren und wie früher, als sie noch eine lebenslustige, gesunde junge Frau war, unabhängig von anderen Menschen jederzeit mobil sein zu können.

Ihr Onkel erwartete sie schon vor dem Haus, öffnete ein Tor auf das Grundstück, das zu einem gepflasterten Hof mit Garage führte und einen Blick in den zugehörigen idyllischen Garten erlaubte. Die Besucherin und ihren Chauffeur begrüßte der Mann aufs Herzlichste, auch wenn er bedauerte, dass sein Sohn bei der Familienzusammenführung nicht anwesend sein würde.

»Der Polizeidienst«, sagte er, »nimmt keine Rücksicht auf Privates, aber Uwe hat versprochen, das Ganze, so schnell es geht, gemeinsam nachzuholen, sobald es der aktuelle Fall erlaube.«

Der ältere, schlank und fit wirkende Köhler Senior ging voran ins Haus, Lincoln Bernard folgte ihm mit seiner Chefin im Rollstuhl. Während der Gastgeber die Besucher ins Wohnzimmer führte, erklärte er, sich selbst noch sehr gut an die unmöglichsten Dienstzeiten zu erinnern, doch nun sei er froh, sich seinem Garten widmen zu können.

»Ihr Polizeiberuf war der Grund, den Kontakt zu meinem Vater abzubrechen, nicht wahr?«, bemerkte Charlotte Seibt provokant.

»Er hat mir damals versichert«, erwiderte Köhler Senior fassungslos, »dass er meinen Schritt verstünde, schließlich war auch er ein Kind der DDR und wusste um die Praktiken der Staatsmacht. Hat denn mein Bruder jemals Unverständnis geäußert? Sicher waren Sie noch zu jung, um meine Frage beantworten zu können.«

»Wo denken Sie hin. Ich war sieben, als er starb. Ich kann mich gut an ihn erinnern. Mir gegenüber hat er sich nie über die in der DDR lebende Verwandtschaft geäußert«, gab Charlotte zu. »Vielleicht glaubte er, eine Tochter, die ihm ständig in den Ohren lag, ihr die Erlaubnis zum Kindermodeln zu geben, könne derartige Dinge nicht verstehen. Unser Verhältnis war nicht besonders gut, weil er meine Vorstellung vom Leben partout nicht teilen wollte. Auch meine Mutter lehnte mein Vorhaben ab, dann eben als Erwachsene zu modeln, wenn auch nicht mich persönlich – wie es mein Vater getan hatte.«

Lincoln Bernard schob Charlottes Rollstuhl an den Tisch heran, auf dem es herrlich nach Butterstreusel mit Vanillearoma sowie frisch gebrühtem Kaffee duftete und nahm ihr gegenüber Platz.

»Darf ich etwas sagen?«, meldete er sich zu Wort. Charlotte Seibt schien völlig überrascht, wohingegen ihr Onkel einen neugierigen Blick aufsetzte.

»Laut Uwe waren Sie bei der Witwe meines Bruders und deren zweitem Mann angestellt?«, vergewisserte sich Köhler Senior. »Selbstverständlich dürfen Sie hier frei von der Leber weg reden.«

»Frau Seibts Mutter kannte ich gut«, erwiderte Bernard, auch wenn ich mehr im Dienst ihres zweiten Ehemanns stand, als die Besitzung der Villa Graf an die enteignete Familie rückübertragen wurde. Als Tochter der früheren Eigentümer hatten sie und ihr zweiter Mann das Recht, die Villa wieder ihr Eigen zu nennen. Leider erlebte ich mit, wie mein Chef an Demenz erkrankte und in einem Pflegeheim untergebracht wurde. Als dessen Frau starb, erbte die einzige Tochter das Vermögen. Mir wurde lebenslanges Wohnrecht eingeräumt, als sich mein Chef noch im Vollbesitz seiner geistigen Kräfte befand. Was lag also näher, als in deine Dienste zu treten, Charlotte?«

»Selbstverständlich hätte ich dein lebenslanges Wohnrecht auch dann anerkannt, wenn du die Anstellung bei mir nicht angenommen hättest. Soweit ich mich erinnere, kam der Vorschlag, für mich zu arbeiten, sogar von dir«, sagte Charlotte Seibt verwundert.

»Das stimmt. Aber ich bin noch nicht in Rente und muss meinen Lebensunterhalt bestreiten. Vom Wohnrecht allein wird man nicht satt. Davon abgesehen, will ich auch nicht woanders arbeiten und die Beschwerden eines langen Arbeitsweges auf mich nehmen. Ich arbeite sehr gern für dich.«

»Oh, da hab ich mich dann wohl etwas missverständlich ausgedrückt«, bekannte Charlotte perplex. »Für mein Verständnis bedeutete Wohnrecht auch Lebenshaltungskosten. Die hätte ich selbstverständlich auch für dich bestritten.«

»Da bin ich aber platt«, bemerkte Lincoln Bernard verdutzt. »Aber wie gesagt, ich arbeite gern für dich und würde nie auf der faulen Haut liegen wollen. Eigentlich ist alles, was ich bisher gesagt habe, nur eine Einleitung, denn ich habe vor, Herrn Köhlers Befürchtung zu zerstreuen, sein Bruder hätte sich auch innerlich von ihm losgesagt. Dessen Frau hatte mir nämlich anvertraut, dass er Sie bewunderte.«

»Tut mir leid, doch das lässt sich nur schwer glauben«, erwiderte der ehemalige Kriminalbeamte verblüfft. »Er hasste alles, wofür ich stand.«

»Bitte vertrauen Sie mir, laut seiner Witwe wusste er, dass Sie für eine Gesellschaft eintraten, die Gerechtigkeit für alle durchsetzen wollte, auch wenn er das für ziemlich blauäugig hielt. Aber er war stolz auf Sie und die Karriere, die Sie gemacht haben. Ihm war klar, dass Ihr Eintritt in die SED und die Lossagung von ihm dazugehörten und niemals innerlich vollzogen wurde. Ihre Ablehnung der Stasipraktiken und die Tatsache, dass Sie selbst bespitzelt wurden, führte ja dann schließlich dazu, dass Ihr Sohn in der BRD Kripobeamter werden durfte. Zwar hat das Ihr Bruder nicht mehr erleben dürfen, aber seine Witwe, Ihre Schwägerin, hat Ihren Lebensweg weiterhin verfolgt. Ich weiß, dass sie gern mit Ihnen Kontakt aufgenommen hätte. Doch hat sie das zu lange herausgezögert. Als sie krank wurde, hatte sie andere Sorgen und starb bald darauf. Sie erzählte mir, dass Ihr Bruder, Herr Köhler, aus Liebe in den Westen ging und schnell gemerkt haben soll, welche soziale Kälte da herrschte. Deshalb war er auch so unglücklich über den Berufswunsch seiner Tochter«, Bernard unterbrach sich und blickte bedauernd auf seine Chefin. »Verzeih, Charlotte, aber um nicht noch einmal wiederholen zu müssen, was ich dir schon im Beisein deines Cousins erklärt habe, bitte ich dich, deinem Onkel, das zu sagen, was du ihm anvertrauen möchtest.«

»Aber gern«, sagte Charlotte. »Ich habe seit gestern Dinge über meine Familie erfahren, die mich stolz machen. Ich dachte immer, meine Eltern und mein späterer Stiefvater hätten mich abgelehnt. Und doch habe ich die Villa geerbt. Herr Bernard hat mir und Ihrem Sohn, Herr Köhler, …«

»Ich bin dein Onkel Horst«, unterbrach der Gastgeber sie.

Charlotte lächelte und begann ihre Mitteilung mit der Anrede »Onkel Horst« und während sie ihm Bernards gestrige Offenbarungen wiedergab, fühlte sie sich in ein familiäres Flair gehüllt, wie sie es noch nie verspürt hatte. Erst als sie auf den Sohn ihres Stiefvaters zu sprechen kam, reagierte ihr Onkel beunruhigt.

»Was höre ich da?«, rief er aus und hatte Sorgenfalten auf der Stirn. »Dein Stiefvater hat einen Sohn? Lebt er noch? Weiß Uwe davon?«

Villa Graf, am späten Nachmittag

Seit Hauptkommissar Köhler wusste, dass der Stiefvater von Charlotte Seibt einen enterbten Sprössling hatte, rückte für ihn ein weiteres Motiv für den Überfall auf sie in den Fokus. Was, wenn der verschmähte Sohn aus Frust die Alleinerbin attackierte!

Dem Einwand von Ruth Lonitz, wonach sexuell und sadistisch motivierte Täterpraktiken nicht in das Profil eines Mörders aus Habgier passten, konnte der Hauptkommissar in diesem Fall nicht beipflichten. Sollte Uwe Köhlers Verdacht zutreffen, war es durchaus möglich, beide Motive einem Täter zuzuordnen, zumal Lincoln Bernard angab, dass Charlottes Stiefvater seinen leiblichen Sohn verstieß, weil dieser nicht aufhören konnte, Tiere zu quälen und Mädchen zu belästigen.

Ein derart krankhaft veranlagter Mensch hätte durchaus Wut gegen eine Person richten können, die seinen Erbteil zugesprochen bekam. Dumm war nur, dass weder Vater noch Sohn aus Gera stammten und bisher niemand wusste, wie Letzterer hieß und wo er zu finden war. Den dementen Vater nach seinem Sohn zu fragen, schien sinnlos, doch war die Heimverwaltung im Besitz von Akten, die Auskunft über dessen Geburtsort geben konnten. Das war eine Option, die sich Köhler offenhielt, wenn auch Bernard nicht wissen würde, woher sein letzter Dienstherr stammte. Sich an seine Cousine zu wenden, schien dem Hauptkommissar aussichtslos, weil sie seiner Meinung nach wohl keine Auskunft über das Vorleben ihres Stiefvaters geben können würde.

Uwe Köhler hatte sich telefonisch in der Villa angekündigt. Unterwegs erinnerte er sich an den Medienhype über Charlottes Fall vor fünf Jahren. Damals war ihm trotz der Namensgleichheit im Traum nicht eingefallen, dass es sich bei dem bedauernswerten Opfer um seine Cousine handelte. Außerdem hatten sich vor allem die Boulevardblätter auf den Skandal gestürzt, was für ihn und seine Familie schon Grund genug war, sich nicht weiter darum zu kümmern. Wie ungerechtfertigt eine solche Haltung war, wurde ihm nun schmerzlich bewusst. Sobald sich die Regenbogenpresse auf eine Person eingeschossen hatte, lief selbst der aufgeklärteste Mensch Gefahr, diese als ebenso oberflächlich einzustufen wie die Sensationsreporter, aus deren Feder die oft haarsträubenden Räuberpistolen stammten. Damals war ihm die unbekannte Leidtragende keinen weiteren Gedanken wert – und das nur, weil er sich von all den Spekulationen um deren Leben angewidert fühlte. Dabei sollte gerade er als Polizist wissen, wie derartige Beiträge zustande kamen. Der Umgang mit der Presse hatte während seiner Ausbildung Extrakurse gerechtfertigt.

Aber auch die seriöse Berichterstattung über den Fall interessierte ihn nicht sonderlich. Hamburg war weit weg und er hatte im LKA Erfurt mehr als genug zu tun, als sich jede Straftat in der Bundesrepublik zu verinnerlichen. Nun ja, zu seiner eigenen Ehrenrettung fiel ihm ein, dass der Mensch von Natur aus nicht dafür gemacht war, Unbekannte zu betrauern. Erst, wenn ein Gesicht vertraut war, konnte ehrliches Mitgefühl aufkommen – egal ob vertrauenswürdige Zeitungen darüber berichteten oder die Skandalpresse. Köhler notierte sich für die Zukunft im Hinterkopf, keine Geschädigten der Yellow Press in den gleichen oberflächlichen Topf zu schmeißen wie die Artikel über sie.

Nun stand er auf dem Parkplatz der Villa Graf. Für einen Moment sammelte er sich und überlegte, wie er Lincoln Bernard dazu bringen konnte, ihm die gewünschte Informationen zu geben, doch seine Gedanken schweiften immer wieder ab. Erst als er sich vornahm, Ursula zu fragen, wie sie vor fünf

Jahren über Charlottes Fall dachte, konnte er sich wieder auf die vor ihm liegende Aufgabe konzentrieren.

Endlich stieg er aus und steuerte das Büro seiner Cousine an. Offensichtlich hatte sie vor, ihn angemessen zu empfangen, denn sie saß mit Bernard an einer für drei gedeckten Kaffeetafel.

Um das Gespräch mit einer freudigen Botschaft zu beginnen, sagte der Kommissar, dass der mutmaßliche Täter in Italien gefasst wurde, verschwieg jedoch aus ermittlungstechnischen Gründen, dass es der Falsche war und wie Schäfer die Polizei hinters Licht geführt hatte.

»Endlich eine beruhigende Nachricht«, sagte Charlotte und forderte ihn auf, Platz zu nehmen. »Wir dachten, du kommst, um nach dem Sohn meines Stiefvaters zu fragen, aber wenn ihr den Täter habt, ist das wohl unnötig geworden.«

Uwe Köhler setzte sich mit Blick auf Lincoln Bernard, der sich zum ersten Mal, seitdem er ihn kannte, nicht wie ein Butler benahm. »Es ist noch nötig. Wir müssen in jede Richtung ermitteln«, antwortete er ihr, »auch wenn es sehr wahrscheinlich ist, dass es der Täter war, der gefasst wurde. Leider können wir Peter Schäfer erst vernehmen, wenn die italienischen Kollegen mit ihm fertig sind. Sollten sie ihm den Mord in Mailand nachweisen können, wird womöglich noch eine Gerichtsverhandlung in Italien stattfinden, bevor er an uns ausgeliefert werden kann. Währenddessen werden wir alles tun, um dem Staatsanwalt genug Beweise liefern zu können.«

Dass der elektronische Fahrtenschreiber von Schäfers Transporter nur wenig aussagekräftige Resultate geliefert hatte, behielt der Hauptkommissar für sich. Diese waren auch der Grund für ihn, jede weitere sich ergebende Spur aufzugreifen. Zwar war die Tatsache, dass sich Schäfers Fahrzeug weder in der Nähe des Fundortes befunden hatte noch an diesem Tag bewegt wurde, kein ausreichender Entlastungsgrund – dann hatte er eben ein anderes Fahrzeug benutzt –, doch wenn er wirklich unschuldig war, kam die neue Fährte gerade zur rechten Zeit.

»Herr Bernard«, begann Uwe Köhler eindringlich, seine wichtigste Frage zu stellen, »wissen Sie, woher Ihr früherer

Chef kam? Und was noch wichtiger ist, wo sein Sohn geboren wurde.«

»Ich habe immer angenommen«, überlegte der Butler, »dass er aus Hamburg stammt. Jedenfalls hat das Ehepaar in Hamburg gelebt, bevor es mit Charlotte die Villa in Gera bezog.«

»Glaubst du im Ernst, sein Sohn hätte mir das angetan, weil er verstoßen wurde?«, fragte Charlotte zweifelnd. »Oder weil ich die Villa erben würde? Das konnte er doch gar nicht wissen. Das hab nicht mal ich gewusst.«

Uwe Köhler bemerkte erst jetzt, wie liebevoll der Tisch gedeckt war. Wertvolles Porzellan, eine passende Vase mit Teerosen, Platten mit frischem Kuchen, aber auch Brötchen, Käse und Schinken, die sogar Appetit machten, wenn man keinen Hunger verspürte. Gerade kam ihm Ursula in den Sinn, die oft von der guten Bewirtung in Charlottes Büro schwärmte. Der banale Gedanke, dass es so trotz ihres aktiven Lebensstils kein Wunder war, wenn sie rund blieb, ließ ihn lächeln. Sich wieder auf das ernste Thema besinnend, fragte er seine Cousine, ob sie nicht selbst schon vermutet habe, der verstoßene Sohn könne der Täter sein. Doch es war Bernard, der darauf antwortete.

»Frau Seibt weiß ja erst seit kurzem von dem Jungen. Mein früherer Chef hatte nur mich in sein Geheimnis eingeweiht.«

»Und warum rücken Sie ausgerechnet jetzt damit raus?«, fragte Köhler gespannt.

»Wissen Sie«, sagte Lincoln Bernard beschämt, »ich war schon immer ein Spätzünder. Ich bin einfach nicht darauf gekommen, dass aus einem durchaus seltsamen Kind ein sadistischer Mörder werden könnte.«

Irritiert blickte er in die zwei ruckartig auf ihn gerichteten Gesichter. Seine eigenen Worte schienen ihn zu erschrecken, und er sagte, es läge ihm fern, irgendjemanden zu verdächtigen.

»Du machst mir Angst, Lincoln«, entgegnete Charlotte Seibt deutlich verunsichert. »Nun will ich aber auch wissen, wer und wo der Kerl ist.«

Sie wandte sich an ihren Cousin und rang diesem das Versprechen ab, so schnell wie möglich Näheres in Erfahrung zu bringen.

»Was mich noch brennend interessiert«, ergänzte der Hauptkommissar, »ist der frühere Verwendungszweck des Tunnels, der zwischen Keller und Pavillon angelegt wurde. Sie sagten, Herr Bernard, Ihr früherer Chef hätte da seine Schäferstündchen abgehalten. Waren Sie an der Organisation beteiligt? Haben Sie die Geliebte, mit der er seine Frau betrog, gesehen oder sogar in die Villa chauffiert?«

»Ja, ich hab sie gebracht und wieder nach Hause gefahren. Doch waren es verschiedene Frauen. Wie mein Chef selbst sagte, litt er unter einer übersteigerten Libido, die er unmöglich seiner Ehefrau zumuten wollte. Manchmal äußerte er sogar, es könne sich um eine Art Sucht handeln. Um ehrlich zu sein, waren es keine normalen Frauen. Ich holte sie aus einem Freudenhaus.«

Auch wenn es niemand sagte, ahnte wohl jeder, wie der Sohn von Charlottes Stiefvater an das schwere Erbe einer Sexsucht geraten war, wenn auch dessen pervertierte Auslebung anderen Ursachen geschuldet sein mochte.

Elftes Kapitel

Kriminalpolizeiinspektion Gera, am nächsten Morgen

Froh darüber, dass sich Paul Schmitz zu einem DNA-Vergleich mit Klaus Saul bereiterklärt hatte, wartete Uwe Köhler nun gespannt auf das Erscheinen der beiden Männer.

Es würde nicht einfach sein, dem mutmaßlichen Sohn reinen Wein einzuschenken. Zum Glück gab es Ruth Lonitz, die das nötige Feingefühl für die Aufklärung des Modefotografen aufbringen würde. Natürlich würde sie damit beginnen, die beiden nach Peter Schäfer zu befragen. Komischerweise war die Kommissarin davon überzeugt, dass Schäfer sowohl seinen Freund als auch seinen Chef in Bezug auf sein Verschwinden belogen haben würde.

Auch Ursula Lenk war gekommen und hatte, wie versprochen, den richterlichen Beschluss auf Einsicht in die Heimakten des dementen Rainer Köhler mitgebracht.

Schon als der Hauptkommissar diesen Namen zum ersten Mal von Lincoln Bernard hörte, fand er es ziemlich befremdlich, dass der zweite Ehemann den Ehenamen von Charlottes Mutter, Eva Köhler, geborene Graf, annahm. Besonders weil dieser der ihres ersten Ehemannes war. Vielleicht lag es auch daran, dass es sich hier um seinen eigenen Familiennamen handelte. Der verstoßene Sohn würde demnach wie seine Mutter heißen oder hätte den Geburtsnamen des Vaters bekommen.

»Weiß jemand, ob Rainer Köhler vor seiner Ehe mit Eva Köhler schon einmal verheiratet war?«

Seine Teammitglieder antworteten mit Schulterzucken und Kopfschütteln.

Endlich war es so weit. Klaus Saul hielt dem offensichtlich gleichzeitig vorgeladenen älteren Herren höflich die Tür auf. Natürlich hatte er diesen als Chef seines Freundes Peter Schäfer erkannt, zumal er ihn auch schon ein paar Mal in der Villa arbeiten gesehen hatte.

»Aha«, tönte der Fotograf in den Raum, »es scheint um Peter Schäfer zu gehen.«

Schmitz hingegen machte den Eindruck, als sei er froh, dass ihm hier die früher so unüberwindlich erschienene Begegnung mit seinem Sohn abgenommen wurde, einem Sohn, den er nun nicht mehr als einen ihm gleichgültigen Dozenten der Modelschule sehen konnte und nach Gemeinsamkeiten suchte.

»Ja, Herr Schmitz und Herr Saul«, sagte Ruth Lonitz und stellte einen Stuhl neben den schon vorhandenen, »es geht hier um zwei ungeklärte Sachverhalte. Der erste betrifft tatsächlich Peter Schäfer. Bitte setzen Sie sich doch. Zuerst, Herr Schmitz, wann hatten Sie zuletzt Kontakt zu ihm?«

Klaus Saul setzte sich neben den etwas angespannt wirkenden Paul Schmitz und betrachtete die am Schreibtisch lehnende Kommissarin mit dem brünetten Kurzhaarschnitt.

»Herr Schäfer hat sich vor vier Tagen bei mir für einen Kurzurlaub in Italien abgemeldet. Morgen müsste er wieder zur Arbeit erscheinen. So dicke sind wir nicht, dass er sich zwischendurch bei mir meldet«, sagte der Elektrikermeister.

Ruth Lonitz bedankte sich für die Auskunft und nahm nun auch Platz. Sie blickte zu Klaus Saul und nickte ihm zu. Dieser verstand auch ohne die Wiederholung der Frage, was sie wissen wollte.

»Ich hab ihn vorgestern zuletzt gesehen und zwar in Italien, wo wir beide die Fashion Week in Mailand besuchten.«

»Haben Sie seitdem Nachrichten ausgetauscht? Wir können das überprüfen.«

»Nein, haben wir nicht«, sagte Saul. »Ich weiß, dass Sie das überprüfen könnten. Warum sollte ich Sie anlügen?«

»Hat er Ihnen bei Ihrer letzten Begegnung gesagt, ob er noch woandershin wollte?«

»Gesagt hat er nichts, ich nehme an, er wollte wieder nach Hause. Laut Herrn Schmitz soll er doch morgen wieder zur

Arbeit erscheinen. Worum geht es denn? Ist Peter etwa verschollen?«, scherzte der Modefotograf.

Ein merkwürdiges Geräusch ging plötzlich von Paul Schmitz' Oberkörper aus, woraufhin sich dieser an die Brust fasste. Ängstlich bemerkte Ruth Lonitz die ruckartige Bewegung des Elektrikermeisters, die sie schon an einen Herzinfarkt denken ließ. Als der ältere Herr jedoch ein Handy aus seiner Brusttasche zog, atmete sie erleichtert auf und äußerte: »Jetzt war ich aber erschrocken.«

Schmitz blickte aufs Display und sagte: »Das ist eine Nachricht von Peter Schäfer.«

Nach einem kurzen Klingeln in Klaus Sauls Jackentasche griff auch dieser zu seinem Smartphone und benötigte etwas länger als Schmitz, um einen vermutlich umfangreichen Text zu lesen.

»Mir hat er auch eine Nachricht geschickt«, gestand er schließlich mit einer Betroffenheit, die ihm Kommissarin Lonitz niemals zugetraut hätte.

»Teilt er mit, wo er ist?«, fragte sie die beiden Herren. »Ich weiß natürlich, dass mich Ihre privaten Nachrichten nichts angehen, aber was Peter Schäfer betrifft, steht er auf der Fahndungsliste der deutschen und italienischen Polizei. Sollten Sie uns Fakten verschweigen, die zur Fassung des Gesuchten beitragen könnten, wäre das eine Behinderung unserer Arbeit und kann geahndet werden.«

»Wieso wird er gesucht?«, verlangte Klaus Saul mit großem Nachdruck zu wissen.

Paul Schmitz erschrak, glaubte er doch plötzlich zu erkennen, wem der junge Mann mit der aufkochenden Wut ähnelte. Diese Eigenschaft kannte er nur zu gut von einem Familienmitglied, an das er keine guten Erinnerungen hatte, nämlich seinen Vater.

»Sie haben wohl vergessen, wo Sie sind?«, hörte er die Kommissarin sagen. »Die Fragen stelle ich. Also, Herr Saul, wo ist Peter Schäfer?«

Wortlos, aber zornig übergab der Fotograf Ruth Lonitz sein Smartphone mit der WhatsApp-Nachricht. Sie überflog die Zeilen mit einem Versöhnungsnicken und blickte zu Paul

Schmitz. Dieser hielt ihr sein Handy entgegenkommender in ihr Blickfeld und sie las den Text, ohne es in die Hand nehmen zu müssen. Schäfers Kündigung und Lohnverzicht für den letzten Monat beschäftigte sie nicht weiter.

»Na dann, meine Herren«, begann sie schließlich mit einem Lächeln. »Ich danke Ihnen für Ihre Kooperation. Kommen wir nun zu einem erfreulicheren Thema.«

»Nein«, unterbrach Paul Schmitz entschlossen Ruth Lonitz und stand auf. »Ich habe es mir anders überlegt. Ich möchte gehen.«

Verdutzt blickten alle auf den Mann, der die Kommissarin flehend ansah. Sie nickte und fügte sich seinem Wunsch.

Als Uwe Köhler Klaus Saul nun betont freundlich fragen hörte: »Was ist denn los?«, bedauerte er die Situation wie seine Kollegin. »Ich muss die Entscheidung von Herrn Schmitz respektieren«, sprach er den Fotografen an, »auch wenn sich alles in mir sträubt.«

»Sie reden in Rätseln«, bemerkte Klaus Saul. Er erhob sich von seinem Platz und rief dem Elektriker nach: »Bitte bleiben Sie da!«

Paul Schmitz kam zurück. Ein gewisses Maß an Wankelmut stand ihm ins Gesicht geschrieben, welches Uwe Köhler nun fest entschlossen auszuspielen gedachte.

Ruth Lonitz trat freiwillig von ihrem ursprünglichen Vorhaben zurück, den Fotografen vorsichtig mit der einschneidenden Information vertraut zu machen. Gespannt setzte sie sich hinter ihren Schreibtisch und überließ das Feld dem Hauptkommissar. Selbst Ursula Lenks Miene bekam den Ausdruck einer Theaterbesucherin.

»Herrn Schmitz wurde anonym mitgeteilt, dass er Ihr leiblicher Vater sei. Wir boten ihm an, bei der Bestätigung durch eine DNA-Analyse behilflich zu sein. Allerdings benötigt dieses Prozedere Ihr Einverständnis.«

Klaus Saul blickte vom Kommissar zu Schmitz und wieder zurück. Der Widerstreit zwischen seiner emotionalen Verfassung und dem Bemühen, mit Verstand zu reagieren, war offensichtlich. Er wippte mit den Beinen, während es hinter seiner Stirn ratterte, gegen die er zweimal mit seinem Zeigefinger tippte. »Haben Sie wirklich nicht gewusst, dass Sie einen Sohn haben?«, knurrte er den ratlosen Handwerker an. Kurz danach ging er einen Schritt auf Uwe Köhler zu und bemerkte: »Anonym … dass ich nicht lache. Diese sogenannte anonyme Mitteilung ist Peter Schäfer zu verdanken!«

»Wie kommen Sie darauf?«, fragte Köhler, fasziniert von Sauls Ehrlichkeit.

»Er hat sich angeboten, meinen Vater zu suchen, weil er dabei war, auch seine Angehörigen aufzuspüren.«

Kaum hatte Klaus Saul dem Hauptkommissar geantwortet, widmete er sein Interesse seinem vermeintlichen Vater. Nicht mehr ganz so unfreundlich fragte er diesen, warum er von dem geplanten DNA-Abgleich zurücktreten wollte.

»Ich weiß, dass du mein Sohn bist«, sagte Paul Schmitz unglücklich. »Ich spüre es. Da brauche ich keine DNA-Bestätigung mehr.«

»Und wie spürt man das? Warum spüre ich nichts?«, fragte der Modefotograf geplättet.

»Weil du deinen Großvater nicht gekannt hast«, war die für alle rätselhafte Antwort von Paul Schmitz.

Zwölftes Kapitel

Villa Graf, am nächsten Tag, früher Nachmittag

Nachdem Ursula Lenk ihrer Freundin Doris Miller das Treffen von Klaus Saul und seinem Vater haarklein beschrieben hatte, war der Psychologin klar, dass eine schwierige Therapiesitzung vor ihr lag. Saul selbst hatte darum gebeten und sie erneut an das versprochene gemeinsame Essen erinnert. Zu hoffen, er hätte es vergessen, war dumm von ihr, wie sie nun feststellen musste.

Als sie ihren Wagen eingeparkt hatte, sah sie den Fotografen vom Tor aus auf sich zukommen und wunderte sich, dass sie ihn nicht schon beim Einbiegen auf den Parkplatz bemerkt hatte.

Er begrüßte sie mit den Worten: »Gott sei Dank, sind Sie da. Ich hab mich die ganze Zeit am Tor herumgedrückt und auf Sie gewartet. Ich weiß weder ein noch aus. Sie müssen mir helfen!«

»Guten Tag, Herr Saul«, sagte sie völlig unbeeindruckt und stieg aus, ohne seine helfende Hand in Anspruch zu nehmen. »Ich weiß Bescheid.«

»Hab ich mir schon gedacht«, bekannte er. »Guten Tag übrigens … seit ich weiß, dass Sie Frau Lenk kennen, ist mir einiges klar geworden, auch wenn ich es nicht gut finde, dass Sie über polizeiliche Interna informiert werden.«

»Wo denken Sie hin, Herr Saul. Da kann ich Sie beruhigen. Was die Kripo unter Verschluss halten will, bleibt unter Verschluss. Was ich weiß, erfuhr ich nicht von Frau Lenk, sondern von Ihrem Vater.«

Ihr Geständnis war reine Taktik und brachte die Ermittlungen keineswegs in Gefahr, kannte sie ihn doch mittlerweile als einen Menschen, der nichts tun würde, das die Erfassung des Täters gefährdete, zumal er nicht wissen konnte, was sie wusste, und gar nicht auf die Idee kommen würde, über alle Berge zu verschwinden oder Schäfer zu warnen.

»Das müssen Sie mir näher erklären«, drängte er seine Therapeutin und wies ihr den Weg zum Kellereingang.

Da sie nicht antwortete, begleitete er sie wortlos in sein Atelier. Dort wartete Gina Schröder. Auf Doris Millers' Erscheinen reagierte das Model erschrocken und sagte kleinlaut, sie hätte nur noch ein paar Fragen wegen Berlin.

»Die kann ich dir auch nach dem Gruppenshooting heute Nachmittag beantworten. Müsstest du jetzt nicht beim Lauftraining von Frau Grossmann sein? Ich kann dir nur raten, deinen Laufstil zu verbessern, sonst wird Berlin dich im nächsten Jahr nicht mehr buchen wollen.«

»Jaja«, murrte sie und verschwand.

»Sie läuft in Berlin?«, fragte Doris neugierig.

»Ja, zu einer Fashion Show am ersten Oktoberwochenende«, bestätigte Klaus Saul. »Katrin will nicht mehr, also bekommt Gina die Chance, sich mit der Szene vertraut zu machen.«

»Fahren Sie mit?«

»Ja, klar. Ich bring sie hin und wieder zurück.«

»Wie Irina Semjonowa? War sie nicht auch in Berlin, bevor sie ermordet wurde?«

»Oh«, entfuhr es dem Fotografen. »Sie haben recht! Und was machen wir nun? Sollen wir nie wieder Models zu Fashion Shows nach Berlin schicken?«

»Sie werden Gina auf keinen Fall nach Berlin fahren, verstanden?«

»Wie Sie wünschen, teure Lady«, bemerkte er und spielte den Folgsamen. »Beginnen wir endlich mit der Sitzung?«

»Was, hier?«, rief Doris mit gespielter Empörung aus. »Sie wissen genau, dass wir eine neutrale Umgebung brauchen. Was ist mit der unbewohnten Internatsunterkunft vom letzten Mal?«

»Okay, okay«, murrte Saul. »Ich dachte, es ist inzwischen egal, wo wir uns unterhalten. Sie haben mich ja freiwillig in mein Studio begleitet.«

»Ich dachte, Sie müssen hier noch etwas erledigen oder mitnehmen, bevor wir unseren Therapieraum aufsuchen.«

Der Fotograf grinste und wies ihr den Weg zur Kellertreppe. Doris bat ihn voranzugehen. Auch sie musste schmunzeln, hatte sie doch sein Manöver vorausgesehen. Froh, dass sie es geschafft hatte, diesen Kerl zu durchschauen, folgte sie ihm in das altbewährte Zimmer.

Wie erwartet, versuchte er weiterhin, die eigentliche Sitzung zu verzögern. Doris konnte nichts Besseres passieren, denn auch sie musste an Informationen gelangen, die in einer Sitzung nur schwerlich zu erfragen waren.

»Wissen Sie, warum mein Freund Peter Schäfer auf der Fahndungsliste steht?«

»Interessiert Sie das mehr als mein Gespräch mit Ihrem Vater?«

»Ach, mein Vater«, winkte er ab. »Ich habe mir einen anderen vorgestellt. Scheinbar hat er schlechte Erfahrungen mit meinem Großvater gemacht, dessen Wesen angeblich in mir weiterlebt. Den hätte ich gern kennengelernt.«

»Nun gut«, lenkte die Therapeutin ein, »wir können beide Themen miteinander kombinieren, denn Herr Schmitz hat mich an seiner Vermutung teilhaben lassen, dass Peter Schäfer wegen einer gravierenden Straftat gesucht wird.«

»Was glauben Sie?«

»Gefahndet wird normalerweise nicht nach harmlosen Personen. Er ist Ihr Freund! Sie müssen doch wissen oder wenigstens ahnen, was er getan hat oder vorhat zu tun.«

»Glauben Sie, er hat etwas vor?«

»Das habe ich Sie gefragt«, gab sie die Erzürnte, stand auf und trat zum Fenster.

Klaus Saul gesellte sich zu ihr. Beide blickten auf den Pavillon und schwiegen eine Weile. Die Psychologin war sicher, dass er jeden Moment auspackte.

»Ich bin stinksauer auf Schäfer«, sagte er schließlich und setzte sich wieder auf seinen Stuhl.

Doris blieb stehen, drehte sich jedoch zu ihm um. Mit einiger Mühe brachte sie ein ermunterndes Lächeln zustande. Ihrem Patienten schien es allerdings egal zu sein, ob ihre Mimik echt oder gespielt war.

Detektei DORO, am späten Nachmittag

Außer sich vor Empörung betrat Doris Miller ihr Büro. Wäre sie hier nicht auf Robin und Ursula gestoßen, hätte sie sich sofort zum Polizeipsychologen Daniel Feldmann aufgemacht.

»Dieser Kerl besitzt keinerlei Unrechtsbewusstsein«, begann sie die Beschreibung ihrer Sitzung mit Klaus Saul. »Der muss weggesperrt werden. Er kennt den Täter, kooperiert sogar mit ihm und behindert die Ermittlungen der Polizei. Und dann verlässt der sich auch noch auf meine Schweigepflicht. Dem werde ich was husten.«

»Beruhige dich erst einmal«, versuchte Robin, die Situation zu entspannen, und füllte ihr einen großen Becher mit aromatischen Kaffee ein. »Hol tief Luft, trink einen Schluck und versuche, dich zu sammeln.«

»Stimmt«, sagte Doris, nahm dankbar den Kaffee entgegen und setzte sich. »Zuerst werde ich euch die Aufnahme der Sitzung abspielen, und dann beraten wir, wie die Polizei von den mir anvertrauten Straftaten erfährt, ohne dass mir je eine Schweigepflichtverletzung nachgesagt werden kann.«

»Straftaten müssen gemeldet werden. Wieso hast du deswegen Bedenken?«, wunderte sich Ursula und überlegte kurz. »Ich hab da schon eine Idee. Ich sage einfach aus, ich hätte eure Sitzung belauscht.«

»Wo warst du zwischen 15 und 17 Uhr?«, fragte Robin. »Ich meine nur – du kannst nicht an zwei Orten gleichzeitig gewesen sein.«

»Richtig, bis 15.30 Uhr war ich noch in Köhlers Büro, dann hab ich eingekauft und danach hab ich mich mit Charlotte Seibt im *Café Kanitz* getroffen.«

»Würde sie bei einer Ermittlung mit dir zusammenarbeiten?«, fragte Doris verschmitzt.

»Unbedingt! Was ist dir eingefallen?«

»Wie ihr wisst, gibt es eine Aufnahme. Wenn Frau Seibt mitmacht, könnten wir ihr diese auf ein Prepaidhandy überspielen, woraufhin sie aussagen könnte, die Aufzeichnung selbst gemacht zu haben. Nicht strafbar ist es, wenn man aus reiner privater Neugier jemanden belauscht und nicht vorhat, darüber zu reden. Selbst eine Handyaufnahme könnte aus einem solchen Grund gemacht worden sein. Bekommt man aber beim Abhören Wind von einer Straftat, ist man verpflichtet, diese der Polizei anzuzeigen. Genau das müsste Charlotte Seibt übernehmen und auch so begründen. Ich selbst könnte mich zwecks eines fachlichen Austauschs mit dem Polizeipsychologen Daniel Feldmann in Verbindung setzen.«

»Das ist es«, sagte die Seniorin. »So könnte es funktionieren. Ich rufe Charlotte gleich an. Sie macht garantiert mit. Doch wird diese Aufnahme sie nicht fürchterlich aufregen?«

»Sicherlich«, bestätigte Doris. »Selbst ich könnte mich schon wieder darüber aufregen, was für ein grauenhafter Kerl dieser Saul ist. Doch bei Frau Seibts Vorgeschichte, fürchte ich, kann es kaum etwas Schlimmeres geben. Aber hört selbst.«

Doris startete die Aufnahme. Das anfängliche Geplänkel zwischen der Psychologin und dem Psychopathen lockte sogar das ein oder andere Lächeln auf die Gesichter von Ursula und Robin. Wie schon so oft war es der Therapeutin gelungen, die Unterhaltung zu lenken und dem Gesprächspartner glauben zu machen, das Oberwasser habe er.

Als Klaus Saul jedoch damit begann, die anonyme Nachricht von Peter Schäfer an Paul Schmitz zu erklären, wurde langsam deutlich, welch kranke Fantasien in den beiden Freunden schlummerten.

»Wir hatten uns ausgemalt«, hörten die Anwesenden Saul sagen, »wie wir zusammen mit unseren Vätern Wiedersehen feiern, um uns anschließend an ihnen zu rächen, sofern sie noch am Leben waren. Peter ist genau wie ich bei seiner Mutter aufgewachsen, nur musste sich seine prostituieren, um beide über die Runden zu bringen. Zwischen unseren Müttern gab es schon gewaltige Unterschiede, doch eines hatten beide gemeinsam. Ihre Kerle – unsere Väter – hatten sich aus dem Staub gemacht, waren einfach abgehauen. Der Hass auf sie war unbeschreiblich. Sie hatten uns im Stich gelassen, also mussten sie bestraft werden. Natürlich nur, wenn der Grund allein eine unbefriedigende Partnerschaft gewesen wäre. Denn dann hätten sich die Mistkerle zumindest um ihre Söhne kümmern können.«

Doris stoppte die Aufnahme und fragte die ehemalige Chefin des LKA Erfurt, ob hier nicht Gefahr in Verzug sei.

»Du hast recht, Köhler muss so schnell wie möglich den Namen von Schäfers Vater und dessen Adresse herausfinden. Und Sauls Vater braucht Polizeischutz.«

»Ich denke auch«, sagte Doris. »Zwar scheint Saul kein Interesse mehr an seinem Vater zu haben, aber eine frühere Absprache mit seinem Freund könnte Schmitz dennoch in Gefahr bringen. Hört euch an, welche Botschaft hinter der anonymen Nachricht steckt – oder besser, ich erkläre es euch, denn das wirre Zeug von Saul ist nur schwer verständlich. Danach solltest du, Ursel, entscheiden, ob ihr sofort ein Auge auf Schmitz haben müsst.

Also, Saul und Schäfer hatten sich auf drei Arten der Benachrichtigung festgelegt: Würde der Idealfall eintreten, wonach beide Väter lebten und Schäfer sie ausfindig machen konnte, hätte dieser seinem Freund eine simple WhatsApp-Nachricht geschickt und beide würden sich auf das Wann und Wie der Begegnung einigen. Sollte aber Schäfer einen Vater nicht finden, würde zumindest der ausfindig gemachte Vater eine anonyme Nachricht bekommen. Sollte dieser seinen Sohn kennenlernen wollen, wäre der Ausgang offen. Das dritte Szenario ist das makaberste und bezieht sich auf eine mögliche Ignoranz der Vaterschaft. In diesem Falle würden die beiden Freunde ein rachelüsternes Zusammentreffen mit dem Ahnungslosen organisieren. Da nun die Verwandtschaft zwischen Paul Schmitz und Klaus Saul allein durch die Polizei offenbart wurde, besteht Schäfer auf die dritte Variante, auch wenn das seinen Freund herzlich wenig tangiert.«

»Nee, nee, nee«, rief Ursula aus. »Schmitz wollte sich seinem Sohn zu erkennen geben, und wir haben ihn nur dabei unterstützt. Und außerdem – wie soll denn Schäfer erfahren haben, was da los war?«

»Saul hat es ihm mitgeteilt«, informierte die Psychologin die ehemalige Hauptkommissarin. »Er hatte Kontakt zu Schäfer und glaubt auch zu wissen, wo er steckt.«

»Der Rest der Aufnahme muss warten«, sagte Ursula energisch.

»Das denke ich auch«, pflichtete ihr Robin bei. In Windeseile wurde nun alles Nötige in die Wege geleitet. Ursula Lenk rief ihre Freundin Charlotte Seibt an und erklärte dieser ihr Vorhaben. Währenddessen besorgte Robin ein Prepaidhandy und Doris überzeugte Lincoln Bernard telefonisch von der Notwendigkeit, seine Chefin sofort zur Detektei DORO in die Altenburger Straße zu bringen, um von hier aus mit ihr zur Kriminalinspektion in die Amthorstraße zu fahren. Anschließend meldete sie sich bei Daniel Feldmann, dem Polizeipsychologen, und bekam auch gleich einen Termin.

Ursulas Anruf bei Uwe Köhler, der schon Feierabend hatte, bereitete ihn auf die vor ihnen liegende gravierende Situation vor und entrang ihm das Versprechen, seine Kollegen zu informieren und im Büro zu versammeln.

Wohnung von Ursula Lenk, am Abend

Ronny genoss den warmen Strahl der Dusche, der die Last der letzten Wochen von ihm abspülte und angenehm seinen Rücken massierte. Es war schon lange her, seit er sich so wohl gefühlt hatte, was auch daran lag, dass seine Zwillingsschwester nun endlich im Zimmer neben ihm wohnte. Zwischen Ursula und ihr war Frieden eingekehrt, ja, sogar ein wenig gegenseitiges Verständnis für ihre unterschiedlichen Weltsichten. Nur noch selten und aus Gewohnheit sprach Katrin ihrer beider mütterliche Freundin Ursula mit Frau Lenk an. Aber auch das würde sich noch geben.

In der Küche rumorte es. Die Tatsache, in einem Hause zu wohnen und jemand Vertrautes aus der Familie beim Vorbereiten des Abendessens zu wissen, genoss Ronny im Moment über alle Maßen.

Wie auf Abruf knurrte sein Magen und er stellte die Dusche ab. Mit einem groben Frotteetuch rieb er sich trocken, was ihm zusätzlich ein wohliges Gefühl verschaffte. Während er sich seinen flauschigen Bademantel überzog, hörte er es an der Wohnungstür klingeln. Ursula, die manchmal ihren Schlüssel vergaß, konnte es um diese Zeit noch nicht sein, weil sie nach Dienstschluss bei Robin Miller vorbeisehen wollte und deren Unterredungen zogen sich meist bis in die späten Abendstunden hin.

Als er Katrin an der Tür fragen hörte: »Ja, bitte? Sie wünschen?«, und eine männliche Stimme sagte: »Guten Abend, Frau Lenk hat mich gebeten, nach ihrem Elektroanschluss im Keller zu sehen«, schien alles in Ordnung zu sein, denn Ursula hatte tatsächlich Herrn Schmitz beauftragt, ein über Putz liegendes Kabel mit brüchiger Isolierung zu ersetzen. Blöd nur, dass dieser Auftrag ausgerechnet das gemeinsame Abendessen mit seiner Schwester verzögern würde.

Mit Bedauern legte er seinen Bademantel wieder ab und schlüpfte in die zurechtgelegten frisch gewaschenen Klamotten, um Katrin abzulösen, die offensichtlich schon den Kellerschlüssel vom Haken genommen und den Elektriker in den Keller geführt hatte.

Ein herrliches Aroma aus gebratener Knacker mit Rührei durchzog den Flur. Die Wohnungstür war angelehnt. Ronny folgte den beiden durch die wieder ins Schloss gefallene Kellertür über eine steile Treppe in den erleuchteten Kellergang, doch niemand war dort. Ein Windstoß rüttelte am offenen Hinterausgang zum Hof. Von Panik ergriffen, nahm Ronny Anlauf, um den Kerl und Katrin einzuholen. Dort standen die üblichen zwei Anwohnerfahrzeuge, doch ein grauer Lieferwagen parkte abfahrbereit direkt in der Hofeinfahrt.

Rechtzeitig zur Besinnung gekommen, duckte sich Ronny hinter einen PKW. In großer Eile verließ ein Mann den Ladeaufbau und huschte in die Fahrerkabine, um den Transporter zu starten. In diesem Moment hangelte sich der Junge zur Ladetür, riss diese auf und hechtete mit einem Keuchen größter Anstrengung hindurch. Er bekam den bewegungslosen Körper seiner Schwester auf der Ladefläche zu fassen und rollte, als das Fahrzeug anfuhr, mit ihr zusammen und einem abgerissenen Stück Folie auf das harte Pflaster des Hofdurchgangs. Nun schrie er instinktiv, ohne zu wissen, dass er damit die Nachbarn alarmierte.

Der Transporter war abgebogen und fuhr die Altenburger Straße etwa 200 Meter hinauf. Wild gestikulierende Fußgänger zwangen den Fahrer, an die Seite zu fahren und nachzusehen, was nicht stimmte. Als dieser die offene Ladetür bemerkte, standen für einen Sekundenbruchteil alle Zeichen auf Flucht zu Fuß, doch der Blick eines Mannes mit grauer Schiebermütze ins Innere des Transporters schien ihn zu beruhigen. Eine betäubte Frau lag da ganz bestimmt nicht mehr und der Rückspiegel hatte auch kein Malheur auf der Straße angezeigt.

»Mein lieber Mann«, sagte der Passant im Weitergehen, »befestigen Sie schleunigst Ihren Müllcontainer. Wenn der auf die Straße gerollt wäre, hätte es einen Unfall geben können.«

Mit einem »Danke« auf den Lippen sprang der Fahrer in den Wagen, hakte den Container ein und schloss die Tür von außen. Ruhe vortäuschend, stieg er in die Fahrerkabine und düste dann hektisch davon, um nicht doch noch geschnappt zu werden. Auch wenn das österreichische Kennzeichen der deutschen und italienischen Polizei die Identität des Fahrers verriet, würden diese das Fahrzeug sehr bald herrenlos vorfinden.

Inzwischen hatte sich in der Toreinfahrt eine Gruppe aus Anwohnern gebildet, die sich absprachen, wer den Notruf wählte und wer sich wie um die bewusstlose junge Frau und deren verletzten Retter bemühte. Geistesgegenwärtig war ein Nachbar von Ronny dem Lieferwagen auf die Straße gefolgt und hatte Fotos mit seinem Handy gemacht. In dem Bewusstsein, Katrins Entführer nicht mehr einholen und festsetzen zu können, lief der Anwohner dem Zeugen mit der Schiebermütze entgegen und fragte, was da oben los war.

Kriminalpolizeiinspektion Gera, etwa zur gleichen Zeit

Als Doris Miller mit Daniel Feldmann das Büro betrat, verfolgte nicht nur das Ermittlerteam die Aufnahme von Charlotte Seibts angeblichen Prepaidhandy, auch Ursula und Robin lauschten gebannt.

Durchweg betroffene Gesichter blickten kurz auf, um sich gleich wieder auf die laufende Passage des Mitschnitts zu konzentrieren: »Peter fragte seine Mutter, warum sie sich mit einem Messer ins Fleisch ritzte und bekam zur Antwort, weil sie sich nur so spüren könne. Denn beim Sex mit brutalen Freiern schalte sie ihr Bewusstsein aus, was zur Folge hatte, dass sie sich oft auch im Alltag überhaupt nicht mehr wahrnehmen könne.«

Bevor die ganze Tragweite des Gehörten für das Motiv des Täters Wirkung zeigen konnte, bekamen Uwe Köhler und Ruth Lonitz die Order, sich an einem Tatort in der Altenburger Straße einzufinden, wo zwei verletzte Personen als Folge einer Straftat mit dem Rettungsdienst ins Geraer Waldklinikum gebracht werden mussten. Offenbar habe ein junger Mann die Entführung seiner Schwester vereitelt.

Ursula Lenk schnellte hoch und hastete aus dem Büro zu ihrem Auto. Kommissarin Lonitz ignorierte Ursulas umgekippten Stuhl und bedeutete Thomas Freitag, mit ihr zu kommen.

Allen war klar, dass sich das Team nun teilen musste.

Während sich der Hauptkommissar in die Altenburger Straße aufmachte, begaben sich Kommissarin Lonitz und Polizeioberwachtmeister Freitag in die Villa Graf, um Klaus Saul vorläufig festzunehmen. Die Beantragung des nötigen Haftbefehls übernahm Michael Zerbst, der im Anschluss daran seinem Chef bei der Zeugenbefragung am Tatort half. Polizeipsychologe Feldmann kümmerte sich zusammen mit Doris Miller um Charlotte Seibt, die ihre angebliche Aufnahme zum ersten Mal gehört hatte und mit stoischer Miene ins Leere blickte.

Waldklinikum Gera, am gleichen Tag, Abend

Ursula Lenk war auf schnellstem Weg ins Waldklinikum gefahren, musste jedoch etwa eine Stunde warten, bis die Untersuchungen der Geschwister abgeschlossen waren. Der zuständige Arzt stellte sich als alter Bekannter heraus, der schon in mehreren Fällen mit ihr zusammengearbeitet hatte und noch immer die Leitung für die Diagnostik von straftatsbedingten Einweisungen innehatte.

»Frau Lenk«, begrüßte er sie herzlich, »Sie denken wohl auch nicht ans Aufhören.«

»Oh doch, ich hab mich nur vorübergehend rekrutieren lassen.«

»Kommen Sie mit«, sagte der betagte Arzt und ging ihr voran in sein Bereitschaftszimmer.

Er nahm an einem Schreibtisch Platz und lud die gewünschten Infos auf einen Rechner. Ursula suchte sich einen Stuhl und fragte, ob sie im Anschluss mit den jungen Leuten reden dürfe.

»Den Jungen kann ich mit ruhigem Gewissen entlassen. Im CT waren keine inneren Verletzungen festzustellen. Er hat äußere Schürfwunden und ein paar Prellungen, schmerzhaft zwar, aber bleibende Schäden sind auszuschließen – bis auf die seelischen Wunden, aber dafür sind andere Kollegen zuständig. Das Mädchen wurde aus – na, sagen wir mal – einer Narkose geholt. Wir warten noch auf die Laborwerte der Substanzen, die verabreicht wurden.«

»Da kann ich Ihnen vielleicht helfen«, murmelte Ursula Lenk und blätterte in einem Notizheft. »Wir haben Grund zu der Annahme, dass es sich um das auf Gammahydroxybuttersäure basierende Liquid Ecstasy handelt, das in handelsüblichen Primasprit aufgelöst wurde. Es gab zwei schreckliche Sexualmorde und einen Mordversuch … ach je, wie es aussieht, nun zwei Mordversuche. Das letzte ermordete Mädchen war auf diese Weise betäubt worden.«

»Das ist ein guter Hinweis, Frau Lenk. Ich gebe das eben mal ans Labor weiter«, sagte der Arzt und schien eine Nachricht über ein klinikinternes Netzwerk zu verschicken. Ursula bewunderte den älteren Herren für seine Computerkenntnisse und beschloss, sich von Ronny endlich auch in die geheimnisvolle Welt der Informationstechnik einführen zu lassen.

»Der Junge soll mit dem Mädchen aus einem fahrenden Transporter gesprungen sein«, bemerkte der Arzt. »Ich nehme an, er hat es vor diesem – na, wir können ihn dann wohl so nennen – Serientäter gerettet. Wurde er geschnappt?«

»Leider nicht. Bis jetzt jedenfalls nicht, aber wir wissen, wer es ist.«

»Ihre Schützlinge haben Glück gehabt«, sagte der Arzt und stand auf. »Das Mädchen lassen wir zur Beobachtung hier. Ich muss weitermachen … Kommen Sie mit. Ich bringe Sie zu den beiden.«

Ursula steckte ihr Notizheft zurück in die Handtasche und ertastete einen Umschlag, den sie verwundert herausnahm und betrachtete. Als ihr plötzlich klar wurde, dass sie den richterlichen Beschluss auf Akteneinsicht in diesem Pflegeheim Uwe Köhler zwar geben wollte, aber in der Hitze des dienstlichen Gefechts aus Versehen wieder eingesteckt hatte, tröstete sie der Gedanken, dass diese Spur sowieso ins Leere gelaufen wäre. Sie kannten den Täter. Doch vorsichtshalber nahm sie sich vor, bei nächstbester Gelegenheit selbst die Akteneinsicht durchzuführen.

Ronny stand etwas gekrümmt, aber tapfer am Bett von Katrin. Beide lächelten ihr entgegen, als sei nichts geschehen. Die Seniorin seufzte. Junge Leute steckten zwar einiges weg, doch in diesem Falle, befürchtete sie, spielten sie ihr etwas vor.

»Oh, meine Lieben«, sagte sie, »ich bin so froh, dass es euch gut geht. Ronny, du bist ein Held, ein wirklicher Held und nicht nur so eine Fantasiegestalt wie … Superman. Ich bin stolz auf dich.«

»Das bin ich auch«, pflichtete ihr Katrin bei. »Da wollte ich ihm helfen, aus dem Schlamassel herauszukommen, und bin selbst hineingeraten. Und wer hat alles wieder zurechtgebogen? Mein wundervoller, treuer Bruder Ronny.«

»Nun aber genug des Lobes«, erwiderte der ramponiert aussehende junge Mann mit den Verbänden an Armen und Beinen. »Ich hab mir Vorwürfe gemacht, nicht schnell genug im Keller gewesen zu sein. Warum musste ich mich auch so lange im Bad aufhalten? Eigentlich hätte ich dem Kerl aufmachen müssen.«

»Quatsch«, protestierte Ronnys Schwester, »der hätte dich k. o. geschlagen und mich trotzdem entführt … und ermordet. Dann hättest du dir richtige Vorwürfe gemacht. So wie es gekommen ist, wars richtig. Das Schicksal hat es gut mit uns gemeint.«

»Seit wann glaubt eine zukünftige Astrophysikerin an Schicksal?«, fragte Ronny lachend und krümmte sich so vor Schmerz, dass er sich auf Katrins Bettrand setzen musste.

»Hast du was an den Rippen?«, fragte Ursula besorgt.

»Das ist nur eine Prellung. Ich wäre trotzdem froh, wenn ich mich mit in ein Bett legen könnte.«

»Komm, ich fahr dich heim«, ordnete die Ersatzgroßmutter des Geschwisterpaars an. »Katrin, ich bin bald wieder da. Es wird dich auch noch jemand von der Kripo befragen. Mir wird man das nicht überlassen. Ihr wisst schon – wegen Befangenheit. Und ich muss zugeben, befangen bin ich auch.«

Unterwegs nach Hause befragte Ursula den Jungen nach dem Tathergang und dessen Vereitelung. Auch wenn sie wirklich stolz auf ihn war, wollte sie ihn nicht zu sehr loben. Um ihn dennoch von seinen Schmerzen abzulenken, fragte sie stattdessen nach dem bevorstehenden Abitur.

»Ich bin mir sicher, dass wir bald mehr Zeit haben werden, uns auf die Prüfungen vorzubereiten«, sagte Ronny, der tatsächlich augenblicklich etwas gelockerter wirkte. »Es wird schon alles glattgehen.«

»Was ich mich die ganze Zeit über gefragt habe, ist, wieso ihr auf einem Musikgymnasium seid, wenn ihr doch eine naturwissenschaftliche Laufbahn anstrebt.«

»Zuerst wollten wir auch Musik studieren. Im Kinderheim gab es eine Erzieherin, die sich unserer Musikliebe annahm. Sie brachte uns beiden Grundkenntnisse im Klavierspielen bei, und als sie merkte, dass sie an ihre Grenzen stieß, hat sie uns einen Klavierlehrer besorgt. Sie hat uns nicht nur gefördert, sondern auch dafür gesorgt, dass wir beide im Goethegymnasium aufgenommen wurden. Wir waren sogar mit dem Schulchor in Fort Wayne, der amerikanischen Partnerstadt von Gera. Doch dann entdeckten wir unser Interesse für Physik.«

Dreizehntes Kapitel

Kriminalpolizeiinspektion Gera, am nächsten Morgen

Klaus Saul hatte die Nacht im Polizeirevier verbracht. Am Abend zuvor schien ihm noch gar nicht richtig klar gewesen zu sein, was eine vorläufige Festnahme bedeutete. Trotzdem hatte er sich kleinlaut in die unvermeidliche Fahrt zur Kriminalpolizeiinspektion Gera gefügt.

Als er gleich nach seiner Ankunft unter Aufsicht der Kommissarin Lonitz und des Polizeioberwachtmeisters Freitag schließlich einen Haftbefehl vor die Nase gehalten bekam, war es seinem gequälten Gesichtsausdruck abzulesen, dass er langsam zu begreifen schien.

»Das ging aber schnell«, hatte Ruth Lonitz ihren Mitarbeiter Michael Zerbst gelobt. »Und das ohne Haftprüfungstermin.«

»Der Richter meinte, die Haftgründe seien ausreichend. Sollte allerdings der Pflichtanwalt oder ein selbstgewählter Rechtsbeistand auf eine Haftprüfung bestehen, wird diese nachgeholt.«

Nun wurde Klaus Saul vom gleichen Polizisten, der ihn am späten Abend in die Zelle gebracht hatte, herausgeholt und in ein Büro geführt, in dem die Kommissarin schon wartete.

»Kann mir mal jemand sagen, was ich getan haben soll?«, fragte Saul in aggressivem Ton.

»Tun Sie doch nicht so«, erwiderte die Kommissarin und hielt ihm ein Dokument vors Gesicht. »Sie sind ausreichend belehrt worden. Kommt Ihnen das bekannt vor? Es ist der Haftbefehl. Hier können Sie es schwarz auf weiß lesen: Verdacht der Komplizenschaft bei mindestens einem Kapitalverbrechen sowie einem Entführungsversuch mit Mordabsicht,

Behinderung polizeilicher Ermittlungen und Verstoß gegen die Anzeigepflicht geplanter Straftaten.«

»Sie haben ihn also! Ich hätte nie gedacht, dass er mich verpfeift«, jammerte der Fotograf gespielt betroffen.

Nun war Ruth Lonitz sprachlos. Um ihr Gesicht zu wahren, ordnete sie an, den Untersuchungshäftling in einen Verhörraum zu bringen. Bevor sie sich mit Uwe Köhler nicht eingehend beraten hatte, sollte der Kerl schmoren. Sie rief ihren Chef an und schilderte ihm Sauls unglaubliche Reaktion.

»Was sagt man dazu! Weiß er von der misslungenen Entführung des Mädchens?«

»Von mir nicht. Ich hab ihn gestern nur vorläufig festgenommen und belehrt. War selbst von den Socken, dass der Haftbefehl schon ausgestellt war.«

»Ich beende gerade die letzte Zeugenbefragung in der Altenburger Straße. Frau Lenk ist bei mir. Sie kennt die Leute hier und allein ihre Anwesenheit macht die Zeugen gesprächig. Allerdings möchte ich ihr die Befragung nicht völlig überlassen. Ich komme, sobald es möglich ist, ins Revier und unterstütze Sie bei Sauls Verhör. Ursel … ähm … Frau Lenk werde ich vorläufig freistellen. Sie meint selbst, sie sei befangen. Und außerdem brauchen die Zwillinge sie jetzt mehr als wir.«

»Ja, danke für die Info. Ich warte«, erwiderte die Kommissarin, »aber es ist so viel zu bedenken. Da gibt es diese Modenschau in Berlin, wo Gina Schröder laufen soll. Wahrscheinlich ist das die vorläufig einzige Gelegenheit, Schäfer zu fassen. Oder wenn er sein Vorhaben mit Sauls Vater wahrmacht – nur das ist zu vage. Aber in großer Gefahr ist Schmitz trotzdem. Vielleicht brauchen wir Sauls Kooperation.«

»Sie haben recht. Wir müssen bereden, wie wir die Vernehmung strukturieren«, beendete Uwe Köhler das Gespräch.

Wohnung von Ursula Lenk, gleicher Tag, später Vormittag

Nach der Zeugenbefragung in Ursulas Nachbarschaft hatte sich die Seniorin von Uwe Köhler verabschiedet und kehrte zu Ronny in ihre Wohnung zurück. Als sie der Handtasche ihr Notizbüchlein entnahm, fiel ihr Blick erneut auf das richterliche Dokument.

»Verdammt, habs schon wieder vergessen«, fluchte sie und erklärte Ronny im selben Atemzug, dass sie es schon zweimal versäumt habe, dem Hauptkommissar eine von ihr besorgte richterliche Erlaubnis auf Akteneinsicht zu übergeben. »Wahrscheinlich dachte ich nicht mehr daran, weil auch Köhler sie nicht mehr verlangt hat. Was würdest du an meiner Stelle tun?«

Sichtlich überrascht, nach seiner Meinung gefragt zu werden, überlegte Ronny und riet ihr, entweder Uwe Köhler zu fragen, ob er dieser Spur noch folgen wolle, oder die Akteneinsicht selbst nachzuholen.

»Ach, Junge, ich kann dich doch nicht schon wieder allein lassen«, sagte sie deutlich verlegen, doch Ronny beteuerte ihr einmal mehr, dass er sehr gut allein zurechtkäme.

Noch überraschter war er, als ihn, wieder allein in der Wohnung, die Emotionen überwältigten. Sich der Hoffnung hingebend, seine Wimmerlaute des Schmerzes und der schlimmen Erfahrungen seien hilfreich, ließ er sich für kurze Zeit von ihnen gefangen nehmen. Danach fühlte er sich wie neugeboren. Er machte sich eine imaginäre Notiz für die Zukunft, wonach man Trauer und Verzweiflung mitunter zulassen sollte, und rief seine Schwester an.

»Wie geht es dir?«, fragte er, nachdem sie sich begrüßt hatten.

»Du wirst es nicht glauben, aber ich habe gerade geheult wie ein Schlosshund und jetzt könnte ich Bäume ausreißen. Ich darf nach Hause. Ursel kann mich nach dem Mittagessen abholen.«

»Ich versteh dich gerade besser, als du denkst«, versicherte Ronny seiner Schwester.

Nach dem Telefongespräch brachte Ronny Katrins Zimmer auf Vordermann. Er putzte Staub, wechselte das Bettzeug und füllte die leere Schale mit Süßigkeiten auf.

Nun sollte ein wirklich neues Leben zu dritt beginnen – für Katrin und ihn sowie für ihre Ziehoma, die durch sie nun auch nicht mehr allein sein musste.

Die Einladung von Doris Miller, die offensichtlich über den gegenwärtigen Stand der Dinge im Bilde war, machte den

Tag perfekt, hatte sie doch beschlossen, am Abend ein Festmahl zu geben, denn trotz allem war alles gut gegangen. So lange die Millers, Ursula Lenk und Ronny zusammensäßen und Katrin trösteten und ablenkten, könne auch kein Peter Schäfer seine Tat wiederholen.

Kriminalpolizeiinspektion Gera, am frühen Nachmittag

Die Kommissare Köhler und Lonitz waren sich einig, dem Untersuchungshäftling die Chance zu geben, den Richter milde zu stimmen. Sie wussten beide, dass dieses Angebot reiner Eigennutz war, denn ohne Sauls Hilfe würden sie Schäfer kaum hinter Schloss und Riegel bringen können. Trotzdem würde sich, sofern Saul darauf einging, eine Win-win-Situation ergeben, hielten sich doch die Richter in der Regel an derartige Absprachen.

»Ihrer Freundin Katrin Winter ist das Schicksal von Irina Semjonowa erspart geblieben«, informierte der Hauptkommissar Klaus Saul sachlich, ohne von seinen Notizen aufzublicken, während Ruth Lonitz jede Regung des Befragten beobachtete. »Wieso haben Sie eigentlich diese von Peter Schäfer geplante Straftat nicht vereitelt? Immerhin war sie ja Ihre Freundin?«

»Was?«, rief Saul aus. »Er hat sie entführen wollen? Davon wusste ich nichts, ich schwöre. Ich hab ihm gesagt, er soll sie in Ruhe lassen. Ich hab doch nach wie vor gehofft, sie nach Berlin vermitteln zu können.«

»Für Katrin haben Sie ja nun Ersatz gefunden. Wir wissen, dass auch Peter Schäfer vorhat, sich Ihr neues Sternchen Gina Schröder in Berlin anzusehen. Soll sie das nächste Opfer werden?«

»Solange ich keinen Anwalt habe, muss ich solche Fragen nicht beantworten.«

»Das stimmt«, bestätigte Ruth Lonitz. »Doch bisher haben Sie keinen Rechtsbeistand angefordert. Sie können einen Anwalt Ihrer Wahl engagieren oder einen von uns gestellten Pflichtverteidiger nehmen.«

»Ich suche mir natürlich selbst einen Anwalt.«

»Hier ist Ihr Handy«, sagte Kommissarin Lonitz und gab ihm sein vorher abgenommenes Smartphone zurück. »Solange Sie telefonieren, lassen wir Sie allein. Allerdings prüfen wir nach, ob Sie sich nur um einen Anwalt gekümmert oder auch noch andere Personen angerufen haben. Glauben Sie nicht, Sie könnten uns hier auf dem Revier hintergehen.«

»Schon klar«, bemerkte der Untersuchungshäftling genervt.

Köhler und Lonitz verließen den Verhörraum, behielten Saul aber durch einen Kollegen im Auge.

»Was ist mit Datenschutz?«, reagierte der Fotograf mit deutlicher Ablehnung in der Stimme.

»Ich bin zum Schweigen verpflichtet«, entgegnete sein Wärter gleichgültig.

Nach etwa einer Stunde hatte sich die Anwältin Dr. Ilona Oswald eingefunden. Die kleine, drahtige Frau in den Fünfzigern forderte Akteneinsicht und ließ sich Zeit, den ungewöhnlich umfangreichen Dokumentenberg durchzusehen. Nach weiteren dreißig Minuten hatte sie sich mit ihrem Mandanten beraten und das Verhör konnte weitergehen.

»Bevor wir unsere Befragung fortsetzen, möchten wir Ihnen ein Angebot machen«, begann Uwe Köhler. »Ihre Bereitschaft, bei der Lösung des Falls zu kooperieren, wird sich auf das Strafmaß auswirken.«

»Moment«, unterbrach ihn Dr. Oswald. »Diese kann sich auf das Strafmaß auswirken, muss sie aber nicht.«

»Ich soll wohl meinen Freund ans Messer liefern?«, bemerkte Saul trocken. »Ich weiß von meiner Anwältin, dass Sie ihn nicht geschnappt haben. Woher soll ich wissen, ob Sie mich nicht weiterhin belügen?«

»Ich habe Sie nicht belogen«, sagte Ruth Lonitz. »Sie glaubten, wir hätten ihn. Und Sie trauten ihm sogar einen Verrat an Ihnen zu.«

Die Anwältin sah ihren Mandanten fragend an, woraufhin der nur mit den Schultern zuckte.

»Wir hören uns Ihr Angebot an«, entgegnete sie rasch.

»Sie bringen Gina Schröder, wie verabredet, nach Berlin. Natürlich stehen Sie die ganze Zeit über unter Beobachtung. Sind Sie einverstanden?«, schlug der Hauptkommissar vor.

Die Anwältin bejahte, ohne Klaus Sauls Antwort abzuwarten. Ruth Lonitz sah ihm an, dass er innerlich kochte. Dennoch schob sie ihm erneut sein Handy zu und forderte ihn auf, Peter Schäfer anzurufen.

»Was soll er ihm sagen?«, fragte Dr. Oswald.

»Das müssen Sie schon mir überlassen«, motzte der Fotograf sie an. »Sie brauchen nicht für mich reden. Ich habe meine Stimme noch.«

»Würde es Ihnen etwas ausmachen, mich noch einmal allein mit meinem Klienten beraten zu lassen?«, bat die Anwältin die Kommissare und überging ihren Mandanten erneut.

Schmunzelnd verließen Köhler und Lonitz ein weiteres Mal den Verhörraum und wetteten vor der Tür, wie lange es dauern würde, bis die Anwältin das Mandat niederlegte.

Nach fünf Minuten holte sie der Uniformierte zurück. Noch schien Saul die Anwältin behalten zu wollen, auch als diese die Kripobeamten erneut fragte, was er Peter Schäfer sagen sollte.

»Sie fragen ihn«, wandte sich Ruth Lonitz bewusst an Klaus Saul, »ob alles beim Alten bleibt und verabreden sich mit ihm in Berlin.«

Saul nahm sein Handy ohne Widerrede und wählte Schäfers Nummer, doch es meldete sich nur dessen Mailbox.

Er kappte die Verbindung und sagte: »Bevor Sie mich schelten, sollten Sie wissen, dass ich nie auf Mailboxen spreche. Peter würde gleich merken, dass etwas nicht stimmt.«

Uwe Köhler setzte zu einer Antwort an, doch in diesem Moment brummte Sauls Smartphone. Mit angehaltenem Atem griff der Hauptkommissar nach dem Handy und stellte auf Lautsprecher. Der Empfänger des Anrufs seufzte und nahm es entgegen.

»Ja, Peter«, begann er, »wo steckst du denn?«

»In Berlin. Bleibt alles beim Alten?«

»Das wollte ich dich gerade fragen. Von meiner Seite spricht nichts dagegen, aber ich rufe wegen Katrin an. Weißt du überhaupt, was für Konsequenzen deine Stümperei für mich hat?«

Nervös gestikulierten die Kommissare dem Anrufer, ihre Absprache einzuhalten. Doch dieser führte seelenruhig seinen

Monolog weiter und informierte Schäfer über seine gegenwärtige Lage als Untersuchungshäftling.

»Das wars«, fluchte Ruth Lonitz und nahm ihm das Smartphone aus der Hand, doch als sie die Verbindung unterbrechen wollte, bemerkte sie überrascht, dass dies längst geschehen war.

Saul grinste ihr dreist ins Gesicht und sagte: »Gratulation. Sie haben meine Wette gewonnen!« Sein Grinsen wurde noch breiter. »Allein für diesen Gesichtsausdruck hat es sich schon gelohnt. Und doch hab ich wirklich damit gerechnet, dass sie den Anruf mit Peter an sich reißen und so was Dummes wie ›Stellen Sie sich der Polizei!‹ sagen würden. Dann hätten sie ihr Vorhaben ganz allein sabotiert. Sie überraschen mich aufs Angenehmste, gnädige Frau. Ich hab das Handy ausgeschaltet, bevor ich Katrin erwähnte.«

Fassungslos sahen die Anwesenden auf einen Mann, den sie mit einem Schlag für nicht zurechnungsfähig hielten.

»Ich weiß«, redete dieser weiter, »Sie wollen die Kontrolle, doch wann und wo ich mit Peter verabredet bin, behalte ich vorläufig für mich. Sie brauchen mich. Ich bin auch bereit, Ihnen zu helfen – jedoch zu meinen Bedingungen.«

Wohnung der Millers, Geraer Ostviertel, gleicher Tag, Abend

Es war tatsächlich ein Festmahl, das die Millers ihren Gästen vorsetzten. Sie hatten die Wahl zwischen verschiedenen Braten wie Ente, Rouladen und Schweinefleisch, dazu gab es wahlweise Grüne Klöße oder Pommes, Rotkraut oder auch Waldpilze. Außerdem konnten sich Ursula, Katrin und Ronny zwischen Sekt, Bier, Wein und Säften entscheiden.

»Ist bei euch der Wohlstand ausgebrochen?«, fragte die Seniorin, die sich wie immer nicht festlegen konnte und von allen Speisen aß. »Meine Güte, jetzt bin ich so satt, dass ich einen Magenbitter vertragen könnte.«

Die Millers lachten, als sich auch die Zwillinge Ursulas Wunsch anschlossen. Robin stand auf und holte eine Karaffe mit brauner Flüssigkeit aus einem Barschrank.

»Das ist selbstgemachter Kräuterlikör nach einem geheimen Rezept von englischen Freunden. Man muss ihn auf Ex trinken, dann räumt er innerlich auf.«

Er schenkte allen ein Gläschen ein. Nach dem Zuprosten leerte jeder sein Schnapsglas und röchelte mehr oder weniger.

»Ich weiß, warum man den auf Ex trinken soll«, sagte Ronny. »Einen zweiten oder dritten Schluck würde man nicht mehr herunterkriegen. Aber ich merke schon, wie gut das Zeug tut.«

»Großartig«, rief die Seniorin, »der ist wirklich gut. Ich kann wieder denken. Gute Gelegenheit, eine Neuigkeit loszuwerden, die ich bis jetzt aufgehoben habe. Ich bin bald geplatzt. Ihr werdet sehen, es wirft euch um wie mich.«

»Da bin ich aber gespannt«, sagte Doris. »Schieß los!«

Ursula blickte in erwartungsvolle Gesichter und begann zu erzählen, wie sie zweimal vergaß, Hauptkommissar Köhler eine richterliche Befugnis auf Akteneinsicht zu übergeben. Auch er habe nicht mehr an das Dokument gedacht, zumal es um eine weitere Spur ging, die zu verfolgen eigentlich nicht mehr nötig war.

»Wir glauben ja, dass Peter Schäfer unser Täter ist. Trotzdem fuhr ich in das Heim, in dem Rainer Köhler untergebracht wurde.«

»Wer ist das?«, fragte Katrin. »Ein Verwandter von Kommissar Köhler?«

»Nein, er hat den Namen seiner Frau angenommen, der Witwe von Uwe Köhlers Bruder. Sie war die Mutter von Charlotte Seibt und hat ihr die Villa vererbt. Ihr zweiter Mann wurde dement, doch sie weigerte sich, ihn in ein Heim abzuschieben und pflegte ihn selbst. Nach ihrem Tod verlegte man ihn schließlich in eine solche Pflegeeinrichtung.«

»Und warum hast du seine Akten eingesehen?«, wollte nun Ronny wissen. »Hattet ihr ihn im Verdacht? Einen dementen alten Mann?«

»Nein, nein. Er soll einen Sohn gehabt haben, von dem er sich losgesagt hat, als dieser noch ein Kind war. Der Junge hatte scheinbar abartige Dinge getan, Tiere gequält und Mädchen begrabscht. Wir wissen alle, dass sich derartig veranlagte

Kinder zu Sexualstraftätern entwickeln können, wenn diese nicht psychologisch betreut werden. Nun ja, Rainer Köhler hatte die Mutter mit dem Kind im Stich gelassen, was auch ihr gegenüber nicht fair war. Er hätte sie wenigstens bei der Betreuung des gemeinsamen Sohnes durch einen Therapeuten unterstützen können. Es sei, wie es sei. Immerhin war es eine Spur. Wir wollten eruieren, wo der Junge lebt und was aus ihm geworden war. Um es kurz zu machen – ich habe es heute während der nachgeholten Akteneinsicht herausgefunden. Der Sohn von Rainer Köhler heißt Peter Schäfer.«

Der Knalleffekt hätte die Zuhörer nicht mehr erschüttern können. Offene Münder, entgeisterte Gesichter und Laute der Bestürzung beherrschten den Moment, bis Robin als Erster seine Sprache wiederfand.

»Der war doch in einem Waisenhaus. Hat da niemand etwas gemerkt oder nachgeforscht?«

»Das habe ich mich auch gefragt, doch was erst richtig obskur erscheint, ist die Tatsache, dass Schäfer schon vor fünf Jahren gewusst haben muss, wer sein Vater war.«

»Wieso?«, schoss es aus Ronnys Mund. »Ach so, weil er Charlotte Seibt umbringen wollte. Ja, richtig, das kann kein Zufall sein. Aber dann hätte er doch Klaus Saul verschwiegen, dass er seinen Vater und dessen Stieftochter kennt.«

»Vielleicht wollte er abwarten, bis Sauls Vater gefunden ist«, äußerte Doris ihre Gedanken. »Oder er hatte diesen bereits gefunden und ein bestimmtes Ziel verfolgt. Etwas stört mich jedoch an der ganzen Sache. Wie passt es zusammen, dass Sauls Vater ausgerechnet in Gera wohnt – also da, wo es auch Schäfers Vater mit seiner Frau hingezogen hat und wohin Klaus Saul deren Tochter Charlotte Seibt gefolgt war? Sind das nicht ein paar Zufälle zu viel?«

»Nicht, wenn man die Zusammenhänge kennt«, dachte auch Robin laut. »Im Moment erschließen sie sich uns nur noch nicht, aber … wenn wir eine ganz andere Sichtweise einnehmen könnten, ist es vielleicht ganz einfach. Doris, du kennst diesen Saul am besten. Entschuldige, Katrin, du warst mit ihm zusammen, aber hast nicht das psychologische Hintergrundwissen meiner Frau. Wenn ich richtig verstanden habe, ist er für langfristige, komplizierte Planungen zu emotional gestrickt.«

»Na ja«, sagte Doris. »Emotionen im Sinne von empathischem Empfinden besitzt er kaum, allerdings bekommt er leicht Wutanfälle, die er zwar einigermaßen im Griff hat, doch Planungen, wie du sie meinst, stünden diese im Wege. Er ist in der Lage, Menschen zu manipulieren, aber nicht über Jahre zu planen.«

»Das hab ich mir gedacht«, erwiderte Robin und bewunderte Ursulas Aufmerksamkeit, während er gleichzeitig die Ungeduld der jungen Leute auf seine Schlussfolgerungen spürte. »Nehmen wir also an, es ist Peter Schäfer, der alle Beteiligten irgendwie über Jahre manipulierte. Er muss ja auch die Heimleitung über seine Veranlagung getäuscht haben …«

»Stopp, Robin«, unterbrach ihn seine Frau. »Dagegen spricht, dass triebgesteuerte Menschen in der Regel keine komplexen intellektuellen Leistungen erbringen können. Sie können täuschen, manipulieren, aber meiner Meinung nach nicht an langfristigen Zielen arbeiten.«

»Aber Klaus Saul sagte heute aus, sie hätten es getan!«, gab Ursula ihren Einwand kund.

»Welches Ziel meint ihr?«, fragte nun wieder Ronny.

»Die Freunde schworen sich schon im Waisenhaus, ihre Väter ausfindig zu machen«, erklärte Katrin, die von Doris eingeweiht war, ihrem Bruder. »Und nun, wo sie erwachsen sind, scheinen sie ihr Ziel erreicht zu haben. Wie passt das zusammen, wenn Psychopathen oder Soziopathen und Triebtäter angeblich dazu nicht in der Lage sind?«

»Ja, eben«, bemerkte Robin, »wie passt das zusammen? Wir sollten nach jemandem suchen, der hier mit Tätern und Opfern jahrelang Verbindungen pflegt und die berühmte gemeinsame Schnittstelle darstellt.«

»Ich werde die Akten noch einmal durchgehen«, beschloss Ursula. »Bin gespannt, wie Köhler auf meine Entdeckung reagiert. Und wenn wir schon dabei sind, mir brennt noch eine andere Frage auf den Nägeln, die mir bestimmt Doris beantworten kann. Jedes Mal, wenn Schäfer straffällig wurde, war ein Pass oder Ausweis im Spiel. Bei Charlotte fing es an

– sie tauschte ihren Ausweis mit Lisa Braun. Vor zwei Jahren wurde der Ausweis des ermordeten Models in Mailand bei einem jungen Mann gefunden, der mit ihr gesehen wurde, und dem vermutlich die Tat in die Schuhe geschoben werden sollte – so wie bei Ronny. Und als Schäfer auf der Flucht war, hatte ein Fremder seinen Pass, um ihm Vorsprung zu verschaffen. Was sagt das über ihn aus? Sind Ausweispapiere für ihn so etwas wie ein Fetisch?«

Doris schüttelte den Kopf. Fetische seien ursprünglich Kultgegenstände gewesen, sagte sie. Heute kann sogar die Gier nach Geld als Fetischismus bezeichnet werden. Und zwar immer dann, wenn es um dessen selbst willen und nicht mehr als das ursprüngliche Tauschmittel angesammelt wird. »Auch Menschen mit psychischen Problemen können sich in einen Fetischismus hineinsteigern«, erklärte sie, »wenn dieser ihnen eine krankhafte Erregung durch einen Glücksbringer verschafft. Doch wie Schäfer die Ausweise verwendet, sind diese nichts weiter als Hilfsmittel, seine Ziele zu verfolgen. Und ich meine damit kurzfristige Ziele, weil das ja vorhin schon angesprochen wurde. Diese Papiere nützen ihm, aber erregen ihn nicht.«

»So sehe ich das auch«, hörte sie Ronny sagen. »Der wollte nur den Verdacht auf mich lenken. Angefangen hat alles mit dem Ausweistausch zwischen Frau Seibt und dieser Lisa Braun. Ich glaube, Peter Schäfer hat diese Praxis aus zwei Gründen angewendet: Erstens, weil diese ihm Vorteile bringt und zweitens, weil er Frau Seibt in Angst und Schrecken versetzen will, denn abgesehen von uns, versteht nur sie die Hintergründe.«

»Da staunt der Laie, und der Fachmann wundert sich«, erwiderte Doris mehrdeutig.

»Abgesehen von uns, sieht die Polizei das sicher auch so«, sagte Robin, den Jungen nachsichtig anlächelnd, »nur unsere Ursel vermutet gern geheimnisvolle Kräfte wie Fetische hinter ganz normalen Zusammenhängen. Aber sie fragt nach und ist stets bereit, dazuzulernen. Ich will nicht entkräften, was du gesagt hast, Ronny, auch ich habe anfangs an eine bestimmte Botschaft des Täters gedacht. Als ich aber merkte, dass diese Message Frau Seibt nicht in Angst und Schrecken versetzte, bin ich dazu übergegangen, es wie meine Frau zu sehen.«

»Sie muss doch aber gemerkt haben«, pflichtete Katrin ihrem Bruder bei, »worauf diese Manipulationen mit den Pässen hindeuteten: Ich bins, dein Peiniger, und ich befinde mich noch immer in deinem Dunstkreis. Wobei die Vergewaltigung, die Stichverletzungen und das Entsorgen in der Mülltonne der eigentliche gemeinsame Nenner sind.«

Nach diesen viel zu cool ausgesprochenen Worten sahen sich Robin und Doris entgeistert an, und Ursula verbarg sich erschrocken hinter ihrem Weinglas, aus dem sie einen großen Schluck zu sich nahm. Die jungen Leute warteten gespannt auf eine Reaktion der erfahrenen Ermittler.

»Das ist wahr«, versuchte Doris, Charlotte Seibts gegenwärtige Verfassung zu analysieren. »Sie hat viele Narben davongetragen, seelische und körperliche. Schlimmeres kann ihr nicht mehr passieren, zumindest aus ihrer Sicht. Das macht einen Menschen ziemlich unempfindlich gegenüber sich selbst. Sicher macht sie sich große Sorgen um ihre Schülerinnen, und als du in dieser unsäglichen Gefahr schwebtest, hätte sie wohl nicht gezögert, alles zu tun, um dein Leben zu retten. Doch zu bedenken ist auch, dass sie mehr durchgemacht hat, als sie verkraften kann. Angst um sich selbst hat sie zumindest nicht mehr. Deshalb wirkt sie immer so reserviert, fast stoisch. Ich könnte mir vorstellen, dass sie in der Lage wäre, ohne mit der Wimper zu zucken, sich an dem Kerl zu rächen.«

»Nun muss aber der ehemalige Ethiklehrer eingreifen«, lenkte Robin das Gespräch in eine andere Richtung. »Sicher, in Notwehr oder anderen Ausnahmesituationen ist wohl jeder zum Töten fähig. Doch auch Frau Seibt ist wie wir alle ein gesellschaftliches Wesen, das die Gesetze respektiert und sehr gut weiß, was richtig und falsch ist. Ihr Gewissen würde es nicht zulassen, Selbstjustiz zu üben. Was Doris beschrieben hat, ist der Zustand der traumatisierten Charlotte Seibt.«

»Schon klar«, äußerte Ronny. »Danke für die Erklärungen. Ich finde die Unterhaltungen mit euch spitze. Ich schätze, Katrin und ich haben richtig Glück gehabt, euch begegnet zu sein.«

»Da hat er recht«, bemerkte Katrin und gähnte. »Was dagegen, wenn ich schon mal aufbreche? Ich bin noch echt fertig. Ihr könnt euch ja weiter unterhalten.«

»Nix da, ich begleite dich nach Hause. Der Kerl ist noch auf freiem Fuß. Ursel kann gern noch bleiben.«

»Nee, ich komme mit. Unterschätzt nicht meine Nahkampferfahrung«, scherzte Ursula und alle lachten.

Gastgeber und Gäste blickten auf die Uhr. Es war nach Mitternacht. Niemand von ihnen hatte gemerkt, wie schnell die Zeit vergangen war. Während ihrer herzlichen Verabschiedung bestand die ehemalige Kommissarin auf Revanche für den wundervollen Abend und lud die Millers zu einem noch festzulegenden Abend in ihre Wohnung ein, was wiederum ihre Schützlinge Katrin und Ronny außerordentlich freute. Sie nahmen ihre großmütterliche Freundin in die Mitte, hakten sich bei ihr unter und stellten belustigt fest, dass der Boden unter ihren Füßen etwas schwankte.

Vierzehntes Kapitel

Kriminalpolizeiinspektion Gera, am nächsten Vormittag

Eine Stunde vor der Dienstbesprechung im Polizeirevier hatte sich Ursula Lenk mit den Millers beraten. Nach eingehendem Abwägen von Klaus Sauls an Bedingungen geknüpftes Angebot, Gina Schröder wie geplant nach Berlin zu chauffieren, musste eine andere Lösung her. Schäfers Freund war nicht zu trauen, und dem minderjährigen Model konnte einfach nicht zugemutet werden, als Lockvogel für eine geplante Straftat eingesetzt zu werden.

Kurzerhand kontaktierte der Privatdetektiv Lisa Braun in Hamburg, die einzige Person, die ohne Verdacht zu erregen, Verbindung zu Peter Schäfer aufnehmen konnte. Wie erwartet, bestätigte sie Robins Vermutung, auch auf der Berliner Fashion Show zu laufen.

Zunächst informierte er sie über die vereitelte Straftat an Katrin Winter in Gera, die vermutlich vom selben Kerl entführt, gefoltert und getötet werden sollte wie ihre Freundin Charlotte Seibt vor fünf Jahren. Der Täter sei auf der Flucht, doch gäbe es ein zweites mutmaßliches Opfer, das Klaus Saul nach Berlin bringen sollte. Dieser befände sich jedoch wegen irgendwelcher von der Polizei unter Verschluss gehaltener Machenschaften in Untersuchungshaft, was zur Folge habe, dass der Täter nicht gefasst werden könne.

Das war auch für Lisa Braun nicht so einfach hinnehmbar und sie stimmte Robins Vorschlag zu, sich mit ihm zu treffen und einen Plan zum Fassen eines flüchtigen Straftäters auszuarbeiten. Noch hatte sie nicht erfahren, wer mit ihrer Hilfe überführt werden sollte. Doch die Millers bauten auf ihr soziales Gewissen, schon allein weil sie es bereits jetzt eindrucksvoll unter Beweis gestellt hatte.

Ursula Lenk betrat Uwe Köhlers Büro, noch nicht wissend, ob und wie sie das besprochene Vorhaben ihren Kollegen preisgeben würde, zumal der Ausgang der Verhandlung mit Lisa Braun noch völlig offen war.

»So, Leute«, begann Köhler die Beratung, nachdem er seine ehemalige Vorgesetzte freundlich und respektvoll begrüßt hatte. »Ihr kennt den Stand der Dinge. Wollen oder dürfen wir Klaus Sauls Bedingungen hinnehmen? Gibt es Gegenvorschläge? Sollten wir überhaupt zulassen, dass Gina Schröder nach Berlin fährt und dadurch der Gefahr ausgesetzt wird, in die Fänge von Peter Schäfer zu geraten? Oder sollten wir versuchen, den Täter über die Väter der beiden zu fassen? Ich weiß, jeder von euch hat sich Gedanken gemacht. Ich höre!«

»Ich bin der Meinung, Gina Schröder sollte nicht nach Berlin gebracht werden«, sagte Michael Zerbst. »Wenn wir diese Spur weiterverfolgen, müsste eine erfahrene Polizistin anstelle des Models den Lockvogel spielen.«

»Selbst wenn wir uns für einen Lockvogel entscheiden, sollte dieser auf keinen Fall von Klaus Saul chauffiert werden«, meldete sich Thomas Freitag zu Wort. »Wir müssen ihn überzeugen, uns Ort und Zeit seiner Verabredung mit Schäfer zu nennen. Dann könnte jemand von uns per Sauls Handy mit Schäfer Textnachrichten austauschen und zum Beispiel kurz vor dem Treffen einen Grund für dessen Fernbleiben ersinnen.«

»Das wäre die beste Lösung«, stimmte Ruth Lonitz zu, »doch Saul wird uns die nötigen Informationen nicht liefern.«

»Textnachrichten mit Sauls Handy sind genial«, fiel Ursula gerade auf, »so können wir das Treffen lenken und brauchen uns nicht auf die Infos dieses Psychopathen zu verlassen. Das Mädchen sollten wir trotzdem nach Berlin bringen. Ich würde das wieder übernehmen. Wir können nicht einfach nach Lust und Laune in die Karrierepläne junger Leute eingreifen. Ich lasse Gina Schröder nicht aus den Augen. Bei Katrin hat das ja auch geklappt … zumindest in Mailand«, setzte sie hinzu, als sich erneut der Selbstvorwurf meldete, in Gera versagt zu haben – und das auch noch in der eigenen Wohnung.

»Das ist es«, entschied Hauptkommissar Köhler mit Freuden. »Wir setzen Ursels Vorschlag um. Hat jemand Einwände?«

Villa Graf, am nächsten Morgen

Die Bewohner der Villa hatten die stoische Frau Seibt noch nie so zugänglich erlebt und spekulierten nach dem Anlass ihrer guten Stimmung. Dass im Haus bald Besuch aus Hamburg erwartet wurde, wusste außer Gina Schröder noch niemand. Das Mädchen wollte auf keinen Fall auf ihre Chance in Berlin verzichten und erfuhr mit der Auflage strengster Geheimhaltung von Robin Millers eigentlicher Funktion als Privatdetektiv. Dieser hatte das Model und Charlotte Seibt in das geplante Treffen zwischen ihm und Lisa Braun eingeweiht, woraufhin die Villenbesitzerin vorschlug, ihre Freundin nach Gera einzuladen.

»Eigentlich wollte ich zu ihr nach Hamburg fahren«, bemerkte der noch immer als Ethiklehrer tätige Privatdetektiv, »doch wenn Frau Braun nach Gera kommen will, wäre mir das nur recht.«

»Wird denn Ihre Freundin gegen den eigenen Mann vorgehen?«, fragte Gina Charlotte Seibt skeptisch.

»Sie wird«, antwortete diese voller Überzeugung. »Ich kenne sie. Glaub mir, Gina, sobald Lisa erfährt, was ihr Mann mir und den anderen Opfern angetan hat, wird sie den Tag verfluchen, an dem sie ihn heiratete.«

»Wenn der so eine Wut auf Models hat«, fragte Gina weiter, »wieso blieb dann seine Frau verschont?«

»Das ist eine Tarnung, derer sich solche Täter gern bedienen«, versuchte Robin zu erklären. »Jemand, der mit einem Model verheiratet ist, wird nicht so schnell verdächtigt, der Täter zu sein. Außerdem ist seine Motivation viel komplexer, um nur durch Wut auf Models erklärt werden zu können. Es hat mit seiner Mutter zu tun, mit fehlender Vaterfigur und mangelhafter Fürsorge, aber für eine Charakterisierung all dessen bin ich nicht kompetent genug. Falls es dich interessiert, frage meine Frau. Sie kann diese Zusammenhänge als Psychologin viel besser vermitteln.«

Die Berliner Fashion Show sollte in drei Tagen beginnen, Lisa Braun hatte zugesagt, am nächsten Tag in Gera einzutreffen. Auch sie hatte riesige Freude geäußert, ihre Freundin Charlotte wiederzusehen. Außerdem bot sie an, Gina tags darauf in ihrem Wagen mit nach Berlin zu nehmen. Dieser Plan änderte sich jedoch, als Ursula den Detektiv über die Vorstellung des Hauptkommissars betreffs des Ablaufs informierte.

Gina machte gute Miene zum bösen Spiel, wäre sie doch viel lieber mit dem erfahrenen Model Lisa Braun mitgefahren als mit der dicken alten Frau.

Eine halbe Stunde eher als erwartet fuhr Charlottes Freundin mit einem gemieteten Porsche neuester Fabrikation auf den Parkplatz der Villa und wurde sofort von einer Gruppe angehender Models umringt.

»Ach, du meine Güte«, entfuhr es der Gastgeberin, als sie und Gina die Szene aus dem Bürofenster beobachteten. »Sich für so einen Wagen zu entscheiden, zeugt von einer erfolgreichen Karriere. Na, hoffentlich ist das nicht nur heiße Luft.«

»Oder sie hat einen Liebhaber, der seiner Freundin diesen Luxus verschafft. Schauen Sie nur, was sie für ein Designerkostüm trägt, das ist doch das neueste von Versace«, schien sich Gina ziemlich sicher zu sein. »Wo bleibt denn nur Herr Miller?«

»Der rechnet noch nicht mit ihr. Seinen Unterricht hat er so gelegt, dass er in dreißig Minuten hier sein kann. Ist schon gut so. Da haben wir Zeit, Lisa noch ihr Zimmer zu zeigen, und sie kann sich frisch machen.«

Von einigen jungen Frauen flankiert, die ihr noch immer nicht von der Seite wichen, kam Lisa Braun die Treppe herauf. Gerührt von der herzlichen Begrüßung zwischen den Freundinnen trat Gina gern beiseite und kam ins Schwärmen über die Schönheit beider Frauen. Sie dachte an voll erblühte Rosen, die dann leider viel zu schnell verblühten.

Die Ankunft von Robin Miller riss sie aus ihren Gedanken. Er stand plötzlich da und flüsterte ihr etwas zu. Sie nickte und verschwand in ihrem Zimmer, um mit einem Handyladekabel zurückzukommen. Er bedankte sich und informierte die vor dem Lift stehenden Frauen, er warte im Büro auf sie, wo er inzwischen sein Smartphone auflade.

Weder die Freundinnen noch Gina ahnten, was er wirklich im Sinn hatte. Niemandem fiel auf, dass die Uhr an seinem Arm als Aufnahmegerät fungierte und eine Übertragung der kommenden Unterhaltung für seine in der Detektei zurückgebliebene Frau ermöglichte.

Für den Fall, dass ihr ein Fehler in seiner Gesprächsführung auffiele, würde sie ihn anrufen und sich von ihm wegen des kaum aufgeladenen Akkus seines Handys vertrösten lassen, wobei er unauffällig ihre längst gesandte Textnachricht mit möglichen Tipps und Vorschlägen lesen würde.

Solange sich die Frauen noch in Lisas Zimmer aufhielten und Lincoln Bernard die übliche Begrüßungstafel mit bestem Porzellan, Blumen und Delikatessen bestückte, stand Robin am Fenster und überlegte, wie er das Gespräch beginnen könne. Die Richtung vorgeben würde ein unverbindlicher Plausch, bei dem man auf gemeinsame Bekannte zu sprechen käme, die nun mal Klaus Saul und Peter Schäfer waren. Gelänge es ihm mit der Zeit, Lisa Braun von der krankhaften Persönlichkeitsstruktur ihres Mannes zu überzeugen, wäre der Anfang gemacht. Die letzte, wenn auch riskante und schwierige Hürde bestand im Ausarbeiten eines Planes, der mit einer Verhaftung Schäfers endete.

Lincoln Bernard betrachtete den Esstisch und rückte noch ein letztes Besteckteil zurecht, als die Gastgeberin mit ihrer Freundin und Gina eintrat.

»Willkommen in der Villa Graf«, begrüßte Charlottes Privatassistent Lisa Braun in bester Butlermanier mit einer Verbeugung, um ihr, nachdem Charlotte Seibt im Rollstuhl ihren Platz am Tisch eingenommen hatte, auch noch den Stuhl zurechtzurücken.

Robin und Gina setzten sich dazu und der Butler fragte nach den Getränkewünschen.

Bevor das von Robin ersehnte Gespräch in Gang kommen konnte, wurden noch endlose Minuten lang Sekt, Tee, Kaffee und Wasser serviert.

Doch es war die Neugier der Besucherin aus Hamburg, die mit der Frage nach dem Grund für Klaus Sauls Untersuchungshaft die gewünschte Richtung vorgab.

»Da hält sich die Polizei bedeckt«, sagte der Privatdetektiv. »Haben Sie eine Ahnung, was es sein könnte?«

»Vielleicht irgendetwas mit seinem Vater?«

Alle Anwesenden horchten auf. Mit dieser Antwort hatte niemand gerechnet, doch schien es Robin wie ein Glücksfall, möglicherweise mehr über Peter Schäfers seltsame Geheimniskrämerei um Sauls Vater zu erfahren.

»Was? Er hat einen Vater und war trotzdem im Waisenhaus?«, fragte Charlotte mit ernsthaftem Interesse. Dies erlaubte Robin den Schluss, dass Klaus Saul seinen Vater weiterhin verschwieg.

»Ja«, sagte Lisa verwundert. »Habt ihr das nicht gewusst? Er lebt doch in Gera. Ich dachte immer, Klaus sei auch deshalb hierhergezogen, abgesehen von deinem Stellenangebot, Charlotte.«

»Er hat nie etwas darüber gesagt«, erwiderte Charlotte Seibt.

»Offensichtlich hat dieser Vater zugelassen, dass Klaus in einem Heim aufwächst. Da hat er doch bestimmt eine Stinkwut auf seinen alten Herren«, bemerkte Robin. »Glauben Sie deshalb, er sei wegen des Vaters verhaftet worden?«

»Das liegt nahe. Auch mein Mann hat seinen Vater schon frühzeitig gefunden. Das wollte er Klaus aber nicht sagen – nicht bevor er ihn davon überzeugt haben würde, wie süß Rache sein kann. Am Ende hat es offensichtlich geklappt, denn selbst er schien nun unbedingt seinen Vater finden zu wollen. Peter bot sich großspurig an, da er eh schon dabei war, diesen für ihn zu suchen. Ich hielt das immer nur für Gerede, wenn die Jungen im Heim sich ausmalten, wie sie ihre Väter treffen würden und was sie dann mit ihnen täten.«

»Was hatten sie denn mit ihnen vor, wenn ich fragen darf? Und warum halten Sie das nun nicht mehr für Gerede?«, fragte Robin, hin- und hergerissen zwischen der Neugier auf Schäfers wahre Pläne mit den Vätern und der Preisgabe der nachzuweisenden Straftaten an den jungen Frauen. Doch entschied er sich, vorerst beim aktuellen Thema zu bleiben.

»Na, seit ich von Klaus' Untersuchungshaft weiß, glaube ich, sie haben es ernst gemeint. Sie sprachen immer davon, zuerst herauszufinden, warum ihre Erzeuger sie im Stich gelassen hatten, und sie dann je nach Ergebnis zu bestrafen. Im besten Falle haben sie gar nichts von der Existenz eines Sohnes gewusst, dann wollten sie das Wiedersehen feiern. Würde sich aber herausgestellt haben, dass Klaus oder Peter willentlich verlassen wurden, wollten sie es dem entsprechenden Vater heimzahlen.«

»Und wie?«, bohrte Robin weiter.

»Sie wollten eruieren, welche Person ihnen am nächsten stand und diese dann entführen, um sie den gleichen Schmerz spüren zu lassen, den die verlassenen Söhne erdulden mussten.«

»Du sagtest, dein Mann habe seinen Vater gefunden. Hat er da nicht Kontakt zu ihm aufgenommen?«, warf Charlotte ein.

»Ja, doch«, setzte Lisa ihren Bericht fort. »Er hat ihm geschrieben, doch statt einer Antwort seines Vaters bekam er einen Brief von dessen Chauffeur.«

Nebenan rumorte es. Ein kurzes Wimmern, danach ein dumpfer Aufschlag lenkte die Sinne aller in Richtung Vorzimmer. Zuerst bewegte sich Charlotte vom Tisch weg, danach erhoben sich Lisa, Robin und Gina, um ihr eilig zu folgen.

Lincoln Bernard lag gekrümmt auf dem Teppich. Das graue Gesicht schmerzverzerrt, presste er seine linke Hand gegen den rechten Oberarm, charakteristisch für einen Herzinfarkt. Charlotte Seibt war im Nu am Festnetztelefon ihres Assistenten und rief den Notdienst an. Lisa und Gina hockten sich neben den Mann, doch schien dieser bereits in Ohnmacht gefallen zu sein. Sein Gesicht wirkte entspannter und die Augen waren geschlossen. Robin nahm ein auf dem Schreibtisch liegendes Silbertablett und hielt es ihm vor Mund und Nase. Erleichtert registrierte er die beschlagene Oberfläche und riet den Knienden, aufzustehen und im Büro auf den Notarzt zu warten. Er übernähme die Schilderung des Vorfalls und fragte, ob eine der Frauen mit Lincoln Bernard ins Krankenhaus fahren wolle.

»Ich würde sehr gern«, sagte Charlotte Seibt, »doch nehmen die auch jemanden im Rollstuhl mit?«

»Wie wäre es, wenn wir mit Ihrem Firmenwagen dem Notarzt hinterherfahren?«

Nach etwa zwanzig Minuten hatte der Rettungswagen den Parkplatz der Villa verlassen und war in Richtung Notaufnahme unterwegs. Ihm folgten Robin Miller und Charlotte Seibt im Dienstwagen der Villa. Zeitgleich bog Doris Miller auf den Villenparkplatz ein, stieg aus ihrem Wagen und wurde von Gina Schröder der Besucherin Lisa Braun vorgestellt.

Dank ihrer Abhörtechnik hatte Doris Kenntnis über den Vorfall, doch musste sie die Ahnungslose spielen und sich haarklein erklären lassen, was passiert war.

»Ich denke, Frau Seibt wird nichts dagegen haben, wenn wir in ihrem Büro auf sie und meinen Mann warten«, empfahl die Psychologin, brannte sie doch darauf, den auf so tragische Weise unterbrochenen Informationsfluss wieder aufzunehmen.

»Wenn sie nicht da ist, ist es uns verboten, ihr Büro zu betreten«, sagte Gina unsicher.

»Na gut, dann warten wir eben in meinem Zimmer«, schlug Lisa Braun vor. »Oder wir fahren auch ins Krankenhaus.«

»Nein«, lehnte Doris ab. »Zu viele Leute stören nur den Ablauf einer Notfallbehandlung. Wir sind keine Angehörigen von Lincoln Bernard.«

In Lisas Zimmer begann Doris zunächst mit einem Smalltalk, den sie geschickt auf Lincolns Herzinfarkt lenkte.

»Hat er Ihrer Unterhaltung zugehört?«, fragte sie in der Rolle der Naiven, obwohl sie stark annahm, dass dem so gewesen sei.

»Ich weiß nicht«, antwortete Gina. »Die Tür stand offen. Er hat ja immer mal wieder etwas zu servieren gehabt. Kann schon sein, dass er zuhörte.«

»Man verschließt ja nicht absichtlich die Ohren«, pflichtete Lisa Braun dem Model bei. »Manchmal bleibt es nicht aus, dass man Sachen hört, die einen nichts angehen. Doch in diesem Fall ging es ihn etwas an.«

Doris wurde hellhörig. Also wusste Lisa, dass nur Lincoln Bernard der Briefeschreiber gewesen sein konnte.

»Wieso? Wovon haben Sie gerade gesprochen?«

»Ach, da muss ich weiter ausholen«, gab das erfolgreiche Model ihre Bereitschaft kund, auch mit Doris darüber zu reden. »Wir sprachen davon, dass der Chauffeur von Rainer Köhler meinem Mann auf einen Brief geantwortet hat, der eigentlich an dessen Chef gerichtet war – und das kann nur Lincoln Bernard gewesen sein.«

»Aus welchem Grund schrieb ihr Mann Bernards früherem Chef?«, fragte die sich weiterhin dumm stellende Doris Miller.

»Dieser Rainer Köhler ist der Vater von Peter Schäfer«, klärte Gina auf. »Er wuchs im Waisenhaus auf und konnte seinen Vater erst später ausfindig machen. Da hat Schäfer seinem Vater geschrieben, doch kam statt einer Antwort des Adressaten eine von Herrn Bernard.«

»Er ist Peter Schäfers Vater? Wieso ließ er dann zu, dass sein Kind in einem Waisenhaus untergebracht wurde? Das verstehe ich nicht«, sagte Doris. »Hat der Vater Herrn Bernard beauftragt, für ihn zu antworten?«

»Nein, er wollte nichts von seinem Sohn wissen«, entgegnete Lisa. »Er hat den Brief weggeworfen. Herr Bernard fand und las diesen. Der Junge, der später mein Mann wurde, tat ihm scheinbar leid. Er ist daher mit ihm in einen Briefwechsel getreten.«

»Dann hat Bernard zugehört und vor lauter Schreck einen Infarkt bekommen. Aber warum? Es ist doch gut, einem Kind zu helfen. Weiß Frau Seibt, dass Rainer Köhler der Vater Ihres Ehemannes ist und Bernard im Bilde war?«

»Ursprünglich dachte ich, sie hätte mich eingeladen, um es mir zu sagen, doch im Gespräch mit ihr wurde mir klar, dass sie keine Ahnung hatte. Bis vor zwei Tagen wusste ich es ja selbst nicht. Da sind mir beim Aufräumen die Briefe von Lincoln Bernard in die Hände gefallen. Eigentlich wollte ich sie ungelesen meinem Mann in Berlin geben, doch dann fiel mir der Absender auf und ich dachte, das kann doch nicht wahr sein. Wieso hat Peter dem Chauffeur meiner Freundin geschrieben? Dann hab ich sie gelesen. Ich wollte es Charlotte in dem Moment sagen, als der arme Mann zusammengebrochen ist.«

»Sie treffen sich mit Ihrem Mann in Berlin?«

»Ja, er kommt zu jeder Berliner Fashion Show, bei der ich laufe. Es sind die einzigen Gelegenheiten, uns zu sehen. Ich weiß sehr wohl, dass er nicht nur wegen mir kommt. Jeder lebt sein eigenes Leben. Doch aus lauter Sentimentalität wegen unserer gemeinsamen schweren Zeit im Kinderheim sehen wir auch keinen Grund, uns scheiden zu lassen.«

»Das leuchtet ein«, sagte Doris. »Verabreden Sie sich immer dann, wenn Sie die Termine in Berlin erfahren?«

»Ja, so ist es. Doch da fällt mir gerade wieder ein, dass sich Peter und Klaus noch im Kinderheim ausgemalt hatten, eine nahestehende Person ihrer Rabenväter zu entführen«, überlegte Lisa laut, »um sie den Schmerz des Verlustes spüren zu lassen. Vielleicht hat Peter dabei an Charlotte gedacht. Eigentlich glaube ich das nicht, weil sie ja nur Rainer Köhlers Stieftochter ist und kaum Kontakt zu ihrem Elternhaus hatte. Aber möglich ist es. Vielleicht hat ja auch Peter seinen Plan aufgegeben. Klaus Saul indes nicht, wie es scheint.«

Auf einmal erhob sich Gina, stellte sich vor Lisa Braun auf und fragte unvermittelt: »Sie sehen Ihren Mann in Berlin und haben sonst überhaupt keinen Kontakt zu ihm?«

Doris wurde flau im Magen. Gina schien zum denkbar ungünstigsten Moment der arglosen Lisa Braun an den Kopf werfen zu wollen, dass ihr Mann ein Sexualstraftäter und Mörder war. Wieso hatte sie das nicht vorausgesehen? Dem Mädchen war doch anzumerken, wie aufgewühlt es der Befragung lauschte. Bevor die Situation eskalieren konnte, griff die Psychologin in die Trickkiste und forderte Gina in einem ihr untypischen autoritären Ton auf, sich wieder zu setzen.

»Alles zu seiner Zeit«, sagte sie etwas versöhnlicher, woraufhin Lisa erwartungsgemäß nachfragte, was sie damit meine.

»Ich weiß, warum Klaus Saul verhaftet wurde«, wechselte Doris das Thema in der Hoffnung, dass Gina den Wink verstünde. »Er ist Mitwisser, wenn nicht sogar ein Komplize des Täters, den wir mit Ginas Hilfe in Berlin zu überführen hoffen.«

»Wollen Sie damit sagen, Klaus sei in der Lage, seelenruhig mit Charlotte zusammenzuarbeiten und gleichzeitig in die

Taten ihres Peiniger involviert zu sein. Und da sind noch die beiden Mädchen, die Modelschülerinnen – das eine tot, das andere gerade noch davongekommen. Er hat sie doch fotografiert. Ich weiß, wie gut er das kann, habe immer seinen sensiblen Blick für die weibliche Schönheit bewundert. Schwer vorstellbar, dass er gleichzeitig diese Massaker an ihnen unterstützen würde. Nein! Er ist zwar verrückt und manchmal eiskalt, aber so skrupellos nun auch wieder nicht.«

Lisa stand auf und schaute aus dem offenen Fenster. Doris bedeutete Gina, sie in Ruhe zu lassen. Eine Weile herrschte Schweigen im Raum.

Plötzlich rief die Hamburgerin hinaus: »Was ist mit ihm?«

Doris und Gina stürmten hinzu und sahen Robin neben dem Rollstuhl von Frau Seibt stehen, beide nach oben blickend. Charlotte zuckte bedauernd die Schulter und wischte sich mit einem Taschentuch Tränen von der Wange. Robin schüttelte betrübt den Kopf. Es bedurfte keiner Worte, um zu begreifen, dass Lincoln Bernard tot war.

Kriminalpolizeiinspektion Gera, am Nachmittag

Außer Lisa Braun waren alle auf dem Revier – Doris und Robin Miller, Gina Schröder und Charlotte Seibt. Nach eingehender Beratung mit der Detektei DORO kam Ursula Lenk zu dem Schluss, dass getrennte Aktionen von Polizei und Privatdetektiven in Berlin nur Chaos stiften würden.

Doris hatte ihrem Mann vorgeschlagen, das Hamburger Model nun doch nicht in ihre Pläne einzuweihen, da diese sich für schuldig am Tod von Bernard hielt. Immer wieder betonte sie, sie hätte nicht im Beisein des armen Mannes über die Briefe reden dürfen, und bisher war es noch niemandem gelungen, ihr die Selbstvorwürfe auszureden. Das Risiko, der untröstlichen Frau auch noch das Wissen über die Taten ihres Mannes aufzubürden, brauchte man auch gar nicht einzugehen, würde sie Peter Schäfer doch in Berlin treffen, wo ein Zugriff auf ihn problemlos über die Bühne gebracht werden würde. Das Detektivpaar sowie Ursula Lenk waren bereit,

Hauptkommissar Köhler über ihre bisherigen Ermittlungen reinen Wein einzuschenken.

Während Kommissarin Lonitz die Befragung von Gina und Charlotte Seibt im Büro durchführte, zogen sich Uwe Köhler, Ursula und die Millers in einen Verhörraum zurück.

»Mensch, Uwe«, rügte Ursula den Hauptkommissar. »Du hast dich noch nicht einmal dafür bedankt, dass ich als Auftraggeberin meine Privatdetektive von ihrer Schweigepflicht entbunden habe und sie dir Akteneinsicht gewähren.«

Sie stand auf und begab sich ins Nebenzimmer, wo zwei Kollegen eine Befragung in einem anderen Verhörraum verfolgten.

»Machen Sie die Technik für den benachbarten Vernehmungsraum aus«, befahl sie den Männern, die einem anderen Ermittlerteam angehörten.

»Das geht uns nichts an«, erwiderte einer von ihnen, während der andere in sich hineinkicherte.

Uwe Köhler, der ihr gefolgt war, entschuldigte sich für Ursula und schaltete die Überwachungstechnik selbst ab.

»Bist du von Sinnen«, ermahnte er sie, »mich so vor den Millers vorzuführen! Ich muss sie behandeln wie alle Zeugen.«

»Pssst, Ruhe bitte«, zischten die Kollegen im Technikraum, offensichtlich einer wichtigen Info in einem benachbarten Verhörraum auf der Spur.

Hauptkommissar Köhler zog die hartnäckige Seniorin mit sich auf den Flur und sagte: »Noch nie war ein Team der Kriminalpolizei auf Hilfe von Privatdetektiven angewiesen. Sicher, sie sind freier in der Wahl ihrer Mittel und können sich Methoden erlauben, die uns verwehrt sind, doch wenn ich in diesen Akten auf fragwürdige Aktionen stoße, muss ich handeln.«

»Du glaubst doch nicht im Ernst, die Millers würden strafbare Vorgehensweisen dokumentieren und dir dann auch noch Einsicht gewähren. Hältst du sie für blöd?«

»Nein, im Gegenteil. Und du scheinst mich auch für undankbar zu halten, dabei bin ich nur befremdet darüber, dass du mich so hintergangen hast.«

»Ich dich hintergangen?«, ereiferte sich Ursula. »Was ich privat tue, geht dich nichts an, und trotzdem habe ich dich an jedem Ermittlungserfolg und der kleinsten Überlegung der Millers teilhaben lassen. Du hast vom Engagement der Detektei DORO nur profitiert. Das sollte dir klar sein. Das kannst du auch in Zukunft haben, Möglichkeiten gibt es immer.«

»Jaja«, sagte Uwe Köhler noch immer deutlich gereizt. »Die Polizei lässt ihre Arbeit von Privatermittlern machen. So weit kommt es noch. Nicht mit mir. Das war das erste und letzte Mal.«

»Meinetwegen«, murrte Ursula. »Nun sollten wir aber hineingehen und uns beraten, wie wir den Kerl schnappen.«

Fünfzehntes Kapitel

Villa Graf, zwei Tage später

Schon seit Stunden war Gina Schröder fertig für die Fahrt. Jetzt, wo sie nichts mehr zu tun hatte, machte ihr doch eine gewisse Aufgeregtheit zu schaffen, die weniger ihrem bevorstehenden Lauf auf dem Catwalk geschuldet war als einer kurzfristigen Programmänderung – nämlich der Fahrt mit Lisa Braun in diesem Wahnsinns-Porsche. Vier PKWs, die nach Berlin aufbrechen würden, standen inzwischen auf dem Villenparkplatz. Charlottes Firmenwagen mit Robin Miller am Steuer sollte das Schlusslicht eines kleinen Konvois bilden.

Seit Charlotte Seibt wusste, wem sie ihre bis heute andauernde Pein zu verdanken hatte, war sie darauf besessen, dessen Verhaftung mitzuerleben. Ihrer Freundin Lisa Braun machte sie glauben, gern einmal wieder von der Aura aus Glanz und Glamour umgeben zu sein. In Wahrheit war sie dafür gewappnet, ihrer Freundin bei dem zu erwartenden Schock beizustehen.

Die Arbeit von Uwe Köhlers Ermittlerteam blieb ähnlich wie bei der Aktion in Mailand auf das Revier beschränkt. Lediglich Ursula Lenk war als offizielle Vertreterin der Kriminalpolizei Gera in Berlin vertreten. Dafür standen die Kollegen aus der Hauptstadt in den Startlöchern. Als bewährter Verbindungsmann zwischen Ursula und Köhlers Team war wieder Ronny am modifizierten Handy, das zu einem Kryptogerät umfunktioniert wurde, eingesetzt. Eigentlich hatte Gina Schröders Freund Carlo alias Simson, wie er noch immer von Freunden genannt wurde, darauf spekuliert, Ronnys Platz einzunehmen, zumal es diesmal um die Sicherheit seiner Delila ging. Dessen technische Virtuosität war der Ronnys durchaus ebenbürtig, doch besaß Carlo nicht die Erfahrung seines Freundes und konnte nicht wissen, worauf es wirklich ankommen würde. Trotzdem war es Ginas Freund gelungen, die allein mit ihrem Wagen fahrende Psychologin Doris Miller zu überreden, ihr Gesellschaft zu leisten. Auch die Polizei hatte keinerlei Handhabe, dem Jungen die Anwesenheit bei diesem Event zu untersagen.

Als Ursula und Ronny ihr Gepäck im Kofferraum verstauten, empfing das Diensthandy die erste Nachricht von Michael Zerbst aus der Kriminalpolizeiinspektion, der seine Kollegin und Ronny über einen Tobsuchtsanfall von Klaus Saul informierte. Dieser ereilte ihn, als er erfuhr, Gina Schröder würde von Lisa Braun nach Berlin chauffiert werden. Die letzte Diensthandlung von Sauls Anwältin, Dr. Ilona Oswald, bestand in der unnachgiebigen Forderung einer richterlichen Einweisung in die geschlossene psychologische Station einer medizinischen Einrichtung. Danach legte sie ihr Mandat nieder.

»Na, hoffentlich flüchtet der Kerl nicht«, bemerkte Ursula, als sie den Text gelesen hatte. »Ich habe so ein Gefühl, dass der etwas vorhat. Bitte, Ronny, schreib den Kollegen, sie mögen ihn rund um die Uhr bewachen lassen. Und wenn möglich, sollten sie auch Paul Schmitz im Auge behalten.«

Der junge Mann tippte die Infos schon ein, während er einstieg.

Sie warteten, bis der Porsche vom Parkplatz fuhr, gefolgt von Doris Millers Wagen. Dann ging es los. Hinter ihnen fuhr der Firmenwagen der Villa aus der Garage.

»Wieso soll Herr Schmitz bewacht werden?«, fragte Ronny seine neue Großmutter.

»Das ist nur so ein Gefühl. Ich denke, Saul haut ab und taucht bei seinem Vater auf.«

»Denkst du, er tut ihm etwas an?«

»Das glaube ich nicht. Er war doch bereit, seinen Sohn anzuerkennen. Aber Saul könnte versuchen, an dessen Vatergefühle zu appellieren und ihm Hilfe beim Untertauchen abverlangen. Schmitz würde das sicher nur zu gern tun, wenn er ihn dadurch loswürde.«

»Könnte sein«, sagte Ronny nachdenklich. »Hat der Schmitz überhaupt den Auftrag, seinen Sohn zu finden, bei den Millers storniert?«

»Woher weißt du davon?«

»Von dir. Du hast gesagt, du ersparst es Robin, Ausreden wegen Saul zu erfinden. Weißt du nicht mehr?«

»Na, du passt vielleicht auf. Ja, stimmt. Nachdem ich Schmitz durch die Blume gesagt habe, wo sein Sohn sein könnte, hat er die Detektei DORO angerufen und um Rat gefragt. Während dieser Rücksprache hat er die Rechnung für Robins Beratung verlangt und seinen Suchauftrag zurückgezogen. Ich hab es nicht selbst gehört, aber Doris hat es irgendwann einmal erwähnt und gesagt, dass sie ihm nichts in Rechnung stellt.«

»Gab es mittlerweile ein Wiedersehen zwischen Vater und Sohn? Ich stelle es mir furchtbar aufregend vor, sich plötzlich gegenüberzustehen.«

»Ja, aber so faszinierend, wie du dir das vorstellst, war das Treffen keineswegs. Paul Schmitz fühlte sich unangenehm an seinen eigenen ungeliebten Vater erinnert, als er merkte, dass die beiden ähnlich gestrickt waren. Und nun wird Saul, wie wir erfahren haben, vielleicht bald in einer geschlossenen Psychiatrie sitzen. Ich schätze, da wird es keine erfreuliche Familienzusammenführung geben.«

Auf der Autobahn angekommen, verloren sich die Fahrer der vier Wagen schnell aus den Augen. Andere Fahrzeuge drängten sich zwischen sie, und bald musste sich Ursula mit zäh fließendem Verkehr abfinden.

»Na, hoffentlich wirds kein Stau«, unkte die Seniorin, doch merkte sie schnell, dass Ronny gar nicht zuhörte.

In sich gekehrt, schien er Probleme zu wälzen, die Ursula dazu veranlassten, nachzufragen.

»Ich denke gerade an Katrin. Was ist, wenn Saul doch abhaut und ihr auflauert?«

»Ach, Junge, Katrin passiert nichts. Erstens ist Saul ja aktuell in polizeilicher Verwahrung und bald vielleicht sogar in der Psychiatrie. Und zweitens war er mit ihr liiert und wird ihr nichts tun. Der geisteskranke Mörder ist Peter Schäfer, schon vergessen?«

»Ja, aber, wenn Saul wusste und es zugelassen hat, dass sein Freund Katrin entführt und ihr all die Grausamkeiten antun wollte, dann ist er doch nicht viel besser. Wir hätten Katrin mitnehmen sollen.«

Ursula seufzte. Von der Hand zu weisen, waren Ronnys Argumente nicht, doch ihr fiel auch nicht ein, wie sie ihn beruhigen könnte.

»Das Handy«, sagte er schließlich. »Hier ist wieder eine Nachricht. Soll ich vorlesen?«

»Unbedingt!«

»Die Berliner Kollegen stießen beim Fashion-Show-Personal auf einen Franzosen namens Piere Berger, der als Elektriker für die Modedesignerin Irene Luft im *Kraftwerk* die Vorführung ihrer Models ausleuchtet. Dieser hat seit kurzem ein Zimmer in der Ohmstraße 10 gemietet. In derselben Straße war auch ein Lieferwagen mit merkwürdiger Fracht abgestellt. An der Rückwand des sonst leeren, aber lückenlos mit Folie ausgekleideten Frachtraums stand ein verankerter nagelneuer Müllcontainer, in dem Klebebandrollen, Kabelbinder und jede Menge Malerfolie lagerten. Zugelassen ist der Kleintransporter auf ebendiesen Piere Berger.«

»Du meine Güte«, rief Ursula aus. »Der Name Berger ist eingedeutscht, aber das französische Wort für Schäfer wird Berscheer ausgesprochen. Dieser arrogante Schnösel glaubt wohl, uns für dumm verkaufen zu können, doch diesmal hat ihn seine Arroganz verraten. Piere Berger – Peter Schäfer. Wir haben ihn. Gib diese Infos bitte nach Gera weiter. Die wissen dann schon, wie sie vorgehen müssen. Und danach schickst du die Nachricht bitte noch auf die Handys von Robin und Doris.«

Der Verkehr kam ins Stocken und kurz vor der Abfahrt nach Dessau-Roßlau ging nichts mehr. Statt zu fluchen, gab die Fahrerin murrende Geräusche von sich, über die sich Ronny insgeheim ziemlich amüsierte. Doch es dauerte nicht lange, da wurde es auch für Ursula wieder kurzweiliger. Sowohl Doris als auch Robin bedankten sich für die Infos und gratulierten schon mal zur erfolgreichen Aktion. Auch sie standen in einem Stau, der sich allerdings vor Beelitz über Kilometer hinzog.

»Michael Zerbst schreibt, die Berliner Kollegen überwachen jeden Schritt des Herrn Berger«, las Ursulas Assistent vor. »Soll ich das auch an die anderen weitergeben?«

»Ja«, sagte die Seniorin und schaute ungeduldig durch die Frontscheibe. »Und dann googelst du bitte mal nach dieser Modedesignerin. Gina hatte den Namen schon mal genannt, aber mir ist sie nicht bekannt. Wie war er doch gleich?«

»Irene Luft«, antwortete Ronny und hatte in null Komma nichts die gesuchten Infos auf dem Display. »Die Modedesignerin Irene Luft, 1977 geboren in Qaskeleng bei Almaty in Kasachstan, verzauberte das Publikum in ihrer letzten Berliner Fashion Show im *Kraftwerk* Köpenicker Straße das Publikum mit ihrer SPRING SUMMER Kollektion. Diese Kollektion trifft den Geschmack aller Frauen, die genau wissen, was sie tragen wollen. Die Kreationen der Designerin Irene Luft werden sich die Kundinnen des Münchener Luxus-Prêt-à-Porter-Hauses aus den Händen reißen. Irenes Kollektion gilt als Hommage an die Lebendigkeit des Sommers und die Blüte des Alltags, vereint leichte und fließende Materialien wie Chiffon, Seide, Spitzen, Tüll und kontrastreichere, schwerere Materialien wie Brokat. Bestäubt mit Goldstaub schwebten die Models über den Laufsteg und zeigten feminine Couture, die auf Prêt-à-Porter trifft. Dabei spielt Irene mit Blumeninterpretationen von Reinheit, unschuldiger Vorliebe und der Faszination des Verfalls, indem sie handgefertigte und gestickte Lilien sowie andere Blumen verwendet. Das Farbspektrum ihrer letzten Kollektion ist inspiriert von den Sommertönen des Naturkreislaufs. Die Gewänder selbst scheinen strahlend goldenes Sonnenlicht zu spiegeln.«

Ursula lachte lauthals: »Kannst du dir Gina als Goldmarie vorstellen?«

»Ja, warum nicht? Seit sie die Haare wachsen lässt, sieht sie viel attraktiver aus. Goldstaub drauf, goldenes Kleid und schon kann sie mitlaufen.«

»Ich sehe in ihr immer noch diese Rotzgöre, die Katrin mit ihren WhatsApps zu Tode erschreckt hat.«

»Das war unüberlegt. Aber wir haben ihr und Carlo verziehen, der ja die Animationen programmierte. Nun ist er wieder Simson, seit auch er sich wieder die Haare wachsen lässt.«

»Muss ich das verstehen?«

»Simson bezog seine Kraft aus seinen langen Haaren. Delila verriet ihn an seine Feinde und ihm wurden die Haare geschnitten. So wurde er kraftlos und konnte gefangen genommen werden. Gina hat Carlo auch dazu überredet, sein langes Haar abzuschneiden. Dafür ließ sie ihres wachsen. Komischerweise nannte dann niemand mehr das Paar Simson und Delila, obwohl die Parallele nun noch offensichtlicher war. Erst jetzt, wo Carlo sagt, dass er seine blonde Mähne zurückhaben will, sind ihre Spitznamen wieder an der Tagesordnung.«

»Und da soll noch einer sagen, junge Leute hätten keine Fantasie.«

»Ich lese hier gerade, dass nur schwer an Tickets zu kommen ist«, wechselte Ronny das Thema. »Nur Journalisten, Modeblogger, Händler oder Models haben die Möglichkeit, sich bei Designern, PR-Agenturen oder den Messen direkt um einen Platz zu bewerben. Damit ist die sogenannte Akkreditierung gemeint. Dazu schreibt man einen Designer oder eine Agentur an und bewirbt sich offiziell um einen Platz. Man sollte jedoch in jedem Fall nachweisen können, dass man in der Modebranche tätig ist. Blogger sollten zum Beispiel ihr Mediakit mitschicken – das ist ein Dokument, in dem die Reichweite des eigenen Blogs oder der sozialen Kanäle aufgeführt ist. Die Presseakkreditierung für die Shows und Präsentationen werden vom Berliner Modesalon ausgestellt. Wir haben nichts von alledem.«

»Doch«, widersprach Ursula prompt. »Gina kann zwei Leute Backstage mitnehmen.«

»Da nimmt sie doch sicher statt mich ihren Simson mit.«

»Das geht nicht. Wir müssen den Kontakt zur Geraer Kripo halten und dazu brauche ich dich. Das muss sie einsehen.«

Endlich ging es weiter, aber die Aussicht nahe Berlin noch einmal in einen Stau zu geraten, war der Fahrerin anzumerken. Sie bat ihren jungen Begleiter, Doris nach dem Stau bei Beelitz zu fragen.

Keine zwei Minuten später war die Antwort auf dem Display.

»Die sind schon fast in Berlin. Ihr Stau hat sich eher aufgelöst als unserer.«

»Wie macht ihr das bloß«, wunderte sich die Seniorin einmal mehr. »Ihr tippt die Worte schneller ein, als man sie sprechen kann.«

»Ach, das macht die Software. Die bietet Worte an, man muss nur schnell reagieren. Im Übrigen hat Doris geantwortet. Sie machen Rast an der *Borker Heide*. Simson steht nach Kaffee an.«

»Das alles hat sie geschrieben?«

»Sie langweilt sich eben. Ha, hier kommt wieder etwas von Herrn Zerbst. Wir sollen uns gleich nach unserer Ankunft am *Kraftwerk* in der Köpenicker Straße bei einem Hauptkommissar Meier melden. Hab dessen Nummer schon auf dem Handy. Er wird sich mit uns treffen und will sich, wenn er Fragen zu unserem Fall hat, jederzeit an uns wenden können.«

Ursula lächelte in sich hinein. Ronny sprach so selbstverständlich von ihrem Fall, als gehöre er dem Ermittlerteam an.

»Dann schick ihm doch schon mal unsere Nummer«, schlug sie vor.

»Die hat er doch schon längst von Michael Zerbst. Die Nummern in den Textnachrichten muss man nur antippen und schon ist man verbunden.«

»Das werde ich nie begreifen.«

Berlin, am *Kraftwerk*, am gleichen Tag

Der Berliner Hauptkommissar stand am verabredeten Parkplatzeingang. Nachdem während der Fahrt das Treffen mit ihm minutiös abgesprochen worden war, hatte Ronny auch alle anderen Fahrer über den Treffpunkt informiert. Diese standen nun winkend auf dem Parkplatz, um sich Ursula und ihrem Beifahrer bemerkbar zu machen. Langsam quälte sich die Seniorin hinter ihrem Lenkrad hervor und ließ sich von Ronny aus dem Wagen helfen, während Doris und Robin

Miller mit Charlotte Seibt im Rollstuhl näher kamen, im Gefolge Carlo mit Gina sowie Lisa Braun.

Kurt Meier, ein drahtiger, kleiner Mann mittleren Alters näherte sich der im Halbkreis stehenden Versammlung und stellte sich vor.

Ihm war anzusehen, dass er kein Mann war, der gern Zeit verlor, und so wunderte sich auch niemand, als er sich sofort seinen Kontaktpersonen zuwandte: »Willkommen in Berlin, Frau Lenk und Herr Winter – oder darf ich Ronny sagen?«

»Ja, klar«, entgegnete Ronny mit einem Lächeln auf den Lippen.

»Hallo, Herr Meier«, begrüßte Ursula ihn hingegen knapp. »Wissen Sie, wo sich die Zielperson aufhält?«

Bevor Lisa Braun den Inhalt dieser Frage realisieren konnte, nahm Doris Miller das Hamburger Model beiseite und verwickelte es in ein Gespräch über ihren Auftritt.

»Selbstverständlich«, antwortete der quirlige Mann Ursula Lenk mit einer volltönenden Stimme, die so gar nicht zu seinem Äußeren passen wollte. »Meine Leute haben den Mann fest im Blick. Im Moment arbeitet Piere Berger alias Peter Schäfer über dem Catwalk – angeschnallt an die Deckenbalken über den Scheinwerfern. Er hat jedoch sein Aussehen verändert.«

»Wie?«, fragten Ursula und Robin gleichzeitig.

»Statt blond ist er nun schwarzhaarig«, sagte Meier und teilte ganz nebenbei Akkreditierungen aus, die er kurz zuvor ausstellen lassen hatte.

Angenehm überrascht nahmen Ginas Begleiter die an einem Band hängenden und in Folie geschweißten Karten entgegen und hängten sie sich um den Hals.

»Ich muss langsam los«, erklärte die sich mit Doris nähernde Lisa Braun. »Mein Catwalk ist der übernächste. Soll ich mich melden, wenn mein Mann auftaucht?«

»Ja, wie abgesprochen«, erwiderte die Seniorin und formte mit den Lippen dem Berliner Hauptkommissar gegenüber das Wörtchen »später«.

Als die Hamburgerin außer Hörweite war, erklärte die ehemalige LKA-Ermittlerin, dass die Frau des Täters noch nicht eingeweiht worden war.

»Je weniger beteiligt sind, umso besser«, bemerkte der Hauptkommissar. »Haben Sie inzwischen einen internationalen Haftbefehl bekommen können?«

»Den haben wir mit. Damit können wir den Mann aus dem Verkehr ziehen, bevor er Schaden anrichten kann«, erwiderte Ursula.

»Ganz meiner Meinung, doch dazu müssen wir erst einmal an ihn herankommen, ohne Aufsehen zu erregen. Es ist nicht etwa so, dass ich den Ablauf dieser Veranstaltung nicht stören will, aber wenn wir ein Spektakel aus der Verhaftung machen, sind uns die Medien wie die Guppys auf den Fersen. Das muss nicht sein. Bitte vertrauen Sie mir und meinen Erfahrungen bei solchen Events. Gehen wir!«

Am Eingang des Foyers wurde nur stichprobenartig kontrolliert. Robin und Charlotte Seibt suchten sich einen guten Platz vor dem Monitor. Nach einer schärferen Kontrolle betraten Doris, Carlo und Gina die Vorführhalle hinter den Kommissaren und Ronny Winter. Von dort wurde das Geraer Model von einer Mitarbeiterin der Organisatoren hinter einen Vorhang in die Garderobe geleitet.

Die kleine Gruppe wurde von Hostessen zu ihren Plätzen geführt, die sich erstaunlicherweise eine Reihe hinter den Prominenten befanden. Doris holte einen Kosmetikspiegel aus ihrer Tasche und platzierte diesen auf ihrem Schoß. Auch Ronny konnte den Handwerker sehen, der sich geschickt über die Balken in einen benachbarten Raum hangelte, wo, wie sie vermuteten, eine Leiter oder ein Flaschenzug seinen Abstieg ermöglichte.

Sofort teilte Ronny die Info den am Foyermonitor stehenden Mitakteuren Robin und Charlotte mit.

Rechts von Doris saß der Berliner Kriminalist, der ihr leise etwas zutuschelte. Nur wenig später gab sie ihr neu erlangtes Wissen an Ronny weiter, dieser an Ursula sowie an Robin im Foyer, wonach das Lager, in dem die Kollektionen der verschiedenen Designer auf ihre Vorführung warteten, einen Hinterausgang mit Rampe besaß. Genau davor hatte Schäfer den Transporter abgestellt. Die Frage war, wie er an Gina herankommen wollte, um sie hineinzuverfrachten.

»Im Grunde ist es ja egal, wenn nur die Polizei ihn dabei überwältigt«, raunte Ronny Doris zu.

»Wir müssen damit rechnen, dass dies ein Ablenkungsmanöver sein könnte«, gab Kommissar Meier zu bedenken.

»Genau, er wird verunsichert sein«, bestätigte Doris. »Er rechnet mit seinem Freund Klaus Saul, der jedoch nicht gekommen ist. Das wird er längst geschnallt und bei ihm nachgefragt haben. Doch Michael Zerbst, der Sauls Handy hat, ist nicht auf den Kopf gefallen. Er wird ihm schon eine Ausrede präsentieren.«

In diesem Moment schickte Ronny Doris eine Nachricht, die Michael Zerbst an Schäfer gesendet hatte: »Bin während der Fahrt erkrankt, mir ist schwindlig und ich habe Fieber. Ich habe Gina in ein Taxi gesetzt, das sie ins *Kraftwerk* fährt. Bin noch auf der Suche nach einem Arzt. Sollte es mir wider Erwarten besser gehen, treffen wir uns in Lisas Garderobe.«

Hauptkommissar Meier und die Privatdetektivin lasen den Text und lächelten. An der Glaubwürdigkeit dieser Mitteilung war nicht zu zweifeln.

Auf einmal folgte eine Nachricht von Schäfer an Sauls Vertreter Zerbst, die alle in Alarmbereitschaft versetzte.

Er schrieb: »Du hast mir immer noch nicht gesagt, welche Selters sie trinkt.«

Der Berliner Hauptkommissar bedeutete Carlo, mit ihm den Eventraum zu verlassen. Charlotte und Robin, die auch den Informationsaustausch verfolgt hatten, erwarteten sie schon im Foyer.

In den nächsten Minuten wurden zwischen dem Geraer Polizisten und Ginas Freund folgende Infos transferiert: Zerbst fragte Carlo, welches Getränk Gina zu sich nahm. Carlo antwortete, dass sie immer einen roten Lederrucksack bei sich trug, den sie sich wegen der Außentasche für eine Wasserflasche angeschafft hatte. Eine Marke kaufte sie nicht, ihr war nur wichtig, dass die Größe passte. Heute trank sie aus einer Aqua Exquisite feinperlig.

»So macht er das also«, flüsterte Robin dem Kommissar zu. »Er betäubt sie mit seiner üblichen Mischung aus Primasprit und Liquid Ecstasy. Er wartet, bis das Zeug wirkt. Dann schnappt er sie sich irgendwie und bringt sie in seinen Transporter.«

»Das Irgendwie ist die große Frage. Ich möchte auf keinen Fall riskieren, das Mädchen doch noch zu verlieren. Ich schicke einen Kollegen in die Großgarderobe. Meinetwegen kann Carlo mitgehen, er findet sie sicher eher. Am besten, wir tauschen jetzt schon das Getränk aus. Entweder er hat schon oder er wird jeden Moment seinen Mix in ihren Rucksack schmuggeln.«

Carlo zeigte dem Berliner Kommissar seine eigene Flasche. Als dieser nickte, sprintete Ginas Freund in die Garderobe. Ein Polizist in Zivil folgte ihm. Carlo stand erst einmal da und versuchte, die Halle mit den vielen Menschen zu überblicken. Sichtlich bewegt von dem personellen und materiellen Aufwand für das Vorführen von ein paar Klamotten, sah er endlich seine Freundin an einem der vielen Schminktische, die in der Mitte der Halle aufgebaut waren. Er rannte zu ihr. Ohne ein Wort der Erklärung tauschte er die Flaschen aus.

Irritiert fragte sie, was das solle. Doch zu mehr kam sie nicht, denn kurz nach Carlos Auftauchen unterbrach eine Visagistin die Unterhaltung und bat das Model, stillzuhalten und zwei Minuten nicht zu reden. Routiniert begann sie, Ginas Gesicht zu schminken. Währenddessen nahm Carlo das Gespräch wieder auf und fragte seine Freundin, ob sie schon von dem Wasser getrunken hätte. Bei »Ja« möge sie die rechte Hand, bei »Nein« die linke heben.

Sie hob die rechte Hand. Ihr Freund atmete auf, war die Flasche doch offensichtlich noch nicht ausgewechselt worden. Daraufhin hockte er sich rechts in Reichweite ihres Ohres und schilderte ihr den vorangegangenen Austausch von WhatsApp-Nachrichten zwischen Peter Schäfer und Michael Zerbst von der Geraer Polizei, wobei er darauf achtete, dass die schminkende Dame nicht allzu viel davon mitbekam.

»Ich behalte deinen Rucksack im Auge, solange du nicht da bist«, beendete er seinen Monolog. »Und wenn dir ein schwarzhaariger Kerl mit Schnurrbart auffällt, lass ihn nicht an dich heran. Der hat es auf dich abgesehen. Er ist mittelgroß, schlank, bekleidet mit einem Blaumann, könnte sich aber auch umgezogen haben. Ich bleibe in deiner Nähe, sofern ich es kann. Und der da drüben«, Carlo zeigte auf den Polizisten in Zivil, »passt auch auf dich auf.«

Abgelöst von einem Hairstylisten beendete die Visagistin ihr durchaus gelungenes Werk, nickte dem Paar zu und wünschte viel Glück beim Fassen des beschriebenen Stalkers, der wohl nicht der erste und letzte bleiben würde, vor dem man die Models schützen müsse. Nach einem kurzen Wortwechsel mit dem Stylingkollegen verschwand die hellhörige Dame und Ginas Frisur wurde gerichtet.

»Sie sind die dritte«, sagte dieser, als ihr Haar zu einem Turm auftoupiert und mit massenweise vergoldetem Haarspray befestigt worden war. »Die ersten beiden Models stehen schon am Eingang. Verpassen Sie Ihren Auftritt nicht! Am besten, Sie gehen jetzt schon nach vorn.«

Gina erhob sich. Erst jetzt sah Carlo, welch ein Traum aus fließendem Blütenstoff den Körper seiner Freundin umschmeichelte. Er konnte es kaum fassen, doch das Kleid hatte es tatsächlich geschafft, die in seinen Augen schönste Frau der Welt noch schöner zu machen. Abgesehen von der Frisur, die leicht zu ändern war.

Entzückt schaute er ihr nach. Gern hätte er ihren Lauf gesehen, aber wichtiger war, ihren Rucksack im Auge zu behalten oder bei Schäfers Sichtung die anderen zu alarmieren. Doch es gab weit und breit keine Spur von ihm, auch oben nicht, von wo aus es zwar schwer war, zuzuschlagen, doch konnte man nie wissen.

Carlos Blick wanderte von der Wasserflasche im roten Rucksack zu seiner reizenden Gina, die inzwischen eine Schlange aus vier Models am Laufsteg anführte. Im Moment schien sie keinen anderen Gedanken zuzulassen als ihren unmittelbar bevorstehenden Auftritt. Als dieser begann, sah sich ihr Freund wieder in der Halle um, suchte die Decke ab und blickte zur Tür, die zum Foyer führte. Er sah gerade einen Uniformierten hereinkommen und schnurstracks auf dessen Kollegen in Zivil zumarschieren, der sich in der Nähe des Catwalks aufhielt und vermutlich Ginas Lauf sehen konnte.

Gebannt verfolgte Carlo, wie der Neuankömmling dem Personenschützer ein Dokument zu lesen gab. Letzterer überflog es und schüttelte den Kopf. Während er das Papier zurückgab, wies er in Richtung Vorführraum und schien dem Boten zu erklären, wo Hauptkommissar Meier zu finden war. Carlos erster Gedanke war, dass es sich um den internationalen Haftbefehl handeln könnte. Während er überlegte, ob er seine Beobachtung an Ronny weitergeben sollte, sah er Gina zurückkommen, begleitet von jubelndem Beifall. Doch schon war sie in den Fängen einer Frau, die sie zu einem abgesperrten Garderobenbereich führte, um ihr vermutlich beim Aus- und Einkleiden zu helfen. Da würde sie wohl im Moment keinen Nerv für ihn aufbringen können. Ihr erstes Kleid wurde an eines der vielen mobilen Gestelle mit Garderobenstangen gehängt, die das Umkleideareal abschirmten und, wie Carlo vermutete, für jene Gewänder bestimmt waren, die schon vorgeführt worden waren. Als nächstes würde sie wohl wieder geschminkt und frisiert werden, um erneut am Catwalk auf den nächsten Lauf zu warten.

Plötzlich sah Carlo aus dem Augenwinkel eine Gestalt, die sich an Ginas Rucksack zu schaffen gemacht hatte und nun wie in Luft aufgelöst schien. Voller Wut über seine Unachtsamkeit hechtete er zurück an den Schminktisch, nahm die Wasserflasche an sich, schaute verzweifelt um sich sowie nach oben und rief seiner zum Schminken kommenden Freundin zu, sie solle nicht aus der Flasche trinken, was natürlich Quatsch war, denn er hatte sie ja schon sichergestellt.

Entsetzt fragte sie ihn, was geschehen sei, da machte er in etwa zehn Metern Entfernung eine Luke im Fußboden aus.

»Trink das Zeug nicht«, warnte er sie erneut und entfernte sich in Richtung seiner Entdeckung, die, wie sich ihm bestätigte, tatsächlich in irgendeinen dubiosen Raum unter der Halle führte. Der rettende Gedanke an sein Handy ließ ihn davon Abstand nehmen, dem gefährlichen Kerl folgen zu müssen. Zum Glück gab es genug Polizisten für dessen Verhaftung. Nervös tippte er die neuen Infos ins Handy und stolperte auf Ginas Personenschützer zu, der sich gerade mit ihr unterhielt.

»Was habe ich gehört«, wandte dieser sich an Carlo, »Sie haben jemanden an ihrem Rucksack gesehen? Und Sie sind nicht auf der Stelle zu mir gekommen?«

»Ich habe schon … hab alle informiert«, stotterte der Befragte ganz außer Atem, »und weiß … weiß auch, wohin er verschwunden ist.«

»Ich verdurste«, jammerte Gina mit trockener Stimme.

»Da drüben gibts jede Menge Wasser für unsere Models«, tröstete sie die Visagistin. »Warten Sie, ich hole Ihnen eine Flasche.«

Carlo und der Polizist waren zeitgleich mit zwei von Kommissar Meiers Kollegen an der Bodenluke.

Etwas beruhigter begab sich Ginas Freund zum Schminktisch zurück und nahm sich vor, sie ab nun nicht eine Sekunde mehr aus den Augen zu lassen, komme, was wolle.

Es kam anders. Eine Bewegung an der Decke genau über Gina lähmte Carlo für einen Sekundenbruchteil, sodass er es nicht einmal wagte, nach oben zu schauen. Doch dann geschah etwas mit ihm. Adrenalingeladen rief er zu seinem eigenen Erstaunen nach oben: »Denk nicht mal daran!« Er hechtete zu Gina und riss sie vom Stuhl. »Wir laufen ins Foyer«, raunte er ihr zu, begleitete sie zum Ausgang und suchte nach Robin Miller und Charlotte Seibt.

Beide, schon längst alarmiert durch seine Infos, nahmen das zitternde Model in Empfang. Carlo hingegen machte kehrt, endlich bereit, sich den Burschen zur Brust zu nehmen. Doch was war das? Hauptkommissar Meier und Ursula Lenk waren ihm zuvorgekommen und redeten wie mit Engelszungen auf Peter Schäfer ein, während nur die Models und Stylisten in der Nähe das Geschehen gebannt verfolgten.

»Ich mach dich kalt«, rief Carlo hinauf und machte damit noch den Rest der Anwesenden auf diese Szene aufmerksam.

Kräftige Hände packten den vor Mut und Tatendrang strotzenden jungen Mann von hinten, hielten ihm den Mund zu und zogen ihn aus dem Saal. Dort empfing ihn Doris Miller, um ihm beizustehen.

Aber auch das musste warten, denn ein Aufschrei aus vielen Kehlen, der durch den noch geöffneten Garderobenbereich schallte, zog das Interesse aller im Foyer befindlichen Leute auf sich.

Dann war es mucksmäuschenstill.

»Ist er tot?«, war Ursulas Stimme zu vernehmen.

Nach einer gefühlten Ewigkeit erschien Hauptkommissar Meier im Foyer, schloss die Tür hinter sich und beendete seinen Notruf.

»Junge«, sagte er zu Carlo, »mit deiner Aktion hast du die Aufmerksamkeit der ganzen Halle auf ihn gelenkt. Das muss ihm so einen Schrecken eingejagt haben, dass er gefallen ist. Ich kann nicht sagen, dass es mich erschüttert hätte, auch wenn er, so verdreht, wie er daliegt, wahrscheinlich nie wieder laufen wird.«

Robin, Gina und Charlotte, die herangekommen waren, hatten mitgehört.

»Er wird sein Leben im Rollstuhl verbringen«, sagte Charlotte Seibt mit merklicher Genugtuung.

»Oh, du hast mich gerettet, mein lieber Simson«, freute sich Gina und umarmte ihren Helden.

Es schien, als würde ihm jede Person auf ihre eigene Art danken wollen.

Ende

1. Auflage April 2021

Ein Imprint des Knabe Verlag Weimar

Titel-Abbildung: Uwe Adler, unter Verwendung
eines Fotos von © Adobe Stock (Liudmila Dutko)
Umschlaggestaltung und Layout: Uwe Adler
Satz: Frank Rüdiger
Lektorat: Anja Puse, Ulrike Wolf
Korrektorat: Ulrike Wolf, Anja Puse
Druck und Bindung: Custom Printing, Polen

Printed in Europe
ISBN 978-3-946553-66-3

www.greifenverlag.de